ALL YOUR SILENT TEARS

Du wirst mich lieben.

von
Carolina Sturm
Angelina Conti

Dark Mafia Romance

Der Roman:

Er ist 15 Jahre älter als sie.
New Yorks gefährlichster Mafiaboss.
Kalt, unnahbar und ein furchtbarer Macho.
Und sie ist gezwungen, ihn zu heiraten!

Grace

Nicht genug damit, dass mein brutaler Vater mich wie eine Gefangene hält, jetzt verschachert er mich auch noch an seinen größten Feind! Ich hasse diesen Connor O'Brien von ganzem Herzen, denn er hat meine Mutter auf dem Gewissen. Und während ich mich mit diesem gefühlskalten Bastard herumschlagen muss, der mich als sein Eigentum betrachtet, macht sich meine Stiefschwester an den Mann ran, den ich wirklich liebe!

Connor

Meine Ehefrau mag hübsch sein, aber sie ist eine verdammte Nervensäge. In meiner Welt haben Frauen zu gehorchen, doch Grace tut genau das Gegenteil. Normalerweise würde mich das zur Weißglut treiben. Warum zum Teufel reizt es mich dann auf diese ganz besondere Weise? Dabei ahnt sie nicht einmal, warum ich sie wirklich geheiratet habe. Warte nur ab, Sweetheart, du wirst die Wahrheit schon noch erkennen. Und bis dahin bringe ich dir Manieren bei!

Über Angelina Conti:

Du findest mich dort, wo es am dunkelsten ist. In der schwärzesten Nacht. Im tiefsten Abgrund. Ich werde dein Licht sein, das dich sicher nach Hause bringt. Zu dem Happy End, das du verdienst.

Männer mit Bart. Eigenwillige Prinzessinnen. Dominanz und Unterwerfung. Romantik, die durch das Spiel mit dem Feuer unwiderstehlich wird. Emotionen, die dein Herz überfordern, aber denen du verfallen wirst. Liebe, die dich über deine Grenzen führen wird. Wo Sehnsucht, Lust und Schmerz sich verbinden und dich stärker und schöner machen, als du es dir jemals erträumt hast. Wo sein Kuss ein Funke sein kann, der deine ganze Welt in Flammen aufgehen lässt.

Dark Romance by Angelina Conti

Über Carolina Sturm:

Gerade in Zeiten wie diesen braucht die Welt mehr Liebesromane!

Geschichten zum Einkuscheln und Davonträumen. Zum Mitfiebern und Dahinschmelzen. Bildgewaltige Landschaften und verträumte kleine Städtchen. Starke Frauen und wilde Kerle, die zwischen tiefen, menschlichen Abgründen und alles verzehrender Leidenschaft um das Eine kämpfen, was uns alle ausmacht und vorantreibt – die Liebe!

Lass auch du dich verführen!
Wage den Schritt ins Abenteuer!
Ich verspreche dir, du wirst es nicht bereuen.

Deine Carolina

Carolina Sturm ist ein Pseudonym, die Frau dahinter aber mehr als authentisch. Und genau das transportiert sie in ihren Geschichten.
Die Autorin lebt mit Mann, Kind und zwei Hunden im schönen Allgäu und widmet sich seit 2020 ganz dem Schreiben.

Die Figuren und die Handlung dieses Romans
sind frei erfunden.
Etwaige Ähnlichkeiten mit real existierenden Personen
sind rein zufällig und nicht beabsichtigt.

Druck und Distribution im Auftrag der Autorinnen:
tredition GmbH
Halenreie 40-44
D - 22359 Hamburg

Impressum
Originalausgabe März 2024
Copyright © 2024
Carolina Sturm
Angelina Conti
Alle Rechte vorbehalten.
ISBN: 978-3-384-22168-1

Angelina Conti / Carolina Sturm
c/o Enslin Autorenservice
Kirchenheerweg 230
D - 21037 Hamburg

Coverfoto: Adobe Stock
Bilder: Pexels, Wombo Dream

Spiele nicht mit mir, kleine Blume.
Reize nie, was du nicht bändigen kannst.
Connor O'Brien

**Für alle, die gern
mit dem Feuer spielen.**

Prolog

Grace

Am Tag meiner Hochzeit fegt ein Sturm über New York hinweg. Obwohl es noch nicht einmal Mittag ist, ragen die weißen Marmortürme der Kathedrale in einen fast schwarzen Himmel hinauf. Der Wind reißt an meinem Schleier, während ich von der Limousine über den Vorplatz zum Portal der Kirche eskortiert werde. Mein Herz rast. Alles ist voller Menschen in festlicher Kleidung, doch ich nehme ihre Gesichter nicht wahr. Sie sind nichts als schemenhafte Schatten, verzerrte Fratzen um mich herum. Ich bewege mich wie in Trance, als wäre es gar nicht ich, die mit den zierlichen weißen Brautschuhen die vielen Stufen hinaufsteigt. Eine Puppe, mehr bin ich nie gewesen.

Am Arm meines Vaters betrete ich das Haus Gottes. Seine Brust ist stolzgeschwellt und er trägt sein schmierigstes Grinsen zur Schau. Luciano Benedetti hat sich diesen Auftritt einiges kosten lassen. Die ganze Welt soll sehen, wie die beiden mächtigsten Kartelle der Ostküste ihre neu gefundene Einigkeit demonstrieren.

Mächtige gotische Pfeiler tragen das Gewölbe, das hoch über mir im Dunkeln verschwindet. Kerzen erleuchten den Innenraum. Die Kathedrale ist üppig geschmückt. Schneeweiße und blutrote Rosen als Symbol unseres Bündnisses. „Weiß als Zeichen deiner Unschuld, Rot als Zeichen eurer Liebe", hat meine Stiefmutter mit eisigem Unterton in der Stimme gesagt. Genau wie ich weiß sie, dass sowohl das Eine, als auch das Andere eine Lüge ist. Unschuldig bin ich längst nicht mehr. Und eher als für Liebe steht das Rot wohl für das Blut, das an den Händen meines zukünftigen Ehemanns klebt.

Die tiefen Klänge der Orgel setzen ein, während wir den langen Gang zwischen den geschnitzten Bankreihen hindurch in Richtung Altar schreiten. Eine Schar von Blumenkindern geht uns voraus. Rosenblüten fallen wie Schneeflocken vor meine Füße, doch es fühlt sich an, als würde ich auf Dornen laufen. Im schummrigen Licht erkenne ich zwei Gestalten, die sich über der Schar der Gäste abheben. Eine von ihnen ist der Priester, dessen mit goldenen Ornamenten bestickte Gewänder im Schein der Kerzen schimmern. In diesem Moment kommt er mir wie ein Scharfrichter vor, der mich auf dem Schafott erwartet. Denn er wird in wenigen Minuten mein Schicksal besiegeln.

Der andere ist *er*, der Mann, dem ich versprochen wurde. Der Mann, den ich aus tiefster Seele und von ganzem Herzen hasse: Connor O'Brien. Groß, breitschultrig, ganz in Schwarz steht er da. In sich gekehrt, wie er immer auftritt. Ein Fels, stark, emotionslos und hart wie Granit. Er dreht allen Anwesenden den Rücken zu, nicht einmal seine Braut würdigt er eines Blickes.

Panik steigt in mir auf. Wird es jetzt also wirklich geschehen? Mit diesem Mann muss ich mein restliches Leben teilen? Mein Leben und … mein Bett?! Was vorher nur wie eine irreale, dunkle Bedrohung über mir hing, wird plötzlich schneidende Wirklichkeit. Ich will schreien, mich losreißen, weglaufen, fliehen. Nur fort von hier, ganz egal, wohin. Doch der Griff meines Vaters ist hart, so wie er es immer war. Er spürt meinen inneren Widerstand und packt noch fester zu. Mein Oberarm schmerzt.

„Ich warne dich, *bambina*, mach jetzt keine Zicken", raunt er mir drohend zu. „Das hier ist zu wichtig, als dass du es mit einer deiner Launen in den Sand setzt, *capisci?!*"

Also füge ich mich in mein Schicksal. Von außen bin ich eine strahlende Braut. Hinter dem Schleier sieht niemand meine Tränen.

Wir passieren die ersten Reihen, in denen die engsten Familienangehörigen sitzen. Meine Stiefschwester schenkt mir ein falsches Lächeln. Neben ihr sitzt Alessio. Schwarzer Anzug, schwarzes Hemd, schwarze Krawatte. Eine schwarze Nelke am Revers, als würde er Trauer tragen. Seine Miene ist versteinert. Dieser Tag ist auch für ihn hart, das weiß ich. Aber anstatt mir beizustehen, weicht er meinem Blick aus, was meinem ohnehin schon verwundeten Herzen einen weiteren Stich versetzt.

Doch ich habe keine Zeit, um meinen verletzten Gefühlen nachzuspüren. Denn in diesem Augenblick, als ich die Stufen zum Altar hinaufsteige, wendet Connor O'Brien sich langsam um.

Sein dunkler Vollbart, wie immer ordentlich gestutzt, betont den Altersunterschied zwischen uns. Fünfzehn Jahre. Bei Alessio waren es nur vier. Auch wenn er als Unterboss schon viel Verantwortung trägt, kam er mir immer vor wie meinesgleichen. Er mochte die gleiche Musik wie ich, hat in seiner Freizeit Videogames gespielt und kannte immer die neuesten TikTok-Trends. Mit Connor hingegen habe ich vermutlich überhaupt nichts gemeinsam. Er ist ein gestandener Mann, während ich mir trotz meiner einundzwanzig Jahre immer noch wie ein kleines Mädchen vorkomme: hilflos, fremdbestimmt, ohnmächtig.

Der Blick seiner unheimlichen grauen Augen ist kalt. Diese Hochzeit ist nichts anderes als ein Geschäft für ihn. Doch als er mich mustert, während ich auf ihn zukomme, bewegen sich seine Nasenflügel wie die Nüstern eines Raubtiers, das die Witterung seiner Beute aufnimmt. Innerlich erstarre ich. Ich habe Angst vor diesem Mann. Mehr noch, ich *hasse* ihn. Hasse ihn aus tiefstem Herzen, weil er der Fluch meines Lebens ist: Meine Vergangenheit wurde durch seine Grausamkeit geprägt. Meine Gegenwart hat er zerrissen. Und nun zerstört er auch noch meine Zukunft.

„Ich warne dich", zischt mein Vater noch, als er meine Wangen küsst. „Wenn du gleich nicht die richtige Antwort gibst, schlage ich dich hier vor aller Augen zusammen! Und du weißt genau, dass niemand dir zu Hilfe kommen wird!"

Nun bietet Connor mir seinen Arm an, um mich die letzte Stufe zum Altar hinauf und vor den wartenden Priester zu führen. Mein Vater verschwindet im Dunkel hinter uns. Mein Schicksal ist besiegelt. Die Orgelmusik dröhnt in meinen Ohren.

„Wir haben uns heute hier zusammengefunden …"

„Willst du, Connor O'Brien, die hier anwesende Grace Maria Aurora Benedetti …"

„Und willst du, Grace Maria Aurora Benedetti, … ihn lieben und ehren, bis dass der Tod euch scheidet?"

„Erkläre ich euch hiermit zu Mann und Frau …"

„In nomine Patris et Filii et Spiritus Sancti …"

Als wir aus der Kirche treten, donnert es. Ein gleißender Blitz zerschneidet den Himmel über

Manhattan. Kurz darauf treffen uns die ersten dicken Regentropfen. Bewaffnete Männer schirmen uns auf dem Weg zu den wartenden Autos ab. Connors Griff um meinen Arm erinnert mich an den meines Vaters.

Willkommen in deinem neuen Leben, Grace, denke ich. *Du hast das große Los gezogen.*

Grace
(einige Wochen zuvor)

„D addy will dich sehen, Grace", höre ich die Stimme hinter mir, die mich in den letzten Jahren oft genug an den Rand der Weißglut getrieben hat. *Sie braucht nur den Mund aufzumachen und man hört ihr die Falschheit schon an*, denke ich angewidert. Ohne von meinem Buch aufzuschauen, erwidere ich möglichst ruhig: „Er ist nicht dein Vater, Anastasia. Du brauchst ihn also nicht Daddy zu nennen. Wir wissen doch beide, was er für Dinge mit dir tut, also erspar uns doch wenigstens diese Geschmacklosigkeit!"

Meine Stiefschwester schnaubt verächtlich, dann wiederholt sie eisig: „Er will dich sehen. Und Luciano Benedetti wartet nicht gern. Das weißt du ja wohl am besten!"

Seufzend lege ich mein Buch beiseite. Da hat sie leider recht. Mein Vater wird nicht nur sehr schnell ungeduldig, sondern auch ungehalten. Und das möchte ich mir nach Möglichkeit lieber ersparen. Also stehe ich unwillig auf und folge Anastasia durch die breiten Flure der Villa.

Immer schon war ich von Luxus umgeben. Doch all der Prunk und die teure Ausstattung im Hollywood-Stil können nicht darüber hinwegtäuschen, dass ich in einem Gefängnis lebe. Hohe Mauern mit Kameras umgeben das weitläufige Grundstück und bewaffnete Männer bewachen das Anwesen rund um die Uhr. Bis zu dem Tag, als meine Mutter starb und sich mein Leben für immer veränderte, ging ich auf eine Privatschule in Brooklyn. Obwohl auch damals schon die Wachen meines Vaters ständig um mich waren, durfte ich in den Park gehen, hatte Freundinnen und machte all die Dinge, die kleine Mädchen eben so tun. Doch seit jenem dunklen Tag, der meine junge Seele bis in ihre Grundfesten erschütterte, hat der Don mich wie ein kostbares Kleinod weggesperrt. Ein goldener Käfig, das ist seitdem mein Zuhause.

Anastasia stört sich nicht an der Ausgangssperre, die seit der Hochzeit ihrer Mutter auch für sie gilt. Sie lebt wie die Made im Speck, kommandiert jeden herum und lässt sich nachts von den Männern meines Vaters vögeln. Ich habe keine Ahnung, ob er es wirklich nicht mitkriegt, oder ob er es ignoriert, weil Ana sein kleiner Liebling ist. Oder er gibt ihr diese Freiheit, damit sie willig bleibt und die Beine breit macht, wenn er sich selbst mal wieder in ihr Schlafzimmer schleicht. Es ist ein offenes Geheimnis im Haus, dass er das seit ihrem sechzehnten Geburtstag immer wieder tut.

Hasserfüllt starre ich auf Anastasias schlanke Silhouette, die in schwindelerregend hohen High Heels vor mir über den blanken weißen Granitboden stöckelt. Ihr Rock ist wie immer so kurz, dass man bei jedem Schritt ihre Strapse aufblitzen sieht, und ihr glattes platinblondes Haar schwingt glänzend wie in einer Shampoowerbung hin und her. Wie immer fühle ich mich neben ihr wie der letzte Trampel. Und nicht genug damit, dass ich gefühlt einen Meter kleiner bin als sie, aber wahrscheinlich das doppelte wiege, biete ich heute auch sonst keinen besonders repräsentablen Anblick.

Ausgerechnet heute habe ich mir nämlich die Haare nicht gewaschen und sie mir einfach zu zwei langen Zöpfen geflochten. Ich trage Wohlfühlklamotten und bin vollkommen ungeschminkt. Eine Audienz beim großen Boss, der stets sehr viel Wert auf die äußere Erscheinung der Frauen im Haus legt, stand schließlich gar nicht auf meinem Programm für diesen Tag! Stattdessen wollte ich in Ruhe lesen, später noch etwas Klavier spielen und mich einfach nur entspannen.

„Wieso ist er überhaupt hier?", frage ich verstimmt. „Hieß es nicht, dass er mit Alessio zwei Tage unterwegs sein würde?" Dass mein Vater mich gleich mit dieser Frisur und in Leggings und Hoodie sehen wird, ist nur ein Teil des Problems. Viel schlimmer ist, dass sein Unterboss mich dann vermutlich auch so zu Gesicht bekommt. Denn wenn der Don im Haus ist, dann kann auch seine rechte Hand nicht weit sein. Und wer würde schon gern dem heißesten Kerl der Welt wie ein Schlumpf gegenübertreten?!

Ana wirft mir einen abwertenden Blick über die Schulter zu. „Wieso? Das weiß ich nicht", entgegnet sie mit ihrem harten russischen Akzent. „Geschäfte gehen uns Frauen nichts an, schon vergessen? Er ist hier und will dich sehen, also musst du kommen!" Ich verdrehe die Augen. Bei dem Mädchen sind wirklich Hopfen und Malz verloren.

Wir durchqueren gerade die an ein barockes Schloss erinnernde Eingangshalle mit ihrer breiten Treppe, der offenen Galerie im ersten Stock und dem überdimensionalen Kronleuchter, da fällt mir eine Delegation von Männern auf, die gerade das Gebäude verlässt. Einer von ihnen, er geht in der Mitte des Pulks und ist ganz in Schwarz gekleidet, überragt die anderen um ein ganzes Stück. Ich kann sein Gesicht nicht erkennen, sehe nur noch seine dichten dunklen Haare, sein breites Kreuz und den kräftigen Nacken. Seine Bewegungen sind geschmeidig und selbstbewusst, seine Gestalt athletisch und kompakt zugleich. *Wozu die Bodyguards?*, schießt es mir durch den Kopf. *Bei den Muskeln nimmst du es doch mit jedem auf!*

„Oh, là, là", macht Anastasia bei seinem Anblick mit einer ins Obszöne abgleitenden Stimme. „Ein echter Zuchtbulle! Wer mag das wohl sein, Sis?" Sie zwinkert mir vielsagend zu, als würde sie die Antwort auf die Frage schon kennen. Zwar hat der „Zuchtbulle" auch meine Aufmerksamkeit kurz gefesselt, aber nun wende ich schnell den Blick ab. Ich kann es nicht ausstehen, wenn Anastasia mich *Sis* nennt. Schließlich sind wir bestenfalls auf dem Papier Schwestern! „Lass uns gehen", fordere ich sie kühl auf. „*Mein* Daddy wartet nicht gern!"

Kurz darauf stehen wir im Westflügel des Gebäudes und Anastasia öffnet mir mit ihrem schönsten falschen Lächeln die zweiflüglige Tür zum Arbeitszimmer meines Vaters. Luciano Benedetti ist ein Geschäftsmann, wie auch schon sein Vater und Großvater vor ihm. Allerdings nicht an der Wall Street oder so, sondern als Boss des organisierten Verbrechens. Für *la nobile famiglia Benedetti* galten schon immer eigene Regeln, wie er gern mit einem hässlichen Schmunzeln betont. Offiziell ist er im Baugewerbe tätig, wo er nicht nur im großen Stil öffentliche Fördermittel und Bestechungsgelder kassiert, sondern vor allem auch seine Einnahmen aus dem Drogengeschäft wäscht. Und er ist gut darin: Unter seiner Herrschaft hat der Benedetti-Clan eine führende Rolle in

New York erreicht und seinen Einfluss an der ganzen Ostküste im Laufe der Jahre beträchtlich ausbauen können.

Eigentlich dürfte ich all diese Dinge natürlich nicht wissen, denn wie meine Stiefschwester gerade wieder so treffend aufgesagt hat, gilt in diesem Haus eine eiserne Regel: Frauen sind reine Ziergegenstände. Wir dürfen uns neben dem Kinderkriegen für nichts anderes interessieren als für Make-up, Fingernägel und die Befriedigung unserer Männer. Aber ich bin lange nicht so naiv, wie mein Vater gern glauben würde.

Der Ledersessel hinter dem massiven geschnitzten Schreibtisch aus dunklem Holz ist leer. Mein Blick wandert suchend durch den protzig ausstaffierten Raum, dessen golden tapezierte Wände mit riesigen, auf dem europäischen Schwarzmarkt zusammengekauften Gemälden vollgehängt sind. Luciano Benedetti gibt gern den Kunstkenner, obwohl er eigentlich keinen blassen Schimmer davon hat. Worüber er aber im Überfluss verfügt, ist Geld, weshalb unser Haus auch von ausgesprochen wertvollen, aber völlig geschmacklos zusammengewürfelten Objekten geradezu überquillt. Auch am großen Billardtisch, wo ich ihn als Nächstes vermutet hätte, ist mein Vater jedoch nicht zu finden. Alessio ist ebenfalls nirgends zu sehen.

Neben der am offenen Kamin aufgestellten Marmorstatue einer nackten Göttin erblicke ich meine Stiefmutter, die in ihrem Gucci-Kostüm und mit schwerem Goldschmuck behängt auf uns zukommt. Nachdem sie einen verschwörerischen Blick mit ihrer Tochter gewechselt hat, umarmt sie mich allen Ernstes und gibt mir Luftküsschen auf die Wangen. „Grace, mein

Schatz, wie schön, dich zu sehen! Dein Vater hat wundervolle Neuigkeiten für dich", flötet sie und verzieht ihre geliftete Fratze zu einem gruseligen Grinsen.

Dass irgendetwas im Busch ist, habe ich mir schon gedacht, allerdings irritiert es mich, dass bereits alle außer mir davon zu wissen scheinen. Bevor ich jedoch etwas sagen kann, zerrt Ivana mich in Richtung der zum Garten gehenden Fensterfront, vor der ich nun meinen Vater ausmache. Der Don hat uns den Rücken zugedreht, die Hände ineinander verschränkt und starrt in den trüben, grauen Regen hinaus, als würde er über tiefschürfende philosophische Fragen nachgrübeln. Das ist allerdings unwahrscheinlich, denn außer für seine Geschäfte interessiert mein Vater sich bestenfalls für Footballergebnisse, Autos, Silikonbrüste und möglichst große Steaks.

„Sie ist hier, mein Teuerster", kündigt Ivana mit schicksalsschwerer Stimme an, als wäre meinem Vater das nicht längst klar. *Dieses Theater ist ja geradezu grotesk*, denke ich genervt und frage mich gleichzeitig nervös, zu welchem Zweck meine Familie es wohl aufführt.

Mein Vater dreht sich so langsam um, als wollte er einen Oscar für den dramatischsten Auftritt gewinnen, und sieht mich mit seinen grünen Augen an, die ich von ihm geerbt habe. Auch wenn er in die Jahre gekommen ist, Geheimratsecken und einen ziemlichen Bauch bekommen hat, ist er immer noch ein attraktiver Mann. Groß, charismatisch und stark, mit dem leidenschaftlichen Blick der Sizilianer, deren Blut in unseren Adern fließt. Als kleines Mädchen habe ich ihn verehrt und heiß und innig geliebt, doch als er nach dem Tod meiner Mutter sein wahres Gesicht offenbarte, hat sich meine Zuneigung in Angst verwandelt.

„Graziella, *figlia mia*", sagt er und streckt beide Hände nach mir aus. Instinktiv zögere ich, doch Ivana gibt mir einen Stoß, so dass ich unbeholfen in seine Richtung stolpere. Ich rieche sein Aftershave, als auch er mich nun auf die Wangen küsst. Am liebsten würde ich mich abwenden, so unangenehm ist mir seine Nähe. Denn dass mein Vater zärtlich zu mir ist, kommt wirklich nicht oft vor. Er betrachtet mich noch einmal von oben bis unten und lächelt gönnerhaft, als würde er sich über meinen Anblick freuen. Auch das ist verdächtig, denn unter normalen Umstanden hätte er mir wegen meines nachlässigen Outfits sofort eine gescheuert. Er riecht nach Schnaps und auf dem Rand des Billardtisches erblicke ich mehrere leere Gläser. *Wahrscheinlich waren die Männer, die wir in der Halle gesehen haben, vorher hier und sie hatten eine Unterredung,* überlege ich misstrauisch. *Wer weiß, was sie zusammen für Verbrechen geplant haben!*

„Komm, *bambina*, setzen wir uns an den Kamin", fordert mein Vater mich auf. Er legt mir fest den Arm um die Schultern und bugsiert mich zu den großen Ledersesseln, die auf dem Tigerfell vor dem Feuer stehen, und nimmt Platz. Als ich mich allerdings auf den gegenüberstehenden Sessel setzen will, greift er mich unsanft am Arm und zieht mich auf seinen Schoß. Panik flammt in ihr mir auf. *Irgendetwas stimmt ganz und gar nicht!*

Wenn ich mich recht entsinne, habe ich zuletzt mit fünf oder sechs auf dem Schoß meines Vaters gesessen und das ist immerhin gute fünfzehn Jahre her! Ich will so gut wie möglich von ihm abrücken, doch er hält mich eisern fest. Ivana und Anastasia trippeln herbei und stellen sich links und rechts neben dem Sessel auf. Gehetzt schaue ich von einer zur anderen, dann wieder in das vom Alkohol gerötete Gesicht meines Vaters. „Was … was ist los, Daddy?", bringe ich schließlich mit belegter Stimme hervor.

Er greift nach meiner Hand. „Weißt du, Graziella, es ist nicht leicht, eine Tochter ziehen zu lassen", beginnt er.

„Darf ich jetzt etwa doch studieren?", platzt es in einem Anflug törichter Naivität aus mir heraus. Die Russinnen lachen hämisch. Auch mein Vater verzieht seinen Mund zu einem mitleidigen Grinsen. „Nein, *bambina*, du kennst meine Meinung zu diesem Thema", zerstört er meine Hoffnung. „Je weniger eine Frau weiß, desto besser ist es für sie selbst. Dein Privatlehrer hat dir wirklich mehr als genug beigebracht. Mit deinem Abschluss im letzten Jahr hat sich die Sache erledigt."

„Du solltest mehr fernsehen", wirft Anastasia ein. „Das bildet auch!"

Doch mein Vater bringt sie mit einer ungeduldigen Geste zum Schweigen. „Ruhe jetzt, es geht hier um etwas Wichtigeres", brummt er. Dann greift er nach meinem Kinn, sieht mir fest in die Augen und verkündet feierlich: „Du wirst heiraten, Grace! Ich habe eine gute Partie für dich gefunden!"

Für einen Moment steht alles in mir still. Wie von Ferne dringt das alberne Jauchzen und Klatschen von Ivana und Anastasia an meine Ohren. Ein bitterer Geschmack breitet sich in meinem Mund aus, als wäre mir ein Gift injiziert worden. Ich bin wie gelähmt, so schockiert bin ich von dieser Ankündigung.

Natürlich bin ich im Haus meines Vaters auch nicht glücklich, eingesperrt und bewacht wie ein Vogel im Käfig. Aber immerhin kenne ich mich hier aus, habe meine Bücher und kann mich zurückziehen, wenn ich es will. Und außerdem … Alessio ist hier! Was soll aus uns werden, wenn ich einen anderen heiraten muss?!

Ohne darüber nachzudenken, was ich mir damit einbrocken könnte, reiße ich mich los und springe auf. „Niemals!", stoße ich hervor. „Du kannst mich doch nicht einfach wie eine Zuchtstute verschachern!"

Meine Stiefmutter starrt mich entsetzt an und auf Anastasias engelsgleichem Gesicht zeichnet sich angesichts des nun zu erwartenden Donnerwetters Schadenfreude ab. In den Augen meines Vaters blitzt es wütend auf. Doch zunächst bleibt er ruhig. Er zieht sich eine Zigarre aus der Brusttasche seines Jacketts, zündet sie mit seinem goldenen Feuerzeug an und pafft einige Male. Dann fixiert er mich mit gerunzelter Stirn und sagt leise und drohend: „Du bist meine Tochter, Grace Benedetti. Du gehörst mir und ich tue mit dir, was mir richtig erscheint. Überleg dir gut, ob du dich mir widersetzen willst. Am Ende gewinne ich sowieso, das weißt du. Die Frage ist nur, wie viele Schmerzen du bis dahin ertragen musst!"

Panisch beginne ich zu zittern, denn ich weiß nur zu gut, wozu mein Vater in der Lage ist. Die Narben an meinem Körper sind ein hässliches Zeugnis davon.

Doch in diesem Moment siegt mein Kampfgeist über die Angst.

„Ich werde niemals zustimmen", werfe ich ihm entgegen. „So lasse ich mich nicht behandeln!"

Mein Vater nickt, pafft noch einmal an der Zigarre und steht dann auf. Ängstlich weiche ich vor ihm zurück. Er zieht sein Jackett aus, legt es über die Lehne des Sessels und krempelt sich anschließend in aller Ruhe die Ärmel seines Hemdes hoch. Ich weiß, was das bedeutet. Kalter Schweiß bricht mir aus. Wie ein gehetztes Tier schaue ich mich nach einer Fluchtmöglichkeit um, doch meine Stiefschwester eilt bereits zur Tür, um sie abzuschließen.

Diese Schlange! Aber ich habe ohnehin keine Chance, das weiß ich. Ich bin in diesem Haus gefangen und mein Vater hat mich noch jedes Mal erwischt.

„Sei doch vernünftig, Kind", will Ivana das Schlimmste verhindern. „Warte nur, wenn du erst erfährst, wer es ist … Er ist eine wirklich gute Partie! Ein Bild von einem Mann! Du solltest wirklich dankbar sein, dass dein Vater sich so um dich bemüht!"

Der Mann aus der Halle schießt mir wieder in den Sinn. War er hier, um diesen Handel abzuschließen? „Wer? ", frage ich angsterfüllt. „Wer ist es?"

Einige Sekunden vergehen, in denen niemand etwas sagt. Dann knurrt mein Vater: „Du wirst meinen größten Widersacher heiraten und so Frieden zwischen den Kartellen stiften." Ich starre ihn fassungslos an.

„Ist das nicht wundervoll?", jubelt Anastasia von der Tür. „Ich beneide dich so, Sis! Um diesen Mann wird dich ganz New York beneiden!"

Doch ich beachte sie gar nicht. *Seinen größten Widersacher?,* denke ich entsetzt. *Das kann nur eins bedeuten!* Denn mein Vater hat bekanntermaßen all seine Widersacher systematisch ausgeschaltet, alle bis auf einen. Nur einen gibt es noch, gegen den er nicht ankommt und mit dem er seit Jahren um die Oberhand ringt. Und dieser Mann, der Bastardsohn eines Sizilianers und einer irischen Straßenhure, ist mein schlimmster Albtraum!

„Das kannst du mir nicht antun, Daddy", flüstere ich. „Doch nicht ihn, der … Du weißt doch, was er getan hat!"

Mein Vater macht eine wegwerfende Handbewegung. „Vergiss doch die alten Geschichten", unterbricht er mich barsch. „Hier geht es ums Geschäft und nichts anderes zählt! Solange der Kerl gegen mich arbeitet, zahle ich Jahr für Jahr einen hohen Blutzoll, willst du das? Mal ganz abgesehen von den Möglichkeiten, die ein solches Bündnis bietet. Zusammen werden Connor O'Brien und ich ein Imperium errichten!"

Ich kann einfach nicht glauben, was ich da höre. Ich hatte also recht mit meiner Vermutung: Er will Connor O'Brien zu meinem Ehemann machen! „A-aber ...", stammele ich. „Dieser Mann hat meine Mutter umgebracht!"

Als ich sehe, wie Ivana die Augen verdreht, will ich auf sie losgehen, so sehr bin ich außer mir. Doch mein Vater packt mich an einem meiner Zöpfe und reißt mich brutal zurück. Mit einem schmerzvollen Aufschrei versuche ich, mich zu befreien, doch es ist hoffnungslos.

„Du solltest wirklich dankbarer sein, du kleines Miststück", keift meine Stiefmutter drauflos. „Als wenn ein Mauerblümchen wie du sonst überhaupt jemals einen Mann gefunden hätte! Guck dich doch nur mal an, mit deinen Zöpfen und der Jogginghose! Du siehst aus, als würdest du unter einer Brücke schlafen! Du bist eine Schande, eine Schande!"

Mein Vater nickt. „Sie hat recht", stimmt er mit harter Stimme zu. „Du warst nie die Tochter, die ich mir gewünscht hatte, so unscheinbar und immer mit der Nase in den Büchern! Noch dazu bist du fett, du kommst ganz nach deiner Mutter! Eine Last warst du, dein Leben lang, aber ich habe mich trotzdem um dich gekümmert! Und jetzt dankst du es mir so, du wertloses Stück Dreck?"

Trotz allem, was er mir bereits angetan hat, tun mir seine Worte immer noch weh. Tränen schießen mir in die Augen und ich beginne zu schluchzen. „Ja, heul nur", schnaubt mein Vater verächtlich. „Du wirst O'Brien heiraten, das ist mein letztes Wort!" Dabei zieht er mir den Kopf an den Haaren tief in den Nacken und kommt drohend mit dem Gesicht dicht vor meins. Die rote Glut der Zigarre, die er im Mundwinkel stecken hat, kommt meiner Haut dabei gefährlich nahe.

„Nein", presse ich dennoch unter Tränen hervor. „Ich werde diesen Mann nicht heiraten! Du kannst mich nicht dazu zwingen!"

Mein Vater lacht böse. „Oh doch, *bambina*, das kann ich." Und dann holt er aus und schlägt mir mit voller Wucht ins Gesicht.

Grace

Heiß. So unendlich heiß brennen die Tränen auf meiner Haut und es ist mit nichts zu lindern. Egal, wie oft ich mein Gesicht schluchzend in die Kissen presse, immer und immer wieder, die Hitze wird nur noch unerträglicher. Denn der Schmerz, der die Sturzbäche aus meinem Körper schwemmt, sitzt in meinem Herzen, wütet tief in mir. Ist so allesversengend, dass es mich von innen heraus verzehrt.

„Nicht er!" Die Daunen schlucken meine Worte, nehmen mir die Luft zum Atmen und mit einem Keuchen reiße ich den Kopf hoch. „Nicht er!", wiederhole ich dieses hilflose Mantra, doch mein Flehen verebbt an den goldenen Schnörkeln des Himmelbetts, ungehört, denn es ist niemand da. „Alessio! Wo bist du?" Ich sinke zurück, mein Körper zu schwer unter Trauer, Angst und Panik, und zucke jäh zusammen. Die Wunde. Das neue Mal. Es ist nicht größer als eine Dollarmünze, doch sticht, als habe er mir ein Messer in den Bauch gerammt. Mein eigener *Vater* ...

„*Amore!*" Die Tür fällt zu, der Schlüssel dreht sich im Schloss und dann ist er bei mir. Mein Geliebter. Mein Verbündeter. Der einzige Mensch auf dieser von Gott verlassenen Erde, dem ich noch etwas bedeute. Seine Hände auf meinen Wangen verstärken die Hitze, doch endlich spüre ich noch etwas anderes in meiner Brust als

Verzweiflung. Hoffnung. Einen kleinen Funken Hoffnung, dass es doch noch einen Ausweg für mich gibt. Für uns. „Schhh, mein Engel, hör auf zu weinen."

Ich rapple mich hoch und rutsche an seine Brust. Tauche ein in den sicheren Hafen seines Dufts und kralle meine Finger in sein Hemd. „Alessio! Mein Vater … ich …" Weiter komme ich nicht, denn der nächste Schluchzer verstopft meine Kehle. Es wird keinen Ausweg geben, das weiß ich. Er würde mich eher töten als zuzulassen, dass ich glücklich werde. Wobei mir der Tod im Vergleich zu einem Leben an Connor O'Briens Seite in diesem Moment sogar nahezu verlockend erscheint.

„Ich weiß, *tesoro*. Ich weiß."

Mein Herz setzt aus. Für nur einen Schlag, ehe es noch wilder rast als zuvor. Natürlich weiß er es, Alessio ist Vaters rechte Hand, aber … „Wir müssen fliehen! Irgendetwas unternehmen, oder … Ich habe ihm gesagt, dass ich diesen Kerl niemals heiraten werde!" Meine Stimme bricht und das schöne Gesicht meines Geliebten verschwimmt vor meinen Augen. Er muss mir helfen. Er muss mit Vater sprechen. Alessio steht ihm doch am nächsten, ist der zweite Mann im Clan. Er …

„Schhh. Beruhige dich. Es wird alles gut. Vertrau mir, ja?"

„Aber wie …"

„Nein, Grace." Sein Griff um meine Oberarme wird fester. „Frag nicht nach, vertrau mir einfach. Okay?" Der Widerwillen rebelliert in mir – was hat er vor? Und bringt es ihn in Gefahr? Denn jeder, ausnahmslos jeder, der sich dem Don in den Weg stellt oder auch nur ansatzweise an ihm zweifelt, hat sein Leben bereits so gut wie verwirkt. Mein Vater hält große Stücke auf Alessio, aber … Hier geht es um so viel mehr als um die niederen Wünsche seiner sowieso undankbaren Tochter. Bei diesem Spiel geht es allein um die Macht der Benedettis. Und um diese zu festigen oder zu behaupten, würde Luciano Benedetti seinen erstgeborenen Sohn opfern. Wenn er denn einen hätte.

Moment. Ich stutze. *Zuchtstute.* Ich hatte den Vergleich vorhin wahllos aus der Luft gegriffen, doch jetzt sehe ich plötzlich klar. „Es geht ihm um einen Erben, nicht wahr?" Alessio runzelt die Stirn. „Einen Thronfolger. Genau das ist es! Der Bastard soll mich schwängern, damit unser Blut die Herrschaft über ganz New York übernimmt!" Ich fahre hoch, was die Wunde an meinem Bauch sofort wieder auf den Plan ruft. Leise keuchend halte ich inne, beiße die Zähne aufeinander und will den Schmerz verdrängen, doch Alessio ist schneller.

„Du hast dich gewehrt, nicht wahr? Oh, *tesoro*, du dummes, kleines Ding! Was hat er dir diesmal angetan?" Er ist mir nachgerutscht und die Sorge in seinen saphirblauen Augen schnürt das Band um mein Herz nur noch fester zusammen.

„Nichts. Es ist nichts." Ich will mich verschließen, verhindern, dass er sich noch mehr sorgt, aber ganz wie er nun mal ist, hat er mich längst durchschaut.

„Das kannst du jemand anderem erzählen, Grace. Zeig es mir." Ich schüttle den Kopf. „Zeig. Es. Mir." Finger, die sich um mein Kinn legen, fest und unnachgiebig, doch vertraut und nicht brutal. Ich öffne die Augen und begegne seinem Blick. Weiß, dass Alessio meine Narben kennt, und dennoch kostet es mich jedes Mal aufs Neue Überwindung, sie ihm zu offenbaren.

Er gibt mich frei, nickt mir zu und mit noch immer bebenden Lippen greife ich an den Bund des Hoodies. Dieser scheiß Hoodie. Er hat ihn nur noch wütender gemacht.

„Du elende kleine Schlampe“, hat er geschrien. „Sieh dich doch nur an! Deine Mutter hat ganz recht. Du bist weder schön genug noch annähernd in der Position, irgendwelche Anforderungen zu stellen.“

Ich weiß nicht, was in diesem Moment mehr wehtat – mein Genick, weil er so fest an den Zöpfen zog, dass ich Angst hatte, er würde es mir brechen, oder aber die Tatsache, dass er dieses unwürdige Biest Ivana allen Ernstes als meine Mutter betitelte. „Meine Mutter ist tot! “, habe ich gebrüllt, wohlwissend, dass ich meinen Widerstand bitter büßen würde. Aber das war mir in diesem Augenblick mehr als egal. „Tot! Hörst du? Und du willst, dass ich ihren *Mörder* heirate?! Ich hasse dich! Ich hasse euch alle!“

Der nächste Schlag brachte mich zum Schweigen. Nahm mir kurzzeitig die Fähigkeit, zu sehen oder mich auch nur zu orientieren. Blut in meinem Mund. Schwindel. Und wie immer folgten noch viele weitere Schläge, später auch mit den Fäusten. Schaum vor seinem Mund. Pure Abscheu in seinen Augen. Aber brechen konnte er mich nicht.

„Dieses Schwein.“ Kopfschüttelnd sieht Alessio zu mir herab, auf meinen Bauch, auf dem das neue Brandmal sich nahezu perfekt in die Reihe der anderen fügt. Luciano Benedetti mag ein Sadist sein, aber was man ihm nicht nachsagen kann, ist, dass er schlampig arbeiten würde. Doch viel schlimmer als die Tatsache, dass er mich schon dutzende Male auf diese Weise gezeichnet hat, ist, dass mich Alessios Worte beinahe noch mehr verletzen. Er ist doch mein Vater. Ich habe ihn einmal geliebt.

„Warte hier.“ Alessio erhebt sich von der Bettkante und ohne ihm nachzusehen, weiß ich, was geschieht, wohin er geht. Zu oft schon hat er sich um mich gekümmert und meine Verletzungen versorgt, und auch jetzt kommt er mit Watte, Pflastern und Salbe aus dem Badezimmer zurück, während ich mit leerem Blick unter dem weißen Himmel meines Bettes hocke und nicht aufhören kann, den Kopf zu schütteln. Über mich selbst. Armselig. Ein armseliges Häufchen Elend. Das bin ich. Jetzt. Gerade. Und ich koste es nahezu aus. Nutze die Chance und lasse mich ganz in mein Selbstmitleid fallen. Erlaube mir, schwach zu sein, weil ich mich sicher fühle. Weil Alessio bei mir ist und ich ihm nichts vorspielen muss.

„Leg dich hin, *tesoro*.“

Ich befolge seine Anweisung. Bette die Hände auf meiner Brust und schaue ihm zu. Nicht, wie er die Utensilien auf der Decke ausbreitet. Auch nicht, wie er eine sterile Kompresse öffnet. Und erst recht nicht, wie er das Brandspray über meinen schmerzenden Bauch führt. Alles, was ich sehe, ist er. Seine konzentrierten Züge. Die blonde Strähne, die sich aus seinem Man Bun gelöst hat und jede seiner Kopfbewegungen mit ihrem Tanz begleitet. Die sinnlichen Lippen. Dieser Mann vor mir ist alles, was ich mir erlaube, wahrzunehmen. Denn für ihn bin ich stark. Für ihn beiße ich die Zähne zusammen, als der kühlende Nebel auf meine Haut trifft und das Stechen sich unangenehm mit dem Kältereiz verbindet. Alessio ist mein Halt. Wie an jedem Tag, seit wir uns heimlich treffen. Uns lieben und für ein paar schöne Momente den Hass, die Gier und das Blut verdrängen, die unseren Alltag bestimmen.

Er spricht kein Wort, wo ich doch so sehr darauf hoffe, einen Plan, den Ansatz einer Idee oder auch nur hohlen Trost aus seinem Mund zu hören. Ich warte. Bin still und tapfer. Als er aber das Pflaster glattstreicht und sich umgehend daran macht, das Verbandszeug und den Müll zusammenzusammeln, halte ich es nicht mehr aus. „Sag doch was. Irgendetwas, Alessio. Was sollen wir tun?"

Er hält inne, sieht mich aber nicht an. Schüttelt nur kaum merklich den Kopf, ehe er alles zusammenrafft und sich erhebt. „Abwarten."

„Abwarten?" Ich habe mich verhört. Ganz sicher habe ich das und richte mich auf. Sehe ihm nach, wie er erneut im Bad verschwindet und werde von meinen Gedanken überrollt. Das kann nicht sein Ernst sein! Wir haben keine Zeit zum *Abwarten.* „Alessio! Wie … Was meinst du damit?"

Da kehrt er zurück. „Das, was ich gesagt habe, Grace. Wir müssen abwarten. In Ruhe einen Plan schmieden. Wenn wir Hals über Kopf abhauen, zusammen, dann wird er Eins und Eins zusammenzählen und wir sind schneller tot, als du Hochzeit sagen kannst."

„Das ist nicht lustig!" Ich ramme die Fäuste ins Laken. Wut schiebt sich über meine Verzweiflung. Nicht auf Alessio, denn er hat ja recht, aber auf die ganze verdammte Situation. Darauf, dass wir tatsächlich keine großen Möglichkeiten haben. Der Benedetti-Clan hat seine Leute überall, bis weit über die Grenzen New Yorks hinaus. Wahrscheinlich gibt es keinen beschissenen Bundesstaat, in dem wir sicher wären. „Wir müssen das Land verlassen."

Er lacht. „Wie stellst du dir das vor? Wir fahren gemütlich zum nächsten Flughafen und keiner bekommt was davon mit? Wach auf, Grace!"

„Das bin ich längst! Und weißt du was? Das hier ist kein Traum! Es ist die verfickte Realität, dass ich diesen Bastard heiraten soll! Bald! Also komm mir nicht mit Abwar…"

Mit langen Schritten ist er bei mir und packt mich an den Schultern. „Verflucht nochmal, sprich leiser!“ Zorn verdunkelt seine Augen und seine Finger graben sich wie Schraubzwingen in mein Fleisch. Ich gebe keinen Laut von mir. „Wir haben keine andere Wahl.“ Noch einmal drückt er zu, ehe er mit einem Fluch auf den Lippen von mir ablässt. Fahrig streicht er sich die Strähne aus dem Gesicht. „Fürs Erste müssen wir mitspielen, *tesoro*. Nein, lass mich ausreden. Das ist unsere einzige Chance. Du wirst mitspielen. Du wirst dich nicht dagegen wehren, hörst du? Für uns. Tu es für uns. Das schaffst du doch, oder?“

Ich nicke, auch wenn sich alles in mir sträubt. „Gut“, murmelt er. „Ich werde mir etwas einfallen lassen. Aber ich brauche Zeit.“ Seine Berührungen sind wieder zärtlich, als er mit den Fingerspitzen meinen Oberarm entlangfährt. „Gib mir Zeit, Grace.“ Er legt die Hand auf meine Wange und lässt sie tiefer gleiten. „Wirst du ab jetzt ein braves Mädchen sein?“

Es fühlt sich so falsch an, so fehl am Platz, doch ich erschauere. Unter seinen Worten. Unter dem Klang seiner Stimme, der umgeswitcht hat, und nun statt Angst und Sorge warme Wellen durch meinen Körper schickt. Ich schlucke. Und nicke. Weil ich ihm vertraue.

„Dann zeig es mir. Zeig mir, dass du es für uns tust, kleine Grace.“ Seine Lippen treffen auf meine. Fordernd. Und ich lasse es zu. Lasse zu, dass seine Nähe meine Gedanken ausknipst, denn nichts wünsche ich mir mehr, als dass er das Chaos in meinem Kopf endlich durchbricht. Dass ich vergessen darf, wer ich bin, wenn auch nur für einen Moment.

„Wir haben nicht viel Zeit.“ Sein Atem heiß auf meiner Haut. „Aber ich brauche dich, *tesoro*. Jetzt.“ Und dann drückt er mich in die Kissen. Hält sich gar nicht erst auf, sondern schließt seine Lippen durch die Spitze des BHs um meinen Nippel. *Ah!* Ich bäume mich ihm entgegen. Wut und Leid und Schmerz rasen durch mich hindurch und aus mir heraus, verdrängt von dem Kitzeln, der süßen Lust, die Alessios Begierde in mich setzt. Ja, auch ich brauche ihn. Mein Körper tut es. Um all das loszulassen, was heute geschehen ist. Um Frieden zu finden. Ein Keuchen entfährt mir. Seine Hand in meinem Schoß, seine Zähne auf meiner Brustwarze. Ich will mehr. Greife selbst nach den Körbchen und ziehe sie für ihn herunter. Sehne mich nach seiner Zunge und bekomme sie. Heiß und feucht und so erregend. Und als er mich beißt, ersticke ich gerade noch so einen Schrei.

„Nicht so laut", knurrt er. „Du weißt …"

Ja, verdammt, ich weiß es und kralle meine Finger in die Laken. Ich will hier weg. Je schneller, umso besser. Will lieben und schreien und lachen, wann immer es *mir* passt, und würde alles dafür tun. Wirklich alles? Nein. Und schon driften meine Gedanken wieder ab. Diesen Mann würde ich niemals heiraten. Nicht Connor O'Brien. Für nichts in der Welt.

Ein Ruck holt mich zurück. Alessio hat den Saum meiner Leggings gefasst, hakt noch mal nach, nimmt das Höschen gleich mit, und ich hebe den Hintern. Genieße den samtig weichen Stoff der Laken auf meiner nackten Haut, als ich mich wieder zurücksinken lasse, und den Anblick des Kerls dort vor mir. Mit Glut im Blick schaut er auf mich herab, lässt meine Klamotten fallen und greift vor sich. Zieht das Hemd aus seiner Hose und öffnet den Gürtel. „Dreh dich um, *amore*. Geh auf die Knie." Und mit einem kurzen Nicken in Richtung meines Bauches fügt er hinzu: „Ich will dir nicht noch mehr wehtun."

Scheiße, das tut er doch nicht. Dank ihm bin ich wieder auf Kurs. Habe die kaputten Mauern meines Stolzes gekittet, die Löcher geschlossen, die mein Vater hineingerissen hat, als er mir vor den Augen von Ivana und Anastasia seine glühende Zigarre auf die Haut drückte. Ein Hauch von Panik befällt mich, als ich daran zurückdenke. Das Lachen höre und ihren Spott. Noch nie hat er mich so gedemütigt, und das wird er bereuen.

Mit einem Lächeln, das Alessio eine Falte der Verwunderung zwischen die Augenbrauen treibt, erhebe ich mich und wende mich auf alle viere. Präsentiere ihm das, was mein Vater so sehr an mir hasst – meine Kurven, meinen runden Hintern – und recke stolz das Kinn. Seit heute habe ich keinen Vater mehr. „Fick mich, Alessio. Nimm mich und lass mich vergessen."

Und er tut es. Sein tiefes Grollen vermischt sich mit dem Ratschen des Reißverschlusses, dann drängt seine Erektion auch schon gegen mich. Packt er fest in meine Seiten und reibt sich an meiner Lust, ehe er sich mit einem einzigen Stoß in mir versenkt. Ich keuche. Werde nach vorn gedrückt, doch finde gerade noch Halt. Klammere mich an die kitschigen, goldenen Ranken, die das Kopfteil meines Bettes bilden, und stoße mich davon ab. Noch tiefer auf Alessios Gier, der keucht, die Einladung aber nur zu gern annimmt. Tief und schnell stößt er in mich. Dehnt mich und füllt mich völlig aus. Trifft immer und immer wieder diesen einen Punkt und ich bin versucht, die Augen zu schließen. Doch nein! Ich bin hier! Ich bin ich! Und solange ich auch nur einen Atemzug nehmen kann, werde ich auf Rache sinnen. Ich werde ihn vernichten. Und während der Orgasmus immer näherrollt, die Wellen sich zur Flut steigern, ich Blitze vor meinen offenen Augen sehe und ich meinen Höhepunkt hinausstöhne, stelle ich mir vor, wie eine Kugel auf Luciano Benedettis Schädel trifft.

„Hallo? Grace? Warum ist diese scheiß Tür verschlossen?"

Grace

Als Anastasia ins Zimmer gerauscht kommt, ist sie mehr als angepisst. Immerhin musste sie mindestens eine Minute vor meiner verschlossenen Tür ausharren. Und wenn die Prinzessin eine Gemeinsamkeit mit ihrem Stiefvater hat, dann die, dass sie ebenfalls nicht gern wartet. Aber es ging nicht schneller, denn wegen der schmerzenden Verbrennung auf meinem Bauch habe ich selbst mit Alessios Hilfe ziemlich lange zum Anziehen gebraucht.

„Was soll das?! Du weißt genau, dass wir uns aus Sicherheitsgründen nicht einschließen dürfen", schnaubt sie und wirft ihr langes blondes Haar theatralisch zurück. „Wenn ich Daddy das erzähle, kriegst du gleich die nächste Abreibung!"

Auch ich bin nicht gerade bester Laune. Wer wird schon gern von seiner bösen Stiefschwester aus dem rosaroten Himmel eines berauschenden Höhepunkts zurück in die grausame Realität geholt! Das war ein Absturz, auf den ich wirklich gern verzichtet hätte. Entsprechend ungehalten weise ich sie darauf hin, dass *sie* gleich reif für die nächste Abreibung sein wird, wenn sie nicht sofort einen anderen Ton anschlägt. „Und die kriegst du dann von mir persönlich", knirsche ich drohend. „Dass du gleich losgerannt bist, um die Tür vom Arbeitszimmer abzuschließen, werde ich dir nie verzeihen, *Sis!*" Das letzte Wort werfe ich ihr voller Verachtung vor die Füße.

Anastasias große blaue Augen funkeln hasserfüllt. Sie will gerade zu einer sicher nicht allzu freundlichen Antwort ansetzen, da fällt ihr Blick auf Alessio. Normalerweise versteckt er sich in solchen Situationen im Bad, aber heute wollte mein Liebster mich nicht allein lassen.

„Schon gut, die kleine Hexe checkt das sowieso nicht", hat er mich beruhigt, als ich ihn panisch davon überzeugen wollte, sich auf keinen Fall hier entdecken zu lassen. Denn wenn unsere Beziehung auffliegt, können wir uns gleich selbst die Kugel geben! „Ana ist dumm wie Toastbrot, *tesoro*, und außerdem glaubt sie mir alles, was ich sage!"

So ganz sicher bin ich mir da jedoch nicht, als meine Stiefschwester jetzt stutzend innehält und misstrauisch von Alessio zu mir und dann wieder zu ihm schaut. Er erwidert ihren Blick ungerührt. Lässig zurückgelehnt sitzt er auf einem Sessel am Fenster, als wäre er nie auch nur in die Nähe meines Bettes gekommen. Ich dagegen zupfe nervös an meinem Hoodie herum, der seltsam verbeult aussieht, weil mein BH darunter nicht richtig sitzt.

Offensichtlich arbeitet es auf Hochtouren in Anastasias hübschem Köpfchen, aber sie kann sich keinen Reim darauf machen, was der von ihr so heiß verehrte Unterboss in den Gemächern des hässlichen Entleins zu suchen hat. Dass der *blonde Sizilianer*, wie man Alessio wegen seiner für unsere Leute ungewöhnlichen Haarfarbe in Mafiakreisen nennt, mir gerade die Seele aus dem Leib gevögelt haben könnte, scheint ihr allerdings nicht in den Sinn zu kommen.

„Oh, guten Abend, Mister“, haucht sie nun mit derselben anrüchigen Stimme, mit der sie Alessio immer anspricht und die mich rasend macht. Auch jetzt würde ich ihr am liebsten sofort an die Gurgel springen, doch ein warnender Blick des „Misters“ hält mich davon ab. „Hat Grace schon wieder etwas angestellt?“, hakt Ana nach und mustert mich, als sei ich eine widerliche Kröte.

Alessio lacht leise. „Nein, nein“, erwidert er. „Ich wollte ihr nur ins Gewissen reden, damit sie ihren Widerstand gegen die Ehe mit dem Bastard aufgibt. Deshalb habe ich auch abgeschlossen“, fügt er grinsend hinzu. „Damit sie mir nicht abhaut.“

Ich muss mich zusammennehmen, nicht laut herauszuplatzen. Genial, wie Alessio meine Stiefschwester mit ihren eigenen Waffen schlägt, ohne dass sie es kapiert! Natürlich denkt sie, dass er sich mit ihr verbünden will und kichert geschmeichelt. „Deshalb bin ich auch hier“, verkündet sie und wendet sich an mich: „Grace, du darfst dich nicht dagegen wehren! Der Bastard ist das Beste, was dir passieren kann!“

Sofort steigt wieder die Wut in mir hoch. „Ich frage mich, wie jemand, den man *den Bastard* nennt, so ein Glücksgriff sein soll“, schnaube ich. Alessio schmunzelt, aber Ana belehrt mich mit wichtiger Miene: „Er wird doch nur wegen seiner Herkunft so genannt, Grace. Und für die kann nun wirklich niemand etwas!“

Jetzt steht Alessio auf und durchschreitet gemächlich den großen, mit einem dicken rosa Teppich mit Rosenmuster ausgelegten Raum, bleibt vor meiner Stiefschwester stehen und mustert sie gleichgültig. „Das ist nur zur Hälfte richtig, Kleine“, korrigiert er sie. „Connor O’Brien *ist* ein Bastard, das stimmt. Sein Vater, der ehemalige Boss der Carraras, hat angeblich Dutzende von seiner Sorte produziert. Aber seinen Namen trägt Connor auch, weil er sich wie ein Bastard benimmt. Er ist völlig skrupellos und hält sich an keinen Ehrenkodex der alten Familien. Frauen, Kinder, Zivilisten, nichts ist ihm heilig. Um zu bekommen, was er will, ist ihm jedes Mittel recht.“

Anastasia zieht die Augenbrauen hoch. „Ein gefährlicher Mann“, haucht sie nicht ohne Bewunderung. Doch dann fällt ihr wohl wieder ein, dass *ich* ihn ja heiraten soll, und sie fügt spöttisch hinzu: „Dann mal viel Vergnügen mit deinem herzlosen Herzblatt, Grace!“

Ich runzele missbilligend die Stirn, als sie sich wieder Alessio zuwendet und ihn mit ihren falschen Wimpern anklimpert. Gleichzeitig presst sie mit den Oberarmen ihre leider ziemlich ansehnlichen Brüste zusammen, so dass sie meinem Liebsten aus ihrer eng anliegenden glänzenden Bluse geradezu entgegenspringen. Auch wenn Alessio keine Reaktion zeigt, passt es mir nicht, dass er diesem Anblick ausgesetzt ist.

„Connor O’Briens Vater ist also Sizilianer?“, hake ich nach, um die Aufmerksamkeit wieder auf mich zu lenken. Doch weder Alessio noch Anastasia schenken mir große Beachtung. Mein Liebster steuert auf die Zimmertür zu und meine Stiefschwester dackelt wie ein Hündchen hinter ihm her. Erst als ich mich aggressiv räuspere, sieht Alessio sich zu einer Antwort gezwungen. „Sein Vater *war* Sizilianer“, erwidert er. „Vielleicht hätte Antonio Carrara sich um seine Geschäfte mit der gleichen Hingabe kümmern sollen, wie er irische Nutten gefickt hat. Kurz nach Connors Geburt wurde er nämlich in einem Hinterhalt erschossen. Seitdem sind die Carraras nicht mehr von Bedeutung. Kakerlaken, die irgendwo im Dreck herumwühlen, sonst nichts!"

Anastasia hängt wie immer an Alessios Lippen. Wie sie ihn anhimmelt, geht mir gewaltig gegen den Strich, aber um uns nicht zu verraten, kann ich leider nichts dagegen tun. Außerdem nervt es mich, dass er sie einfach so gewähren lässt. Nicht einmal, wenn sie ihn offensiv angräbt und ihm ihre Titten förmlich ins Gesicht drückt, weist er sie in ihre Schranken! Natürlich verstehe ich den Grund für seine Zurückhaltung: Wenn Ana denkt, dass sie vielleicht Chancen bei ihm haben könnte, wird sie nie auf die Idee kommen, dass Alessio und ich heimlich ein Paar sind. Trotzdem bin ich vor Eifersucht schon wieder auf 180. Und außerdem passt es mir ganz und gar nicht, was Alessio da gerade gesagt hat.

„Kakerlaken, die irgendwo im Dreck herumwühlen?! Meine Mutter war eine Carrara, vergiss das nicht", schnaube ich herausfordernd. „Antonio Carrara war zwar nur ein entfernter Cousin von ihr, aber trotzdem! Beleidige nicht Ornella Carrara Benedettis Andenken, sonst werde ich ungemütlich!"

Alessio und Anastasia wechseln einen Blick, der zwischen ungläubiger Belustigung und Mitleid schwankt, was mich natürlich noch mehr auf die Palme bringt. „Und überhaupt, wieso nicht mehr von Bedeutung?!", ereifere ich mich weiter. „Immerhin ist der Bastard neben meinem Vater doch der mächtigste Mann im New Yorker Geschäft!"

Doch Alessio winkt gelangweilt ab. „O'Brien arbeitet auf eigene Rechnung. Mit dem Carrara-Clan hat er nichts zu tun", teilt er uns noch mit, bevor er sich mit der Ausrede, er hätte noch zu arbeiten, verabschiedet und die Tür hinter sich zufallen lässt.

Sehnsüchtig starre ich dorthin, wo er eben noch stand. Jeder Abschied von ihm fällt mir verdammt schwer. Und wenn ich nur daran denke, dass ich vielleicht bald einen Anderen heiraten muss, könnte ich sofort wieder in Tränen ausbrechen. *Wird Alessio eine Lösung für uns finden?*, frage ich mich verzweifelt.

Anastasia steht unentschlossen im Raum und starrt ebenfalls auf die Tür, durch die Alessio gerade verschwunden ist. „Meinst du, ich hätte Chancen bei ihm? ", fragt sie mich dann ganz platt. Wieder verdrängt Wut meine anderen Gefühle. „Du? Niemals!", zische ich verächtlich. „Alessio steht auf intelligente Frauen! Und außerdem bist du mit deinen gerade mal achtzehn Jahren viel zu jung für ihn!" Sie lacht mitleidig. „So ein Unsinn", entgegnet sie kalt. „Männer stehen auf junge Häschen, weil die noch schön knackig sind! Und seit wann ist Intelligenz wichtiger als ein guter Körper? Das kann nur eine alte Jungfer mit Übergewicht sagen!"

Damit reißt auch sie die Tür auf und stöckelt davon, wahrscheinlich, um meinen armen Alessio noch weiter zu belästigen.

„ B ringt sie herein!"
Ein Ruck geht durch mich hindurch, als die Stimme meines Vaters durch die geschlossene Flügeltür dringt. Ich stehe im Gang und nestle nervös an dem viel zu kurzen Saum meines Kleides herum. Vergeblich. Es gibt einfach nicht genügend Stoff an diesem Fummel, um die Spitzen meiner Strümpfe gänzlich zu verbergen und ich fluche in mich hinein. Dieser Mistkerl. Selbst seine Huren tragen mehr am Leib, und mich, seine eigene Tochter, schickt er aufgetakelt wie eine Bordsteinschwalbe in den Krieg. Denn nichts anderes ist dieses heutige Treffen mit meinem zukünftigen Ehemann: die erste Schlacht im Feldzug gegen meinen Vater.

Und er weiß es. Lässt mich nicht eine Minute mehr unbeaufsichtigt, weil ich nicht einmal mehr versuche, meine Abscheu ihm gegenüber zu verbergen. Vierundzwanzig Stunden am Tag ist jemand bei mir und es grenzt fast schon an ein Wunder, dass mir keiner seiner Aufpasser bis aufs Klo folgt.

Auch jetzt bin ich flankiert von zwei Männern in Schwarz, weil der Don wohl Angst hat, ich könne fliehen. Und wenn ich ehrlich bin, dann habe ich tatsächlich an jedem bodentiefen Fenster und an jeder Tür, an der wir auf dem Weg von meinem Zimmer hierher vorbeigekommen sind, darüber nachgedacht, es wenigstens zu versuchen. Doch nein. Ich habe Alessio auf unsere Liebe geschworen, dass ich das hier durchziehen werde. Dass ich auf ihn und seinen Plan vertraue. Was er genau vorhat, das hat er mir nicht gesagt. Aus Schutz, falls doch etwas schiefgehen und er auffliegen sollte. Bei Gott, daran darf ich nicht einmal denken!

Und tue es trotzdem, während schwere Schritte hinter den Türen immer näherkommen und ich gebannt nur einen einzigen Punkt fixiere: ein goldenes Blütenblatt, das im prunkvollen Ornament vor mir von einer Rose fällt. Mein Puls rast. Wilder und wilder mit jedem Klacken der feinen Schuhe auf dem Marmorboden dort drinnen. Alessio. Ich erkenne seinen Gang am Geräusch und die Gewissheit, dieser schlechte Witz des Schicksals, dass ausgerechnet er es ist, der mich gleich durch die Pforten der Hölle bitten wird, lässt etwas in mir sterben. Einen weiteren der wenigen noch verbliebenen guten Teile meines Herzens. Irgendwann, da bin ich mir sicher, wird auch das letzte Stückchen Menschlichkeit in mir bitterlich verdorren, sollte es Alessio nicht gelingen, mich vor dieser Zwangsheirat zu bewahren.

Seit Mutters Tod hat der Don alles darangesetzt, mich zu einem gefügigen Etwas zu machen. Zu menschlicher Ware ohne Gefühl und Verstand. Und beinahe hätte er es sogar geschafft. Wenn Alessio nicht gewesen wäre. Seine Liebe hat mein Herz vor dem Untergang bewahrt, doch … Mir wird schwarz vor Augen und hastig blinzle ich gegen den Anflug von Panik an. Was geschieht, wenn Alessios Plan scheitert? Wenn nur ein Bruchteil davon stimmt, was ich über diesen Mann herausgefunden habe, den ich heiraten soll und der dort im Salon auf mich wartet, dann werde ich zur Gefangenen des Teufels. Und davor habe ich Angst. Reine, unverfälschte und blanke Angst.

Der auf Hochglanz polierte Türknauf dreht sich. *Nicht! Geh nicht auf! Ich will da nicht rein!* Doch viel zu schnell und unaufhaltsam verschwindet das Blütenblatt aus meinem Sichtfeld. Dann starre ich auf seine Brust. Auf das graue Hemd und das kleine silberne Kreuz, das zwischen den Aufschlägen hervorblitzt. Wie oft habe ich Alessio daran herumspielen sehen, wenn er bei mir lag? Gedankenverloren, weil auch er bei mir Ruhe fand. Das letzte Mal scheint mir Lichtjahre entfernt, denn seit dem Tag, an dem ich erfuhr, dass ich heiraten werde, ist er nicht mehr in mein Zimmer gekommen.

Er räuspert sich leise und ich hebe den Blick. Treffe auf seinen und die Gefühle überrennen mich. Mein Geliebter! Mein Fels in der Brandung. Die Verzweiflung treibt mich vorwärts, einen stolpernden Schritt weit auf ihn zu. Auf seine schützenden Arme. Ich will meine um seinen Hals schlingen und mich an ihm festhalten. Mich an seiner Brust verstecken und weinen wie ein kleines Mädchen. Doch ich werde jäh gestoppt. Keine Berührung, nein. Auch kein Wort. Es ist Alessios bloße Haltung. Sein Körper, der sich plötzlich spannt wie eine Feder und eine unsichtbare Mauer zwischen uns zieht, an der meine Hoffnung zerschellt.

Alles an Alessio signalisiert mir, dass ich mich verdammt noch mal zusammenreißen soll, dass ich gerade drauf und dran bin, uns beide in den Abgrund zu stürzen. Und gerade noch rechtzeitig halte ich inne. Verharre für einen Wimpernschlag in der Leere der Angst, ehe ich meine Schultern straffe und das Kinn hebe. Mit einem

Keuchen, das niemand hört, streiche ich mir die nichtvorhandenen Falten an meinem Kleid glatt und blicke erhobenen Hauptes an Alessio vorbei in den Salon.

Alle Augen sind auf mich gerichtet. Alle. Selbst die der bewaffneten Wachen, zwei in jeder Ecke des prunkvoll überladenen Raums. Nur ein Mann hat mir den Rücken zugekehrt. Seine große Statur, die breiten in schwarzes, feinstes Tuch gehüllten Schultern überragen den Sessel, in dem er sitzt, die langen Beine lässig überschlagen. Eiseskälte überzieht meine Haut, lässt jedes einzelne kleine Härchen sich aufrichten, als ich der Linie seiner Silhouette folge, den Arm entlang, der auf der Lehne ruht, bis hinab zu seinen Fingern, die gelangweilt einen Kristallglas-Tumbler kreisen lassen. Das leise Klirren der Eiswürfel im Whisky ist das einzige Geräusch im Raum, bis das Schnauben meines Vaters mich aus der Starre reißt.

„Auf was wartest du? Komm her." Und mit dem diabolischen Grinsen, das sonst nur seinen Feinden vorbehalten bleibt, fügt er hinzu: „Zeig dich unserem Gast!"

Ja. Ich bin der Feind in seinem Haus. Und darum verschachert er mich. Er ist kein Vater. Nicht einmal ein Mensch. Er ist das auserkorene Böse und diese Erkenntnis gibt mir die Kraft, mich zu sammeln. Stärkt meinen Stolz und meine Schritte, während ich den Raum durchquere wie eine Königin. Wie Marie-Antoinette auf dem Weg zum Schafott. Mein Vater ist der Scharfrichter, Ivana und das Flittchen die tuschelnde Menge und er dort vor mir – *unser Gast* – der lauernde Tod.

Connor O'Brien.

Noch immer hat er sich kein Stück bewegt. Wirkt, als sei er vollkommen allein. Ich folge seinem Blick durch die riesige Glasfront hinaus in den Park. Der Wind spielt in den Bäumen und Büschen, treibt graue Wolken über den heute Morgen noch blauen Himmel und auf meine Lippen tritt ein trauriges, aber wissendes Lächeln. Natürlich ist die Sonne verschwunden. Der Teufel bringt die Dunkelheit mit sich.

Da holt mein Vater mich ein. Packt mich am Ellbogen und zerrt mich vor ihn. „Connor? Es ist mir eine Ehre, dir deine Braut vorzustellen. Möge eure Liebe unsere Clans vereinen, die Macht dieses Bündnisses unendlich sein und uns unsterblich machen!"

Nichts.

Es geschieht einfach nichts.

Der Bastard schaut stur an uns vorbei, wie angewidert, und die Stille breitet sich immer weiter um uns aus. Wird erdrückender und unangenehmer, mit jeder verstreichenden Sekunde, und enttarnt dieses ganze Schauspiel als das, was es tatsächlich ist: eine Farce.

Die Hand meines Vaters wird zur Klaue, deren Krallen sich unbarmherzig in meinen Arm bohren, doch ich lasse den Schmerz nicht zu. Beiße die Zähne zusammen und straffe meinen Körper nur noch mehr. Weil ein Grinsen meinen Mund verzerrt. Meine Kiefer zucken, da ich das nicht zulassen will, nicht zulassen *sollte*! Aber Mitanzusehen, wie Connor O'Brien den Don in seinem eigenen Haus vorführt, gefällt mir leider viel zu gut. Der Dreckskerl hat es verdient, so behandelt zu werden, auch, wenn ich es ausbaden muss. Der Schmerz in meinem Arm wird unerträglich und ich kann ein Wimmern nicht mehr unterdrücken.

„Lass sie los."

„Was?"

Ja, genau: Was? Mein Gesichtsausdruck ist sicher genauso überrascht, wie der meines Vaters, als wir beide den Bastard anstarren. Hat er sich gerade wirklich für mich eingesetzt? Da bewegt er sich. Wendet uns das Gesicht zu, sieht mich aber nicht an, sondern meinem Vater direkt in die Augen. Heilige Mutter Maria! Seine sind grau. Eisgrau wie die Wolken an einem frostigen Wintertag, und die Kälte darin verschlägt mir den Atem.

„Ich werde mich nicht wiederholen, *Don*." Die Art, wie er das letzte Wort betont, ist abfällig, doch zu meiner Überraschung kommt er damit davon. Mehr noch, Vaters Hand rutscht von meinem Arm und er tritt einen kleinen Schritt zur Seite.

„Gut so. Wir wollen doch nicht, dass sie blaue Flecken bekommt, nicht wahr? Zumindest nicht vor der Hochzeit. " Connors Worte treffen mich wie ein Schlag ins Gesicht und als er den Kopf neigt, mich zum ersten Mal ansieht, ist die Panik zurück. Da ist nichts in diesem markanten Gesicht. Keine Regung, kein Gefühl. Nur Herzlosigkeit und Kälte. „Und nun zu dir."

Ich schlucke. Dränge den Kloß meine Kehle hinunter, der sie zu verstopfen droht, und mein Blick fliegt zu Alessio. *Hilf mir!*, flehe ich stumm, doch ich weiß, dass er mir nicht helfen kann. Noch nicht. Mit verschränkten Armen hat er vor der Tür Posten bezogen, sein Gesicht ist ausdruckslos, als er zusieht, wie der Bastard auf mich zutritt und zwei Finger um mein Kinn legt. Ich will nicht. Will mich nicht von Alessio losreißen, doch einen unsanften Ruck später schaue ich mitten ins graue Eis. Mein Körper erzittert, ob unter der groben Berührung oder der von diesem Mann ausgehenden Kälte, das weiß ich nicht. Mein Instinkt aber sagt mir, dass ich besser nicht aufbegehren sollte.

„Du bist also Grace." Sein Atem streift mich, als er mein Gesicht begutachtend von der einen in die andere

Richtung dreht. Kein Ton verlässt meine Kehle, obwohl ich schreien möchte. Dann lässt er von mir ab, so schwungvoll, dass ich Mühe habe, auf meinen High Heels das Gleichgewicht zu halten, und schnippt in die Luft. „Dreh dich um." Fragend schaue ich ihn an, da wendet er sich mit einem genervten Brummen an meinen Vater. „Hört ihr hier alle schlecht?"

Die Bodyguards tauschen die ersten beunruhigten Blicke, einer greift sogar an sein Holster, doch der Don wiegelt mit einer Handbewegung ab. „Beweg dich!", herrscht er mich an und ich drehe mich rasch zum Fenster. Was wird das hier? Gänsehaut ergreift mich, als ich hinaus in den unheilvoll dunklen Himmel schaue.

Mir war bis eben schon nicht wohl in meiner Haut gewesen, diesem Monster nun aber vollkommen schutzlos meinen Rücken zuwenden zu müssen, bringt mein Herz zum Rasen. Was hat er vor? Ich sehe ihn in der Spiegelung des Fensters. Wie er hinter mir steht und mich betrachtet, über einen Kopf größer ist als ich. Und ich sehe mich, als stecke ich nicht in meinem eigenen Körper. Als wäre ich nur ein Zuschauer dieser grotesken Szene.

Dass ich jedoch mittendrin bin, spüre ich, als er mich berührt. Meine Haare nimmt und sie mir über eine Schulter wirft. Ich zusammenzucke, jedoch nicht wegkomme, weil er längst mein Kleid gepackt hat. Ein Ruck, ein Ratschen, dann weht ein kalter Luftzug über meine nackten Schultern und seine Worte fahren in mich wie ein Schwert.

„Zieh dich aus. Ich will sehen, was mir gehört."

Grace

Fassungslos reiße ich den Kopf herum, um Alessios Blick zu suchen. Oder den meines Vaters, ganz egal. Ich soll nackt vor all diesen Leuten stehen müssen?! Niemals werde ich mich auf diese Weise vorführen lassen! Der Bastard darf mich nicht so demütigen! Doch niemand hilft mir und die tiefe Stimme meines Zukünftigen lässt mich in der Bewegung erstarren. „Blick nach vorn", herrscht er mich so drohend an, dass ich es kaum wage zu atmen, geschweige denn, mich weiter umzudrehen. Zitternd wende ich mich zurück und schaue mit erhitztem Gesicht zu Boden. Tränen stehen in meinen Augen. Das hämische Feixen von Ivana und Anastasia entgeht mir dabei ebenso wenig wie das gemeine Lachen des Dons.

„Braves Mädchen", lobt Connor O'Brien mich spöttisch. „Gewöhn dich lieber gleich dran, mir zu gehorchen. Das erspart dir einiges." Seine Worte lassen mich frösteln und ich fühle mich so einsam und verlassen wie nie zuvor. Warum steht mir keiner bei? Wieso lassen sie zu, dass man mich so behandelt? *Ist das dein Plan, Alessio?*, frage ich meinen Geliebten in Gedanken, während Connor dicht hinter mich tritt. *Wie genau willst du so unsere Liebe retten?!*

Dann spüre ich zwei große, etwas schwielige Hände auf meiner Haut. Die Berührung lässt mich förmlich zu

Eis erstarren und löscht jeden Gedanken in meinem Kopf aus. Leere, Angst und Scham, mehr ist nicht mehr in mir übrig. Für den Bruchteil einer Sekunde hat es den Anschein, als wollte Connor mich liebkosen. Doch dann reißt er mir mein Kleid so brutal herunter, dass ich schon wieder fast aus dem Gleichgewicht gerate. Bevor ich jedoch stürzen kann, fasst er mich am Unterarm und stützt mich. Verwirrt sehe ich mich nach ihm um, doch sein Blick ist genauso kalt und undurchdringlich wie zuvor. Er mustert mich ausdruckslos von oben bis unten, was ich stumm über mich ergehen lassen muss. Niemand sagt etwas.

Noch bin ich nicht vollkommen nackt. Unter dem Kleid trage ich ein hauchzartes Hemdchen aus Seide, das mir bis knapp über den Po reicht und mich noch notdürftig bedeckt. *Wird er mir auch diese letzte Schutzhülle ausziehen?*, frage ich mich, während die Blicke aller Anwesenden schamlos über meinen Körper wandern. *Alessio, wie kannst du das einfach so mit ansehen?*

Mit einer kurzen Bewegung deutet Connor jetzt auf den kostbaren Perserteppich, über dem hoch unter der stuckverzierten Decke ein gigantischer Kronleuchter aus venezianischem Glas hängt. Verunsichert steige ich aus dem am Boden liegenden Fummel, folge der stummen Aufforderung des Bastards und trete in die Mitte des Raumes. Auf meinem Weg, den ich mit wackligen Knien zurücklege, will ich endlich einen Blick auf meinen Geliebten erhaschen. Doch stattdessen finden meine Augen nur die meines Vaters.

Luciano Benedetti wirkt nervös. Auf seiner Stirn stehen kleine Schweißperlen und das feiste, selbstsichere Grinsen auf seinen Lippen sieht plötzlich nur noch aufgesetzt aus. Ich weiß, wovor er sich fürchtet. Er will nicht, dass Connor O'Brien die Narben entblößt, die mein eigener Vater mir zugefügt hat. Es könnte ihn in einem schlechten Licht dastehen, ja, vielleicht sogar die Verlobung platzen lassen. Der Bastard macht schließlich nicht unbedingt den Eindruck, als würde er beschädigte Ware akzeptieren!

So unangenehm und entwürdigend meine Lage in diesem Moment auch sein mag, erfüllt es mich doch mit einer gewissen Schadenfreude, meinen Vater so in Bedrängnis zu sehen. *Das nennt man Karma, großer Don*, denke ich voller Genugtuung und hoffe nun schon fast, dass Connor mir auch noch mein Unterkleidchen herunterreißt und damit einen Skandal auslöst. Die Vorstellung gefällt mir sogar so gut, dass ich mich aus meiner verschämt gekrümmten Haltung aufrichte und selbstbewusst einen Arm in die Hüfte stemme.

Connor verfolgt mich mit seinem eisgrauen Blick, kommt mir dann langsam hinterher und umrundet mich mit gerunzelter Stirn, wobei er meinen spärlich bekleideten Körper genauestens taxiert. Mein kurzzeitig aufgeflammter Mut sackt wieder in sich zusammen. Dieser Mann ist durch und durch furchteinflößend und die Vorstellung, ihm bald schon auf Gedeih und Verderb ausgeliefert zu sein, erfüllt mich mit Grauen.

Nun tritt er einen Schritt zurück und zieht sich eine Havanna aus seiner Jacketttasche. Instinktiv zucke ich zusammen. Wie oft war genau diese Geste für mich der Anfang einer qualvollen Bestrafung? Wie oft hat mein Vater mich mit der Glut seiner Zigarren und Zigaretten gefoltert und damit nicht nur meinen Körper entstellt, sondern auch meine Seele verstümmelt?

Der Bastard lässt sich von einem seiner Männer Feuer geben, dann pafft er einige Male, bis die Glut richtig entfacht ist, und lässt den Rauch langsam aus seinem Mund entweichen. Ich wage es nicht, ihn direkt anzusehen, beobachte ihn aber dennoch aus den Augenwinkeln, weil ich Angst habe, dass er mir aus dem Nichts heraus etwas antun könnte. Was meinen Vater betrifft, bin ich in dieser Hinsicht schließlich im wahrsten Sinne des Wortes ein gebranntes Kind.

Aber nichts geschieht. Während alle im Raum spürbar den Atem anhalten, betrachtet Connor O'Brien mich nur mit seinen kalten Augen. Dann wendet er sich schließlich an Luciano Benedetti. „Das ist also die Tochter, von der du gesprochen hast, Don?", fragt er. Sein Missfallen ist deutlich zu hören, was mir einen weiteren Stich versetzt. Eigentlich lege ich keinen Wert darauf, diesem Gangster zu gefallen. Aber wer wird schon gern vor versammelter Mannschaft niedergemacht und abgewertet!

Mein Vater hüstelt. „Das ist meine Grace, ja", bestätigt er. „Mein Augenstern, den ich dir anvertraue, um unser Bündnis zu bekräftigen!" Als er mich tatsächlich seinen „Augenstern" nennt, entweicht mir ein höhnisches Schnauben, auf das jedoch niemand achtet.

„Ich hatte etwas anderes erwartet, muss ich sagen", verkündet mein Zukünftiger nun eisig.

Obwohl ich von diesem Mann nur Schlechtes erwarte, treffen mich seine Worte wie ein Schlag in den Magen. „Warum tun Sie das?", entfährt es mir mit tränenerstickter Stimme. „Ist es nicht genug, dass Sie mich wie ein Stück Fleisch allen Blicken aussetzen? Dass ich Sie heiraten muss, ohne dass ich gefragt wurde? Müssen Sie mich jetzt auch noch beleidigen?"

Mein Vater will auf mich zustürmen und mich zum Schweigen bringen, weshalb ich angsterfüllt zurückweiche. Doch der Bastard gebietet ihm mit einer knappen Handbewegung Einhalt. Dann wendet er sich mir zu und fasst erneut nach meinem Kinn. Sein Griff ist hart und unbarmherzig. „Halt dein Maul, Missy, sonst sehe ich mich gezwungen, es dir zu stopfen", warnt er mich schneidend. „Meine Frau spricht nur, wenn sie gefragt wird, verstanden?"

Am liebsten würde ich ihm ins Gesicht spucken und ihn daran erinnern, dass wir noch nicht verheiratet sind und es auch niemals sein werden, wenn es nach mir ginge. Doch ich bin klug genug, mir auf die Lippen zu beißen und mich darauf zu beschränken, ihn zornig anzustarren. „Verstanden?!", herrscht er mich so grimmig an, dass ich eilig nicke, soweit es sein eiserner Griff zulässt.

Zum Glück lässt Connor mich daraufhin los und wendet sich wieder meinem Vater zu. „Du sagtest, sie wäre fett und unansehnlich und dass das einzig Wertvolle an ihr der Name Benedetti sei", sagt er und verschränkt die Arme vor der Brust. „Du sagtest, ich solle sie wegsperren, damit sie mich nicht blamiert, mir ein paar Kinder von ihr werfen lassen und mich ansonsten lieber mit anderen Frauen vergnügen."

Während er spricht, rötet sich das Gesicht des Dons zusehends. Selbst Anastasia blickt unangenehm berührt zur Seite. Ich traue meinen Ohren nicht. So soll mein eigener Vater über mich gesprochen haben? *Warum wundere ich mich überhaupt noch?*, frage ich mich dann jedoch traurig. *Dieser Mann empfindet nur Abscheu für mich, das ist doch nichts Neues.*

„Sie ist weder fett noch unansehnlich", brummt Connor nun. „Wenn man mal davon absieht, dass ihr Make-up an das eines Transvestiten erinnert. Wäre einer meiner Leute dafür verantwortlich, würde ich ihm dafür die Hände zertrümmern lassen."

Ich muss grinsen, weil es Ivana persönlich war, die mich heute zurecht gemacht hat. Überhaupt fühle ich mich plötzlich seltsam leicht und beschwingt. Mir ist schon klar, dass Connor O'Brien sich keinen Deut darum schert, wie ich aussehe. Dass es ihm einzig und allein darum geht, meinen Vater vor seinen eigenen Leuten bloßzustellen und ihm seine Macht unter die Nase zu reiben.

Aber trotzdem: Ich bin weder fett noch unansehnlich! Das war in dieser absurden Situation so ziemlich das beste Kompliment, das ich bekommen konnte!

Der Don überspielt die peinliche Situation mit einem schmierigen Lachen und faselt etwas von „Bescheidenheit" und „einem guten Christen geht es um die inneren Werte", was unser Gast mit sichtbarer Langeweile zur Kenntnis nimmt.

„Und sie ist wirklich noch Jungfrau?", will Connor dann wissen. Ich erstarre, als er sich dabei nach Alessio umsieht und ihn kurz und intensiv mit seinen eisgrauen Augen fixiert. *Weiß er etwa von uns?*, schießt es mir durch den Kopf. *Aber das ist unmöglich!*

Sowohl mein Vater als auch Ivana nicken eilfertig. „Selbstverständlich ist sie unberührt", versichert der Don und bietet dann doch tatsächlich an: „Wenn du willst, kannst du sie gern untersuchen lassen. Beim großen Esstisch sollte genügend Licht sein."

Fassungslos starre ich ihn an. Allein die Vorstellung, mich einer solchen Prozedur unterziehen zu müssen, treibt mir erneut die Tränen in die Augen. Doch der Bastard winkt ab. „Ich vertraue dir, Don", lächelt er böse. „Du weißt, was ich tun würde, wenn ich in der Hochzeitsnacht feststellen müsste, dass du gelogen hast!"

Endlich erhasche ich Alessios Blick. Sein Gesicht ist wie versteinert, ausdruckslos und leer. Sieht er die Unruhe und die Angst in mir nicht? Was wird Connor O'Brien mir antun, wenn er die Wahrheit herausfindet? Oder kennt er sie etwa schon? Warum sonst sollte er meinen Liebsten eben so angesehen haben?

Ich bin zu verstört, um etwas von dem Champagner zu trinken, der jetzt ausgeschenkt wird. „Der Ring, der Ring! ", ruft Anastasia aufgeregt, als Connor eine kleine Samtschatulle aus der Tasche zieht. Ich muss schlucken. Nun ist es also so weit: Gleich werde ich offiziell die Verlobte des Bastards sein! Vor Aufregung wird mir ganz schlecht. Ich bin immer noch fast nackt, trage nichts als High Heels, halterlose Strümpfe und ein Nichts von einem Seiden-Negligé! Doch außer mir scheint sich niemand daran zu stören. Ohnehin hat es kaum eine Bedeutung, wie es mir geht oder wie ich mich fühle. Ich bin eine Marionette, nichts als eine Puppe, die eine Rolle spielen muss.

Die Russinnen klatschen begeistert, als Connor den Deckel der Schatulle aufspringen lässt. Noch bevor ich den Ring betrachten kann, sehe ich den Neid und die Gier in ihren Augen. „Der muss ein Vermögen wert sein", zischt Ana mit schmalen Lippen.

Es ist ein tiefroter Rubin auf einer goldenen Schiene, von funkelnden Brillanten umgeben. Wunderschön, doch leider ist es der falsche Mann, der ihn mir jetzt ohne eine erkennbare Gefühlsregung an den Finger stecken wird. „Rot wie Blut, Sweetheart", flüstert Connor, als er nach meiner Hand greift. „Damit du nie vergisst, wem du ab jetzt gehörst!"

Ich betrachte das Schmuckstück voller Abscheu. Rot wie Blut. Ich weiß, was er damit meint. Es ist das Blut meiner Mutter, das Connor O'Brien vergossen hat. Er hat den Menschen auf dem Gewissen, den ich am meisten auf der Welt geliebt habe. Niemals, nicht in tausend Jahren, könnte ich das vergessen.

„Auf das glückliche Paar", dröhnt mein Vater und reißt seinen Champagnerkelch in die Höhe. „*Tanti auguri e figli maschi!*" Alle stimmen mit ein, doch in meinen Ohren verschwimmt alles zu einem einzigen bitteren Hohngelächter. *Dies ist wohl der schlimmste Tag meines Lebens,* denke ich verzweifelt.

Keine zwei Minuten nach der Ringzeremonie wendet sich Connor mit seinen Leuten zum Gehen. „Wir sehen uns dann zur Trauung in der Kirche", sagt er noch. „Und ich warne euch: Wenn meine Braut dann wieder wie eine Nutte aussieht, rollen Köpfe!"

Connor

Am Tag meiner Hochzeit fegt ein Sturm über New York hinweg. Wie überaus passend. Sowohl zu dem Anlass als auch zu meiner Stimmung. Genervt streiche ich mir über den Bart und stelle mir dabei vor, wie erheiternd es doch wäre, würde der Blitz durch die Buntglasfenster schießen und in diesen armen Irren vor mir fahren.

„Kein schönes Wetter heute, nicht wahr?", versucht er sich an primitivem Small Talk. „Hoffentlich ist das mal kein schlechtes Omen für Sie und Ihre Zukünftige, hm?"

Hat der Schlappschwanz mir gerade tatsächlich zugezwinkert? „Ich glaube nicht an Omen, Pater. Ich nehme mein Schicksal selbst in die Hand."

„Na, lassen Sie das mal besser nicht den lieben Gott hören." Ermahnend hebt er den Zeigefinger und angesichts seines dämlichen Grinsens platzt mir der Kragen. „Der liebe Gott ist tot, *Hochwürden*", knurre ich. „Und wenn Sie nicht gleich die Fresse halten, dann leisten Sie ihm Gesellschaft."

Er verstummt und sein leichenblasses Gesicht beschert mir den ersten Anflug der Genugtuung für heute. Hinter mir quietscht die schwere Holztür, dringt das Heulen des Sturms ins Kirchenschiff und über das Raunen der Gäste hinweg erklingt die Orgel. *Da ist sie.* Ich schaue mich nicht um. Dehne lediglich meinen verspannten Hals, bis die

Wirbel leise knacken, ehe ich den guten Hirten mit einem letzten Lächeln bedenke, das meine Augen nicht erreicht. „Leiern Sie einfach Ihre frommen Sprüche runter. Und machen Sie schnell, ich habe heute noch anderes zu tun."

Der Pfaffe hat mich wohl verstanden, denn keine zwanzig Minuten später treten wir aus dem gedämpften Kerzenlicht der Kathedrale hinaus in die Dunkelheit eines Gewitters. Dicke Tropfen prasseln zu Boden, während die ersten Gäste geduckt an uns vorbei und zu ihren Fahrzeugen hasten. Ich eile nicht. Niemals. Ein Fingerzeig genügt und schon sind meine Leibwächter bei mir. Allen voran Jackson, der die beiden schwarzen Regenschirme so unauffällig über unseren Köpfen schweben lässt, als habe er extra für diesen Anlass trainiert. Zutrauen würde ich es ihm, denn obwohl er mein bester Mann ist, der Einzige, dem ich weiter vertraue, als ich meine Hand ausstrecken kann, hat er etwas gut zu machen. Und so bleibt er auch, wie ich es ihm befohlen habe, bei der frischgebackenen Mrs. O'Brien, während Big Ed meinen Schirm übernimmt und mich einigermaßen trockenen Fußes zur anderen Seite des Wagens eskortiert. Fast gleichzeitig schlagen die Türen ins Schloss. Schließen den Regen und den Lärm der Straße aus und dann bin ich allein.

Mit ihr.

Mit meiner Braut.

Meinem neuen hübschen Klotz am Bein.

Ganz an den Rand der Limousine gedrückt sitzt sie da und starrt aus dem Fenster hinaus, und ich wette, dass ihre Tränen mit den Regentropfen um die Wette fließen, die von außen gegen die Scheibe prasseln. Das arme Ding. Sie könnte mir beinahe leidtun. Doch dafür müsste ich wissen, was Mitleid ist.

„Findest du den Schleier allmählich nicht auch etwas lächerlich?" Meine Stimme ist leise, aber so messerscharf, dass sie zusammenzuckt. Es gefällt mir. So sehr, dass ich mich entspanne, einen Arm über die Rückenlehne drapiert, ein Knie lässig angewinkelt auf dem teuren schwarzen Leder, und sie betrachte. Wie die weiße Seide ihre Kurven umspielt und die Spitze des Schleiers über ihre Schultern fließt. So unschuldig. Und unberührt. Letzteres halte ich für ein Gerücht, ich habe die Blicke gesehen, die sie dem blonden Welpen bei unserem ersten Treffen immer wieder zugeworfen hat. Und ich habe den leidenden Ausdruck auf ihrem Gesicht genossen. Ob ihr Daddy davon weiß? Ich vermute nein, aber es ist mir auch gleich.

Sie betupft sich die Wangen. Eine Antwort habe ich noch immer nicht bekommen, doch ich bin bereit, sie noch ein wenig zu schonen. Sie ist wahrlich ein armes Ding. Ihres Liebsten *und* des Vaters beraubt, ihrer ganzen scheinheiligen Familie … ts, das muss wirklich tragisch sein. Aber noch hat sie ja keine Ahnung, dass das erst der Anfang war. Natürlich habe ich sie nicht ohne Grund geheiratet, aber das heißt noch lange nicht, dass ich besonders scharf auf eine Ehefrau war. Und entsprechend unangenehm könnte ihr Leben bei mir werden.

„Jetzt ruinierst du ihn auch noch mit deinen Tränen, Missy." Ich schnalze missbilligend mit der Zunge und rücke näher. Will ihr das Ding vom Kopf nehmen, doch sie weicht mit einem leisen Laut zurück. Meine Augen werden schmal. Dieser Ton. Nur ganz kurz ist er durch das Prasseln des Regens auf dem Autodach gedrungen, doch … „Fass mich nicht an!"

Ich schnaube, aber es ist eher ein abfälliges Lachen. „Was sonst, Sweetheart? Hm? Verrat es mir." Sie zittert und meine Nasenflügel weiten sich. Nehmen die Angst wahr, die aus jeder ihrer Poren strömt. Ich lecke mir die Lippen, während sie ihre fest zusammenpresst, damit ja kein weiteres Wort mehr darüber kommt. „Gutes Mädchen." Ich strecke die Hand aus und streiche mit dem Zeigefinger über ihre noch immer von weißem Tüll bedeckte Wange. Da reißt sie den Kopf zurück – „Ich werde dir das Leben zur Hölle machen. Du Bastard!" – und das Lächeln, das meine Mundwinkel hebt, ist so offen und vor allem so aufrichtig, wie es bei einem ganz normalen, verliebten Brautpaar vorhin in der Kirche wohl hätte sein sollen. Aber wir sind nun mal kein normales, verliebtes Brautpaar. Ich bin ihr Mann und sie mein verdammtes Eigentum. Und darum ist es auch ihr verzweifelter Mut, der mich grinsen lässt, und nicht ihr Liebreiz. *Oh, ja, kleine Missy. Ich werde meinen Spaß mit dir haben.*

In einer einzigen Bewegung bin ich bei ihr. Nah. So nah, dass sie sich keuchend in die Ecke zwischen Sitz und Autotür kauert, die Augen so weit aufgerissen, dass ich das sanfte Grün ihrer Iriden durch den dünnen Stoff hindurch erkenne. „Ich gebe dir jetzt einen gutgemeinten Rat, Grace Benedetti O'Brien", knurre ich. „Einen *einzigen* gutgemeinten Rat, und das nur, weil heute unser Hochzeitstag ist."

Sie wimmert, als ich den Tüll packe und ihn ihr über das hochgesteckte Haar streife. Ihre Haut ist ebenmäßig. Blass. Und aus dieser Nähe erkenne ich zum ersten Mal die zarten Sommersprossen, die sich über ihre Nase ziehen. Dass diese ein wenig zu breit ist für das schmale Gesicht, tut ihrer Schönheit allerdings keinen Abbruch.

Im Gegenteil. Ich hasse Perfektion. Sie ist langweilig und uninteressant. Weil sie nichts mehr übriglässt, das man noch bearbeiten oder formen könnte. Nur zerstören.

Das leichte Beben ihrer Lippen holt mich zurück und ich neige den Kopf. Brenne meinen Blick ganz tief in ihren. „Mein Leben *ist* die Hölle, Missy“, raune ich, „und du bist mittendrin. Denn *ich* bin der Teufel. Ich gebiete über Tod und Verdammnis und über jedes noch so kleine, unwichtige Leben. Folglich auch über deins, mein Schatz. Droh mir also nicht noch einmal!“

D ie Hochzeitsfeier findet im prächtigen Ballsaal des *Waldorf Astoria* statt. Eigentlich hätten auch mein Mann und ich unsere erste gemeinsame Nacht in der Hochzeitssuite dieses weltberühmten Fünf-Sterne-Hotels verbringen sollen, aber Connor O'Brien war der Meinung, dass das rausgeworfenes Geld wäre. „Man braucht Frauen nicht unnötig zu verhätscheln", soll er laut Ivana gesagt haben, für die es natürlich ein Hochgenuss war, mir schadenfroh davon zu erzählen. „Und außerdem wohne ich nur zwei Blocks weiter, also wozu der Aufwand."

Mir ist es einerlei. Für mich ist die Hochzeitsnacht so oder so der reinste Albtraum. Wenn mir nicht ohnehin schon speiübel wäre, würde mir allein beim Gedanken daran schlecht werden. Denn der Bastard hat bei unserer kleinen „Unterredung" vorhin in der Limousine keinen Zweifel daran gelassen, wie er mit mir umzuspringen gedenkt, wenn ich nicht spure. Nicht gerade zärtlich, das steht fest.

Seit wir angekommen sind, hat er mich keines Blickes gewürdigt. Er sitzt zwar neben mir, hat mir aber den Rücken zugedreht und führt fortwährend Geschäftsgespräche mit irgendwelchen Gestalten, für die ich ebenfalls nicht zu existieren scheine. Da der

Geräuschpegel durch die Live-Musik und die vielen Gäste sehr hoch ist, kann ich ihn dabei nicht einmal belauschen.

Schade eigentlich, denn das könnte vielleicht nützlich sein. Gestern ist es Alessio nämlich in einem unbewachten Moment endlich gelungen, mir seinen Plan mitzuteilen. „Du musst den Bastard ausspionieren, *tesoro*, damit ich alles über ihn weiß“, hat er mir zwischen zwei stürmischen Küssen aufgetragen. „Du bist meine kleine Spionin im Haus unseres Feindes, *capisci?* Sobald ich weiß, wie O'Brien tickt, werde ich ihn ausschalten, seinen Laden übernehmen und dich befreien!“

Mein Liebster war schon immer ambitioniert, aber irgendwie zweifle ich an der Umsetzbarkeit seiner Idee. Dasselbe hat er mir nämlich früher schon über meinen Vater erzählt. Sobald die Zeit reif wäre, wollte er ihn beseitigen, seinen Platz einnehmen und mich heiraten. Leider ist es dazu nie gekommen. Und meine Lage hat sich inzwischen deutlich verschlechtert! Jetzt bin ich nicht mehr nur die Gefangene meines Vaters, sondern die Frau eines unberechenbaren Bastards, der vermutlich heute Nacht gnadenlos über mich herfallen wird.

Um mich herum ist die Feier in vollem Gange. Hunderte von Gästen, darunter nicht nur sämtliche Mafiagrößen des Landes, sondern auch viele bekannte Gesichter aus Politik, Wirtschaft und der Unterhaltungsbranche, sind gerade dabei, das Dessert eines opulenten Sieben-Gänge-Menüs zu verzehren. Dass ich kaum einen Bissen heruntergekriegt habe, scheint keiner zu bemerken. Alle beschäftigen sich mit ihren eigenen Angelegenheiten: Anastasia zum Beispiel bemüht sich sehr darum, die Aufmerksamkeit meines frisch angetrauten Gatten zu erheischen, der jedoch durch sie hindurchschaut, als wäre sie Luft. Ivana wiederum beobachtet mit säuerlich verkniffener Miene, wie mein Vater fast in den Ausschnitt einer Blondine aus einer Reality-Show fällt. Um mich kümmert sich niemand und ich fühle mich so allein und elendig, dass ich am liebsten sterben würde.

Auf der großen Bühne spielt ein Orchester und irgendeine berühmte Operndiva singt dazu. Der hohe Saal mit seinen golden getäfelten Wänden und den mächtigen gläsernen Lüstern erstrahlt in vollem Glanz. Auch hier wurde alles mit Rosengirlanden geschmückt, deren intensiver Duft mir Kopfschmerzen macht. Nach einer furchtbar heuchlerischen Rede meines Vaters wurden von eigens eingeflogenen Musikern traditionelle sizilianische Volkslieder zum Besten gegeben und wir mussten die gigantische Hochzeitstorte anschneiden.

Natürlich hat Connor darauf geachtet, dass seine Hand oben lag, als wir gemeinsam das Messer geführt haben. „Du weißt, was das bedeutet, Sweetheart", hat er mir mit seiner tiefen, etwas kehligen Stimme ins Ohr geraunt. „*Ich* habe in unserer Ehe die Hosen an!"

„Daran hatte ich keinen Zweifel", habe ich gezischt und ihn hasserfüllt angefunkelt. Doch auch in diesem Moment hatte ich wieder das Gefühl, dass meine Wut etwas in ihm auslöst, vor dem ich mich lieber in Acht nehmen sollte. Wie bereits vorhin im Wagen, als ich mich dagegen wehren wollte, dass er mir den Schleier abnimmt, ist ein kaltes Feuer in seinen eisgrauen Augen aufgelodert. Wie bei einem Raubtier, kurz bevor es zum Sprung ansetzt, um seine Beute zu packen.

Bei der Erinnerung erschauere ich. Mit zugeschnürter Kehle wende ich den Blick zu meinem Ehemann. Immer noch hat er sich von mir abgewandt und redet mit ein paar tätowierten Kerlen, die er auf seine Seite des Familientischs gesetzt hat, die aber sicher nicht mit ihm verwandt sind. Schweigend betrachte ich seine breiten Schultern, seinen Nacken und seinen Rücken.

Er trägt einen perfekt sitzenden schwarzen Anzug, doch in diesem Augenblick kann ich nicht anders, als ihn mir unbekleidet vorzustellen. Unbekleidet, so wie er mir nachher gegenübertreten wird. Wie seine muskelbepackten Arme mich packen und niederdrücken werden, wie er mich mit dem rauen Griff seiner starken Hände festhalten wird. Sein Atem an meinem Hals, sein eisgrauer Blick in der Dunkelheit über mir, meine Finger auf den Muskelsträngen, die von seinen Schultern zum Nacken laufen. *Oder wird er mich von hinten nehmen?*, frage ich mich und sofort erscheinen entsprechende Bilder vor meinem inneren Auge. *Einem Grobian wie dem Bastard wäre es durchaus zuzutrauen, dass er eine Frau in dieser Stellung entjungfert!*

Denn dass ich keine Jungfrau mehr bin, weiß Connor O'Brien ja nicht. Genau das ist ein weiterer Grund, warum ich solche Angst vor dieser Hochzeitsnacht habe. Nicht genug damit, dass ich mit einem Mann schlafen muss, den ich hasse. Nein, ich muss auch noch um mein Leben fürchten, falls er merkt, dass ich nicht mehr unberührt bin.

Verzweifelt suchen meine Augen Alessio. Mein Liebster sitzt an einem anderen Tisch, da er nicht zur Familie gehört. Seitdem wir das Hotel betreten haben, hat er mich keines Blickes gewürdigt. Fast noch mehr als der Gedanke an die bevorstehende Hochzeitsnacht quält es mich, dass ich nicht weiß, was er hat und warum er mich ignoriert.

Seit mich mein Vater in den Wochen vor der Hochzeit so scharf bewachen ließ und wir so gut wie keinen Kontakt haben konnten, waren meine Erinnerungen an unsere gemeinsamen Stunden der einzige Trost für mich. Auch jetzt denke ich wieder schmerzhaft an die Zeit zurück, in der

Alessio mich umworben hat. Heimlich natürlich. Wie fehlen mir jetzt seine kleinen versteckten Botschaften, seine sehnsüchtigen Blicke und all die Aufmerksamkeiten, mit denen er mich verwöhnt hat. Seine Leidenschaft und seine Liebesschwüre, als wir uns die ersten Male geliebt haben. Noch nie zuvor hatte ich solche Empfindungen für einen Mann. *Wo ist das alles geblieben, Alessio?*, frage ich ihn stumm. *Wir dürfen nicht zulassen, dass andere es uns kaputtmachen!*

Als ich sehe, dass er sich erhebt und in Richtung Ausgang geht, stehe ich kurzentschlossen auch auf. Doch obwohl mein Ehemann mich seit der Vorspeise keines Blickes mehr gewürdigt hat, scheint ihm nichts zu entgehen. Denn als ich mich gerade vom Tisch entfernen will, packt mich eine kräftige Hand am Unterarm. „Wo willst du hin, Missy?", knurrt er und dreht sich nun doch zu mir um. Sein stechender Blick fixiert mich und ich muss mich ziemlich zusammennehmen, um mich nicht wieder im Ton zu vergreifen.

„Auf die Toilette, Sir", erwidere ich giftig. „Ist das gestattet, oder wollen Sie mich vielleicht begleiten?" Er runzelt die Stirn und scheint tatsächlich kurz zu überlegen, ob er das tun soll. Aber da vor allen Ausgängen Wachen stehen, sieht er dazu wohl doch keine Notwendigkeit. „In dem Kleid?", fragt er noch mit einem skeptischen Blick auf meinen ausladenden Rock mit der langen Schleppe, zuckt dann aber mit den Schultern und fügt eisig hinzu: „Na schön. Du hast fünf Minuten, dann komme ich nachsehen."

Fünf Minuten Freiheit! Eilig haste ich in Richtung des Ausgangs, was in meiner Seidenrobe gar nicht so einfach ist. *So muss sich Cinderella gefühlt haben, als sie vom Ball des Prinzen geflohen ist*, denke ich gestresst und bemühe mich darum, wenigstens nicht wie sie einen Schuh zu verlieren.

Die Toiletten gehen von einem Vorraum ab, in dem sich auch die Garderobe und eine Lounge für die Raucher befindet. Wie ich es erwartet hatte, erspähe ich Alessio dort mit einer Zigarette. Es ist relativ leer hier, da die meisten Gäste noch mit dem Dessert beschäftigt sind. Also wage ich es und gehe direkt auf ihn zu. Schließlich drängt die Zeit!

„Bist du irre?!", zischt er, als ich vor ihm stehe. „Willst du, dass dein Mann mich auf deiner Hochzeitsfeier hinrichtet?" Es schmerzt, sein schönes ebenmäßiges Gesicht so angespannt zu sehen.

„Früher hast du dich mehr gefreut, mich zu sehen", entgegne ich schnippisch. „Und früher hättest du dir auch nicht gleich wegen einer solchen Kleinigkeit in die Hose gemacht! Was ist schon dabei, wenn ich aufs Klo gehe und danach ein paar Worte mit dir wechsle? Immerhin bist du der engste Vertraute meines Vaters. Vermisst du mich denn gar nicht?"

Alessio verdreht die Augen. „Du hast vielleicht Nerven, Grace", stöhnt er. „Natürlich vermisse ich dich! Ich leide Höllenqualen, kannst du dir das nicht vorstellen? Dich als Braut an der Seite eines anderen Mannes zu sehen, macht mich rasend!"

Das ist es also, nehme ich mit einem gewissen Triumph zur Kenntnis. *Er ist eifersüchtig!*

„Mein Mitleid hält sich in Grenzen", schnaube ich dennoch verärgert. „Immerhin hast du mir gesagt, dass ich ihn heiraten soll!"

Alessio zieht grimmig an seiner Zigarette und starrt an mir vorbei in Richtung des Eingangs zum Ballsaal. Seine blauen Augen sind aufgewühlt, als er wieder mich ansieht. „Ich weiß, ich weiß", brummt er. „Ich hatte es mir nicht so schwer vorgestellt. Verzeih mir, *tesoro*, für dich ist es natürlich auch nicht leicht."

„Auch nicht leicht?!“, wiederhole ich aufgebracht. „Ich muss heute Nacht mit dem Bastard schlafen, ist dir das überhaupt klar?“

Mein Liebster atmet einmal tief durch. „Natürlich ist mir das klar, *porca miseria*“, schnaubt er. „Aber sprich gefälligst leiser, damit nicht jeder deine Begeisterung darüber mitkriegt!“

Die Härte in seiner Stimme verletzt mich, so dass mir Tränen in die Augen steigen. Sofort wird Alessio sanfter. „Schon gut, schon gut“, beruhigt er mich. „Nicht weinen, *amore!* Denk dran, es ist nur Sex. Was hat das schon für eine Bedeutung? Mach die Augen zu und denk dabei an mich, hörst du?“

Schniefend nicke ich, auch wenn es mir schwerfällt. „Das ist der Preis dafür, dass wir bald frei sein werden“, beschwört Alessio mich. „Du weißt, was ich dir versprochen habe: Halte ein paar Wochen durch, dann wird es vorbei sein und wir sind für immer vereint!“

„Sag, dass du mich liebst“, fordere ich ihn weinerlich auf. Er beteuert es mit leiser Stimme und berührt dabei sogar kurz mein Kinn. Diese kleine Berührung ist das Schönste, das mir an diesem grausamen Tag bisher widerfahren ist! Ein zaghaftes Lächeln erscheint auf meinen Lippen. „Ich werde stark sein, Alessio“, verspreche ich ihm. „Für dich. Für uns!“

Im Saal brandet Applaus auf und ein Ruck geht durch Alessios Körper. „Da kommt Ana“, zischt er und tritt eilig einen Schritt zurück, um die Nähe zwischen uns zu vertuschen. „Haben die etwa ihretwegen geklatscht?“, frage ich missbilligend. Bei dem Ausmaß an Dummheit und Ignoranz, das dort drinnen versammelt sitzt, wäre das durchaus vorstellbar!

Seufzend drehe ich mich um und sehe meine Stiefschwester in einem silbernen Hauch aus Pailletten im

Catwalk-Modus den Raum durchqueren und direkt auf uns zusteuern. Ihr blondes, langes Haar, das sie heute zu leichten Wellen legen ließ, schwingt offen bei jedem Schritt mit. Und der tiefe Wasserfallausschnitt gewährt einen mehr als großzügigen Blick auf ihre perfekten prallen Brüste. *Sie sieht aus wie eine verdammte Fruchtbarkeitsgöttin*, schießt es mir voller Abscheu durch den Kopf. *Gegen sie bin ich selbst als Braut das hässliche Entlein!*

„Ach, hier bist du hängengeblieben, Sis", ruft sie mir entgegen. „Dein Göttergatte wird schon unruhig! Du hast weniger als zwei Minuten!" Dabei zwinkert sie mir zu und stellt sich dann so dicht neben Alessio, dass ich ihr am liebsten die Augen auskratzen würde.

„Bekomme ich auch eine Zigarette, schöner Mann?", flirtet sie schamlos, hakt sich bei ihm unter und klimpert mit ihren falschen Wimpern. Alessio lacht leise und zieht sein Etui hervor. „Bist du denn dafür schon alt genug, kleines Mädchen?", fragt er charmant, bietet ihr eine an und gibt ihr dann natürlich auch Feuer. Wie ich Anastasia hasse! Wahrscheinlich hat sie nur deshalb mit dem Rauchen angefangen, damit Alessio ihr Feuer geben kann!

„Ich bin immerhin achtzehn", zwinkert sie. „Eine Frau im heiratsfähigen Alter! Hast du etwa nicht mitbekommen, dass ich vorhin den Brautstrauß gefangen habe?!" Zu meinem Missfallen lächelt Alessio, streicht sich über sein markantes Kinn und erwidert, dass ihm das nicht entgangen sei. „Dein Kreischen war auch schwer zu überhören", kommentiere ich bissig. „Du hast sogar das Gewitter übertönt!"

Anastasia mustert mich kühl. „Du gehst jetzt besser wieder rein", fordert sie mich auf. „Sonst kommt dich der Bastard holen!" Alessio nickt und meint entschuldigend: „Es ist wirklich besser, Grace. Geh wieder an deinen Tisch!"

Enttäuscht kehre ich in den Saal zurück. Schon von weitem sehe ich Connor O'Briens eindrucksvolle Statur. „Er wollte mich also wirklich auf der Damentoilette suchen?", murmele ich missmutig. „Das kann ja ein heiteres Eheleben werden!"

Er kommt mir durch das Meer aus festlich gedeckten runden Tischen entgegen und greift mich erneut am Unterarm. „Da bist du ja endlich", stellt er fest. „Komm mit, wir sind gleich dran!"

Ich will gerade protestieren, dass es noch zu früh ist, um uns zurückzuziehen, da wird mir klar, was der Applaus eben zu bedeuten hatte: Die Opernsängerin, die uns während des Essens mit ihrem schrillen Gejaule gequält hat, ist abgezogen. Stattdessen steht nun ein Musicalstar vom Broadway auf der Bühne und wartet mit professionellem Zahnpastagrinsen, bis Connor mich an den Rand der Tanzfläche geschleift hat.

„Darum geht es hier also", murmele ich wenig begeistert. „Wir müssen den Tanz eröffnen, richtig?" Der Bastard hält es wohl nicht für nötig, meine Frage zu beantworten. Stattdessen runzelt er die Stirn und brummt: „Brav lächeln, Gracie. Das ist schließlich der schönste Tanz deines Lebens!" Damit nimmt er meine Hand und führt mich in die Mitte des glänzenden Parketts. Ich bin verwirrt. *Gracie?* So hat mich zuletzt meine Mutter genannt!

Um uns herum hat sich bereits ein großer Kreis aus Gästen gebildet. Ein Albtraum. Öffentliche Auftritte haben mir noch nie gelegen. Schon in der Schule habe ich mich immer darum drücken wollen, im Weihnachtsmärchen mitzuspielen, und war froh, wenn ich die kleinste Rolle ergattern konnte. Doch heute bin ich kein unwichtiger Wichtel irgendwo am Rand der Bühne. Heute bin ich die strahlende Prinzessin, auf die sich alle Blicke richten!

„Aber ich kann überhaupt nicht tanzen“, flüstere ich panisch, während die ersten Takte eines kitschigen Evergreens – *When a man loves a woman* – einsetzen und Connor seinen Arm um meine Taille platziert. Ein Grinsen huscht über sein finsteres Gesicht. „Keine Sorge, Sweetheart“, antwortet er mit dunkler Stimme. „Lass dich einfach von mir führen und genieß die Show.“

Widerwillig lasse ich es zu, dass er mich an sich zieht. Und während wir anfangen, uns gemeinsam zur Musik zu bewegen, fügt er noch trocken hinzu: „Und merk dir das auch für später, wenn du in meinem Bett liegst!“

Grace

Und merk dir das auch für später, wenn du in meinem Bett liegst!

Der Satz hat mich nicht mehr losgelassen, und nun, da der Bentley in eine Tiefgarage direkt am Central Park fährt und das öffentliche Leben dort draußen hinter uns zurückbleibt, befällt mich eine Gänsehaut. Wir sind da, in meinem neuen Gefängnis. Im Vorhof zur Hölle.

Eine Luxuskarosse reiht sich neben die andere auf dem hell erleuchteten Parkdeck, doch unser Fahrer ignoriert die freien Plätze dazwischen. Er hält geradewegs auf ein großes, graues Tor zu, das sich ohne erkennbares Zutun vor uns öffnet und sich auch gleich wieder schließt, nachdem wir es passiert haben. Nummernschilderkennung? Womöglich. Es sieht dem Bastard ähnlich, dass er selbst in der Tiefgarage über sein eigenes Reich verfügt. Und obwohl dieser Wolkenkratzer in einer der besten und teuersten Lagen New Yorks der letzte Ort auf Erden ist, an dem ich sein möchte, bin ich nun doch gespannt, wie er wohnt. Wie mein neuer goldener Käfig wohl aussehen wird.

Zum ersten Mal an diesem Tag wartet Connor nicht, bis ihm jemand seiner Lakaien die Tür öffnet, sondern tut es selbst und steigt aus. Seine geschmeidigen Bewegungen lassen dabei nichts von der Menge an Whisky erahnen, die er im Laufe der Feier zu sich genommen hat. Bemerkenswert. Selbst unter Alkohol bewegt sich dieser Mann wie ein

Panther und steht fest wie eine Eiche. Alessio verträgt auch so einiges, sein leicht glasiger Blick jedoch verrät ihn stets bereits nach dem zweiten Glas.

Meine Tür schwingt auf und reißt mich aus den Gedanken. Eine Hand auf das Dach gestützt, die andere am Rahmen der Tür, trifft mich sein grauer Blick – und auch hier suche ich die Spuren des Whiskys vergebens. Scheiße. Hatte ich allen Ernstes gehofft, er sei zu betrunken, um den Pflichten eines Ehemannes in der Hochzeitsnacht nachzukommen? Nun, die Hoffnung war wohl vergebens.

Da löst er eine Hand und streckt sie mir entgegen. Alles in mir weicht zurück, doch dann höre ich ihn leise seufzen. „Komm, es ist spät."

Verwirrt blinzle ich ihm entgegen. Wüsste ich nicht ganz genau, wer hier vor mir steht, dann würde ich diese letzte Regung tatsächlich als menschlich ansehen. Als einen Hinweis darauf, dass er doch nicht der Teufel sein kann, denn der schläft nie, oder? Connor aber ist müde und seine Gesichtszüge zum ersten Mal fast … nein, Grace. Schlag dir das gleich wieder aus dem Kopf! Nichts ist weich an diesem Mann! *Absolut. Nichts!*

Ich reiche ihm die Hand und habe keine Gelegenheit mehr, darüber nachzudenken, wie es sich anfühlt, seine Haut auf meiner zu spüren, denn mit einem einzigen Ruck zieht er mich auf die Füße. Ich schreie auf, habe kein Gleichgewicht, doch es gelingt mir gerade noch, mich mit der freien Hand an seiner Brust abzufangen, ehe ich ganz dagegen pralle. Großer Gott! Mir bleibt die Luft weg. Zu nah! Ich bin ihm viel zu nah! Starre auf meine Finger neben den Aufschlägen seines Hemdes. Rieche Connors Duft und zerlege ihn in Sekundenbruchteilen in alle Einzelheiten.

Sein Aftershave enthält Noten von Zeder und Zitrone, und der Geruch ist mir nicht neu. Er umwehte mich bereits, als

Connor mich im Salon meines Vaters so zur Schau stellte, und hat sich in meine Erinnerung gebrannt. Was den Hochzeitstanz für mich im Übrigen zur Qual werden ließ, obwohl mein Gatte mich tatsächlich wie angekündigt sicher über das Parkett geführt hat.

Ich hasse diesen Duft. So sehr wie ich den Mann hasse, der ihn trägt. Doch jetzt, mit vor Schreck bebender Brust und meiner Nase so dicht an Connors Hals, ist da noch etwas anderes. Ein Unterton, der meine Nasenflügel sich weiten und mich schnuppern lässt, ob ich es nun zulassen möchte, oder nicht. *Mann.* Connor O'Brien riecht nach Mann. Unverfälscht. Urtümlich. Und mächtig.

Er schnaubt. „Wer hat jetzt getrunken, Missy? Du oder ich?" Sein Tonfall ist herablassend, doch diesmal bin ich ihm sogar dankbar dafür. Denn er weckt mich aus dieser Trance und lässt mich zurückschnellen. Raus aus seiner Aura, ehe sie meine Sinne noch mehr benebeln kann.

Gefährlich!, ermahne ich mich. *Jede Art der Anziehung ist gefährlich, besonders, wenn es der Feind ist, der sie auf dich ausübt.* Da spielt es auch keine Rolle, wenn es lediglich die niedersten Bedürfnisse sind, die diese Anziehung heraufbeschwören. Connor zieht mich mit sich, geradewegs auf die silbernen Türen eines Aufzugs zu. Seine breiten Schultern vor mir, die schmalen Hüften, um die die Enden des offenen Jacketts wehen, seine große Statur und … diese Augen. Ich schüttle den Kopf, will den Blick abwenden, da schießt mir ausgerechnet ein Bibelvers in den Sinn, den ich leider weder aus dem Religionsunterricht noch aus dem Buch der Bücher selbst kenne. Nein. Mein notgeiler Vater zitiert ihn nur so gern.

Der Geist ist willig, doch das Fleisch ist schwach.

Ich hörte ihn zum ersten Mal, als ich ungefähr sechs Jahre alt war. Mom hatte den Don mit einer Nutte im Wohnzimmer erwischt – es war mir gleich seltsam vorgekommen, eine fremde, halbnackte Frau auf dem Schoß meines Vaters hocken zu sehen. Und ihr falsches Lachen erst. Ich werde den Klang wohl nie vergessen, ebenso wenig wie ich Mutters geschocktes Gesicht nicht vergessen kann. Ivana lacht im Übrigen genauso hohl und affektiert.

Der Geist ist willig, doch das Fleisch ist schwach, kreisen die Worte noch immer durch mein viel zu überfülltes Gehirn, als Connor anhält und mir den Vortritt lässt. Den Kopf leicht gesenkt, trifft mich sein eisgrauer Blick von unten herauf und … Der Himmel steh mir bei, aber für einen Moment verschlägt es mir den Atem. Die Worte machen Sinn. Leider! Denn auch, wenn ich diesen Mann bis auf den Grund meiner Seele hasse, so bin ich doch nicht blind, und kann darum auch nachvollziehen, was die Bitch und das Flittchen über Connor gesagt haben. Die Frauen *müssen* ihm zu Füßen liegen, daran besteht nicht der geringste Zweifel. Ich aber, und das schwöre ich bei Gott, während die Aufzugtüren sich hinter dem einzigen Bodyguard schließen, der uns gefolgt ist, werde eher stehend sterben, als vor Connor O'Brien auch nur auf ein Knie zu gehen!

Der Platz im Aufzug ist beengt, der weite Rock meines Kleides so ausladend, dass er sich gegen die Kabine bauscht und die beiden Männer in ihren schwarzen Anzügen seltsam grotesk daraus emporragen. Der Anblick hat definitiv etwas Lustiges an sich, nur leider ist mir nicht nach Lachen zumute. Denn Connors Blick ruht auf mir. Ständig und scheinbar muss er dabei nicht einmal blinzeln. Die Hände in den Hosentaschen und lässig gegen die Wand gelehnt, den Kopf im Nacken, steht er mir gegenüber und die Art, wie er mich unter diesen dichten Wimpern hervor betrachtet, behagt mir ganz und gar nicht. Ich kann ihn nicht lesen. Ja, nicht einmal deuten. Doch wenn ich meinem Gefühl vertraue, würde ich behaupten, dass er gerade überlegt, was er mit mir anstellen soll. Genau das ist es. Er schaut mich an, als sei ich ein Streuner, den er eben von der Straße aufgelesen hat, und nun nicht weiß, ob er ihn aufpäppeln oder doch lieber entsorgen soll. Nun, ich kann selbst nicht sagen, was mir lieber wäre. Dass ein Mann wie der Bastard jedoch zu Option eins tendieren könnte, bezweifle ich stark.

„Ma'am?" Die Stimme des Leibwächters reißt mich aus meinen Gedanken. Connors Blick bleibt stur auf mir. „Dürfte ich kurz?" Der Mann heißt Jackson und seit wir heute einander vorgestellt wurden – vielmehr hat sein Boss ihn mit einem knappen „Pass auf sie auf!" an meine Seite beordert –, werde ich den Verdacht nicht los, dass auch er nicht weiß, was er mit mir anfangen soll. Dennoch schätze ich jetzt schon seine Begleitung, denn im Gegensatz zu Connor hat Jax, wie ich ihn nennen soll, etwas Warmes an sich. Und das trotz seines verwegenen Äußeren. Bis auf das fast jungenhaft wirkende Gesicht ist jeder Zentimeter sichtbare Haut tätowiert. Hände, Hals, ja sogar die Ohren und ich gehe jede Wette ein, dass der Rest seines Körpers nicht weniger bunt ist.

„Ähm, ja, klar", stammle ich und raffe meine Röcke, damit er den Chip, den er zwischen seinen Fingern hält, vor einen Sensor neben dem obersten Knopf der Etagenwahl halten kann. Neunundsechzigster Stock? Echt jetzt? Mein Blick schießt kurz zu Connor, der die Augen zu meiner Überraschung nun geschlossen hat. Das dreckige Grinsen jedoch, das seinen Bart minimal hebt, entlockt mir ein Schnauben.

„Was?", dringt seine Stimme da rau durch die Kabine. „Magst du die Zahl etwa nicht?"

Ich verkneife mir eine Antwort und spüre stattdessen dem flauen Gefühl in meinem Magen nach, als der Aufzug sich in

Bewegung setzt. Schweigen ist Gold, da bin ich mir sicher. Denn auch, wenn ich alles andere bin als ein Streuner, so möchte ich das Risiko lieber nicht eingehen, dass er sich doch noch für *Entsorgen* entscheidet.

Als die Türen mit einem leisen Ping aufgleiten, eröffnet sich mir, warum Jax einen Chip benötigte. Es gibt kein Treppenhaus. Keinen Flur. Der Lift führt direkt ins Penthouse und ich kann mich der Neugier nicht verschließen, die mich beim Anblick der meterhohen Fensterfronten befällt. Die Lichter von New York funkeln dahinter wie die Sterne. Wow. Als ich jünger war und noch eine Schule besuchen durfte, hatte ich eine Freundin. Susan. Sie und ihre Familie lebten ebenfalls an der Upper Eastside, doch der Ausblick aus ihrem Appartement im fünfunddreißigsten Stockwerk war nicht einmal annähernd mit dem hier vergleichbar.

Das Leuchten unzähliger Fenster gemischt mit dem Blinken der Signalanlagen auf den Dächern der Wolkenkratzer, sie scheinen auf dem nachtschwarzen Himmel zu schwimmen wie Kerzen auf einem See, und meine Faszination ist so groß, dass ich, ohne darüber nachzudenken, aus dem Aufzug trete und auf sie zusteuere.

„Wo willst du hin?" Sein tiefer Bass stoppt mich wie eine Mauer, gegen die ich rase. Mucksmäuschenstill verharre ich mitten in dem endlos erscheinenden Raum, der wohl das Wohnzimmer ist, vor mir das tröstliche Funkeln und hinter mir er. Ich weiß nicht, wie nah Connor mir ist. Weigere mich, nachzusehen, sondern blicke stur geradeaus. „Mir die Aussicht ansehen", erwidere ich knapp. „Ist das verboten? Ich wohne doch jetzt hier, oder etwa nicht?"

Stille legt sich über uns und das gesamte riesige Loft. Wo ist Jax? Ich suche den Bodyguard aus den Augenwinkeln, doch vergebens.

„Stimmt." Ich zucke zusammen, als sein Atem meinen Nacken streift. Verdammt. Der Kerl ist wie ein Geist! Wie kam er so lautlos an mich heran? Ich verkrampfe mich. Ahne, dass er mich jeden Moment berühren wird. Sanft? Grob? Sicher letzteres und ich muss mich zwingen, nicht die Augen zu verschließen, während mein Herz immer heftiger pocht. *Sei stark, Grace! Du bist Alessios kleine Spionin! Sei stark!* Da lässt das Kribbeln in meinem Genick nach und ich höre Schritte, die sich entfernen. Gut, er ist also doch kein Geist, aber … Was passiert jetzt? Suchend schaue ich mich nun doch um und sehe Connor am Ende des Raums drei Stufen hinauf in einen Flur gehen. Ähm …

„Komm mit!"

Madonna mia! Als würde ich jeden Moment ertrinken, schnappe ich hastig nach Luft. Das alles ist doch ein schlechter Witz! Das Penthouse, die Aussicht, mein Kleid! Und allem voran dieser Mann, den ich gleichsam hasse und fürchte, und dem ich darum nun eilig und mit gerafften Röcken nach wohin auch immer folge. Ich habe Angst. Angst vor dem Eintritt in diesen langen, nur spärlich beleuchteten Flur. Angst vor dieser Nacht *und* diesem Mann! Davor, mich ihm hingeben zu müssen. Keinen Ausweg zu haben. Ihm völlig ausgeliefert zu sein. Ich …

„Stopp!" Tüll und Seide rascheln, weil ich so abrupt anhalte. Die Panik und mein klopfendes Herz mich so schnell vorangetrieben haben, dass ich um ein Haar in ihn hineingerannt wäre. Ich keuche. Mein Brustkorb hebt und senkt sich eifrig und sein missbilligender Blick macht das alles nicht besser. Mit dem Bart weist er auf die offene Tür neben sich. „Das hier ist dein Zimmer. Meines ist direkt nebenan. Gute Nacht, Missy."

Grace

Apathisch starre ich durch die gigantischen Scheiben auf die in der Abenddämmerung funkelnden Lichter der Stadt hinunter. Winzige Schneeflocken rieseln auf das prächtig geschmückte Manhattan. Die Weihnachtszeit ist gekommen. Eigentlich liebe ich diese letzten Wochen des Jahres, doch im Moment ist mir weder nach *Jingle Bells* noch nach Weihnachtspunsch oder Plätzchenbacken.

Ich hatte mir mein neues Leben in all seinen schrecklichen Details ausgemalt: Wie der brutale Connor jede Nacht über mich herfallen würde. Wie er mich schlagen, demütigen und schikanieren würde. Wie verzweifelt Alessio ohne mich wäre und wie er alles daransetzen würde, heimlich Kontakt mit mir aufzunehmen.

Doch es ist alles ganz anders gekommen. Seit der Hochzeit sind nun fast zwei Wochen vergangen. Zwei Wochen, in denen verdammt nochmal nichts passiert ist! Einfach gar nichts! Nicht, dass es mir etwas ausmachen würde, dass Connors Misshandlungen ausgeblieben sind, um Gottes willen, nein! Aber … mir ist so schrecklich langweilig! Zwar lese ich viel und genieße es, auf dem großen schwarzen Konzertflügel zu spielen, der in der Mitte des weitläufigen Wohnraums steht, aber ein wenig menschliche Gesellschaft wäre schon nicht schlecht.

Mein Ehemann ignoriert mich weitestgehend. Wenn er überhaupt einmal zuhause ist, beschränkt er sich darauf, mich mit seinen undurchdringlichen Augen zu mustern, mich kurz und knapp zu fragen, ob ich etwas brauche und mich ansonsten nicht weiter zu beachten. Er scheint mit einer Frau in seinem Leben nicht das Geringste anfangen zu können.

Den Sex holt er sich vermutlich woanders, denn als ich an einem Jackett geschnuppert habe, dass im Eingangsbereich hing, um in die Reinigung gebracht zu werden, habe ich ein billiges Frauenparfüm daran gerochen. Eigentlich sollte es mir egal sein, aber trotzdem hat es mich ziemlich geärgert, sogar so sehr, dass ich ein paar Tränen verdrückt habe. Aber gesagt habe ich natürlich nichts, denn das hätte ja wohl bedeutet, dass ich an der Stelle dieses Flittchens hätte sein wollen. Und das will ich nicht. Auf gar keinen Fall!

Zu Gesicht bekomme ich den Herrn ohnehin kaum. Wenn er spät am Abend nach Hause kommt, liege ich meistens schon im Bett. Dann lausche ich auf die einsamen Schritte in der Stille und fühle mich so einsam, dass ich heulen könnte. Manchmal tue ich das auch und weine mich leise in den Schlaf. Die Nächte verbringe ich allein in dem kargen kleinen Zimmer, das Connor mir zugewiesen hat. Wenn ich morgens aufstehe, ist er schon weg. Und tagsüber bin ich allein in meinem neuen Käfig hoch über der Stadt.

Connors Loft ist luxuriös und hat definitiv mehr Stil als die prunksüchtige Villa des Dons: minimalistisches Design, modernste Technik, viel Glas, edle Oberflächen und ausgewählte moderne Kunstgegenstände. Das Werk eines hochklassigen Innenarchitekten eben. Aber es ist kein Zuhause. Nicht nur, dass es nicht *mein* Zuhause ist, es ist überhaupt keins. Denn auch von Connor habe ich bislang keinerlei persönliche Gegenstände hier entdecken können: keine Fotos, keine Erinnerungsstücke, nicht einmal ein getragener und achtlos liegengelassener Pullover oder ein paar Hausschuhe irgendwo. Diese Residenz macht den Eindruck, als wäre sie einer Wohnzeitschrift mit Luxusimmobilien entsprungen, aber sicher nicht, als würde hier wirklich jemand leben.

Ich bin allein, den ganzen Tag. Zwar ist Jax immer für mich erreichbar, aber er hält sich im Stockwerk unter uns auf, wo sich neben den Personalzimmern auch Connors Sicherheitszentrale befindet. Sicher stehen dort zahlreiche Bildschirme, über die jede Sekunde meines Lebens beobachtet werden kann. Die kleinen unter der hohen Decke installierten Kameras verfolgen jeden meiner Schritte. Selbst wenn ich im Bett liege, sind sie auf mich gerichtet. Manchmal bilde ich mir ein, dass Connor selbst den ganzen Tag ein Stockwerk tiefer vor den Computern sitzt und mich mit seinen eisgrauen Blicken ausspioniert. Die Vorstellung ärgert mich maßlos, so dass ich bei jeder Gelegenheit den Mittelfinger in eine der Linsen halte.

Aber irgendwie ist da noch etwas anderes. Je mehr ich mir ausmale, dass mein verhasster Mann mich rund um die Uhr beobachtet, desto größer wird eine innere Spannung in mir. Um sie loszuwerden, ackere ich jeden Tag zwei Stunden in Connors hochmodernem Fitnessraum, schwimme im beheizten Pool auf der Dachterrasse oder versuche, mich mit Hilfe von Yoga zu entspannen. Doch ich kann sie nicht abbauen, was ich auch tue. Im Gegenteil, sie wird von Tag zu Tag größer, so dass ich langsam das Gefühl habe, innerlich zu zerreißen.

Sicher liegt das auch daran, dass ich von Alessio kein Lebenszeichen erhalte. Das wiederum hängt damit zusammen, dass die Kommunikation zwischen uns unterbrochen wurde. Am Tag nach der Hochzeit hat Jax mir nämlich mein Smartphone und meinen Laptop abgenommen.

„Die Geräte stellen ein Risiko in unserem Sicherheitssystem dar“, hat er mir entschuldigend erklärt. „Die Jungs von der Technik werden deine Daten sichern, wenn du Wert darauf legst, aber in Zukunft darfst du nur noch diese Babys hier benutzen.“

Damit hat er mir ein brandneues iPhone und ein ebenso neues MacBook überreicht. „Aber vergiss nicht, dass wir Zugriff auf alles haben, was du damit tust. Auf deine Chatverläufe, deine Fotos, deine Social-Media-Accounts. Alles zu deiner Sicherheit, versteht sich.“

Mit einem wütenden Schnauben habe ich die neuen Werkzeuge, mit denen ich überwacht und kontrolliert werden soll, entgegengenommen. „Und welcher Idiot ist für die pinke Glitzerhülle verantwortlich?“, habe ich verächtlich gefragt und ihm das Telefon hingehalten. „Sehe ich vielleicht aus, als wäre ich dreizehn?“

Jax hat verschämt gegrinst. „Nein, Ma’am, ganz und gar nicht“, war seine Antwort. „Der Boss meinte, wir sollen etwas aussuchen, was zu dir passt. Naja, vielleicht haben wir bei solchen Dingen nicht ganz das richtige Händchen.“ Weil er mir mit seiner jungenhaften Art wirklich sympathisch ist, habe ich dann doch lachen müssen. „Das kann man wohl sagen“, habe ich ihm zugestimmt, woraufhin er vorgeschlagen hat, dass wir eine neue kaufen gehen könnten. „Du weißt, dass Connor dich hier nicht festhält“, hat er gesagt. „Du darfst gehen, wohin du möchtest. Solange ich dabei bin. Und ich habe Anweisung, alles zu bezahlen, was du haben willst. Es gibt kein Limit nach oben, Ma’am.“

Was für Frauen wie meine Stiefschwester paradiesische Zustände wären, interessiert mich jedoch nicht im Geringsten. Ich will kein Luxusshopping, ich will meine Freiheit! Aber Connor hat mehr als deutlich gemacht, dass er in dieser Hinsicht keinen Deut besser ist als mein Vater.

„Du mieses Arschloch", sage ich zu der Glasscheibe, vor der ich stehe und auf die Skyline starre. Damit meine ich natürlich nicht das unweit von unserer Wohnung aufragende Empire State Building, sondern meinen Ehemann. „Wahrscheinlich sitzt du gerade in deinem Überwachungsraum und holst dir einen drauf runter, dass ich hier wie ein Tier im Käfig festsitze!"

Allein der Gedanke an diesen überheblichen Iren und seine Kontrollsucht lässt die Anspannung in mir schier unerträglich werden. Ich stoße einen wütenden Schrei aus und tigere in den Fitnessraum, wo ich mit aller Kraft auf Connors Sandsack eindresche. Es versteht sich von selbst, was ich mir dabei vorstelle. Allerdings verprügele ich in meiner Fantasie nicht nur meinen werten Gatten, sondern auch Alessio. Denn warum zum Teufel lässt der Kerl nichts von sich hören?! Kann man von jemandem, der Connor O'Briens Laden übernehmen möchte, nicht erwarten, dass er einen Weg findet, dessen Sicherheitssysteme zu überwinden?!

Nach zehn Minuten bin ich völlig ausgepowert. Aber die Spannung ist nicht verschwunden. Also beschließe ich, duschen zu gehen, denn nach meiner Boxeinlage bin ich ziemlich verschwitzt. Mein Schlafzimmer verfügt über ein eigenes Bad, in dem die Kameras mich freundlicherweise nicht verfolgen. Sie zeichnen es zwar auf, wenn ich es betrete oder verlasse, aber was ich dort drinnen tue, bleibt Connors Blicken zum Glück verborgen.

Der Weg führt mich an Connors Schlafzimmer vorbei. Bisher habe ich es selbst in seiner Abwesenheit nie betreten. Allein der Gedanke daran hat mich zurückschrecken lassen. Wer betritt schon freiwillig die Höhle des Löwen? Doch aus einem unerklärlichen Impuls heraus, fasse ich mir jetzt ein Herz. Wahrscheinlich liegt es an meiner Aufgebrachtheit und meiner Wut, doch plötzlich habe ich das Gefühl, dass ich diesen Raum unbedingt sehen muss.

Ich weiß, dass die Überwachungskameras mein Eindringen aufzeichnen werden, aber das ist mir in diesem Moment vollkommen gleichgültig. Außerdem hat niemand mir verboten, das Schlafzimmer meines Ehemanns zu betreten. Langsam öffne ich die Tür.

Was mir als erstes entgegenschlägt, ist ein Duft, den ich seit unserer ersten Begegnung nicht mehr loswerde: Connor O'Briens einzigartige Mischung aus Zeder, Zitrone und Männlichkeit. Zuerst will ich instinktiv zurückweichen, denn dass dieser Geruch gefährlich ist, habe ich schließlich bereits festgestellt. Doch dann trete ich ein, denn ich bin mir sicher, gegen die speziellen Lockstoffe, die mein Gatte ausströmt, auf jeden Fall immun zu sein.

Der Raum ist riesig und spartanisch eingerichtet. Eigentlich ist das breite Bett mit dem gepolsterten Kopfende neben einigen schlichten Konsolentischen so ziemlich das einzige nennenswerte Möbelstück. Eine breite Front aus bodentiefen Fenstern, vor denen sich die mit Teakholz ausgelegte Dachterrasse entlangzieht, öffnet den Blick auf den Central Park. Ein großer offener Kamin an der Wand gegenüber zieht meine Aufmerksamkeit auf sich und entlockt mir unwillkürlich ein Seufzen.

Es muss herrlich sein, hier im Bett zu liegen und ins Feuer zu schauen, während es draußen schneit, schießt es mir durch den Kopf. Doch eilig füge ich hinzu: *Natürlich ohne Connor!*

Von meinen eigenen Gedanken unangenehm berührt, wende ich rasch den Blick ab und suche mir ein neues Ziel, auf das ich meine Augen richten kann. In einer Ecke entdecke ich ein paar schwer aussehende Hanteln. Über einem Sessel hängt ein schwarzer Pullover, in dem ich

Connor noch nie gesehen habe, und auf dem kleinen Tisch daneben steht ein Foto. „Das sind ja tatsächlich persönliche Gegenstände", murmele ich und betrachte das gerahmte Bild eingehend. Es zeigt eine sehr junge und unverkennbar sehr hübsche Frau, die einen kleinen dunkelhaarigen Jungen auf dem Arm trägt. An ihren eisgrauen Augen erkenne ich sofort, dass es Connors Mutter sein muss. Auf eine unbestimmte Art kommt sie mir bekannt vor, doch ich kann nicht sagen, woher dieser Eindruck kommt..

„Du sollst eine Straßenhure sein?", frage ich sie. „Du bist ja noch fast ein Kind!" Nachdenklich wende ich mich wieder zum Bett. Es ist nicht gemacht. Die Decken sind zerwühlt, als hätte noch vor wenigen Momenten jemand darin gelegen. Die Frau, die jeden Tag zum Reinemachen kommt, dürfte erst in zwei oder drei Stunden auftauchen. Ein seltsames Gefühl überkommt mich. Als hätte ich etwas sehr Privates gesehen, das mich nichts angeht.

Unruhe mischt sich in meine Anspannung. Eigentlich sollte ich lieber verschwinden, aber stattdessen bewege ich mich auf das Bett zu. Auf einem der Nachttische liegen eine Zeitschrift über Luxusautos und … *Moment mal, was zum Teufel ist das? Handschellen?!* Ich trete noch einen Schritt näher und nehme die Dinger in die Hand. Sie sind kalt und schwer. Das metallische Klirren, als ich sie wieder hinlege, lässt mich zusammenfahren. Eilig schaue ich mich um, als wäre ich bei etwas Verbotenem ertappt worden. Doch niemand ist hier. Auch Kameras kann ich in diesem Zimmer nirgendwo entdecken.

Wofür die Handschellen?, frage ich mich. Seitdem ich sie berührt habe, schlägt mein Herz schneller. Mein Atem hat sich beschleunigt. Natürlich weiß ich, wofür sie da liegen. Dass ein Kerl wie Connor auf Fesselspiele steht, wundert mich überhaupt nicht. *Wann hat er sie zuletzt benutzt? Mit wem? Hat er oft Frauen mit hierher gebracht, bevor ich eingezogen bin?* Wirre Fragen kreisen durch meinen Kopf, während ich mich auf dem Bett niederlasse, ohne es selbst wirklich zu merken.

Ich beuge mich vor und schnuppere an einem der vielen Kissen. Sein Duft erschlägt mich förmlich, benebelt meine Sinne und meinen Verstand. Zaghaft strecke ich mich aus und schließe die Augen. Dieses Bett mit seinen dunklen Bezügen und den weichen Kissen und Decken vermittelt mir ein Gefühl von Sicherheit, obwohl ich gleichzeitig so aufgewühlt bin, dass mir ganz flimmerig ist. Die Anspannung in mir wird schier unerträglich. Inzwischen hat sie sich zu einem regelrechten Pochen in meiner Körpermitte entwickelt.

Meine Hand findet ihren Weg von ganz allein. Seitdem ich hier bin, habe ich kein einziges Mal masturbiert. In meinem Bad wäre es zwar ungestört möglich gewesen, aber weil Alessio sich nicht gemeldet hat und ich ohnehin frustriert war, hatte ich keine Lust. Doch jetzt ist es plötzlich anders. Etwas in mir steht kurz vor dem Ausbruch. Fast schon ungehalten zerre ich mir meine Strickleggings ein Stück weit herunter und schiebe meine Finger in mein Höschen. Ein Seufzen entfährt mir, als mir klar wird, das genau *das* die Linderung ist, die ich brauche.

Während ich mich streichle, schießen mir unkontrollierbare Bilder durch den Kopf. Connors eisgraue Augen, sein Blick, während er mir aus dem Wagen hilft. Seine Stimme, als er sagt: „Zieh dich aus. Ich will sehen, was mir gehört!" Wieder stehe ich fast nackt vor meiner Familie, gedemütigt und bloßgestellt. Doch was in Wirklichkeit schrecklich war, erregt mich plötzlich. Connors Hand in meinem Nacken, seine Art, mir Befehle zu erteilen und mich zu bevormunden.

„Das ist krank", keuche ich und reibe mich immer schneller. „Ich muss völlig gestört sein!"

Verbissen versuche ich, mich auf Alessio zu konzentrieren, mir seinen Körper, seine Küsse, seine Hände ins Gedächtnis zu rufen. Vergeblich. Nicht einmal an seinen Schwanz kann ich mich in diesem Augenblick erinnern! Stattdessen stelle ich mir vor, wie Connor sich über mich beugt und die Handschellen zuschnappen lässt. „Und jetzt sei eine brave, kleine Ehefrau und mach deinen hübschen Mund auf", raunt er mir ins Ohr.

Der Orgasmus bringt mich zum Schreien, so intensiv ist er. Überwältigt und feucht bleibe ich danach mindestens eine Viertelstunde reglos liegen, ohne einen klaren Gedanken fassen zu können. Dann rappele ich mich schwerfällig hoch und realisiere, was ich getan habe.

„Das kann nicht dein Ernst sein, Grace Benedetti", fluche ich, wobei ich den neuen Teil meines Namens bewusst weglasse. „Du vergisst dich im Bett deines Feindes?! Eine schöne Spionin bist du!"

Hals über Kopf stürme ich aus Connors Schlafzimmer, wobei ich fast hinfalle, weil ich mir dabei meine Hose in der Eile ziemlich ungeschickt wieder hochziehe. Als ich die Tür hinter mir geschlossen habe, atme ich einmal tief durch. Ich schäme mich vor mir selbst dafür, was ich gerade getan habe. *Das liegt nur an der Isolierung, in die Connor mich zwingt,* denke ich. *Das nennt man Stockholm-Syndrom, genau!*

„Alessio, ich muss dich unbedingt sehen", flüstere ich voller Verzweiflung. Und dann fasse ich einen Entschluss. „Zeit für ein bisschen Christmas Shopping mit dem guten Jax", grinse ich verschlagen. „Bloß schade, dass man sich im Getümmel so leicht verliert …"

Connor

„**W**as heißt das, *sie ist fort*?!" Ich brülle selten, doch wenn, dann hat derjenige, dem meine Wut gilt, tatsächlich allen Grund, sich zu fürchten. So wie Jax gerade. Mit auf dem Rücken verschränkten Händen steht er vor mir. Aufrecht und die Zähne so fest aufeinandergebissen, dass seine Züge noch markanter wirken, fixiert er eisern einen Punkt an der Wand hinter mir. Weil er weiß, dass er seine Angst nicht zeigen darf, mir aber noch weniger in die Augen schauen sollte.

„Du hast sie also verloren?" Meine Stimme hat wieder zu einer normalen Lautstärke gefunden, was meinen Bodyguard aber eher dazu anspornt, noch aufrechter zu stehen. Er kennt mich viel zu gut.

„Ja, Sir."

„Du willst mir also sagen, dass eine Frau … *meine* Frau … meinen besten Mann ausgetrickst hat? In der Kosmetikabteilung von *Macy's*? Ist das so?"

Die Muskeln an seinem Hals spannen sich, ehe er die Antwort zwischen den Zähnen hervorpresst. „Ja. Sir." Da rauscht meine flache Hand so unvorhergesehen auf die Platte meines Schreibtisches, dass er doch zuckt. Jackson weiß, dass ich jedem anderen längst die Eier abgeschnitten und sie ihm ins Maul gestopft hätte. Aber Jackson weiß auch, dass er bisher eine besondere Stellung innehatte, und die Angst, diese nun verspielt zu haben, liegt zumindest für mich deutlich sichtbar in seinen blauen Augen. „Es tut mir leid, Sir. Geben Sie mir die Chance, es wieder gutzumachen."

Ich umkreise ihn. Nicke nachdenklich und bleibe dann dicht vor ihm stehen. „Weißt du, Jax, ich bewundere deinen Mut, jetzt zu sprechen. Wirklich. Den Schneid hätten nicht viele. Aber genau das mag ich so an dir." Keine Wimper bewegt sich in seinem Gesicht. Regungslos starrt er weiterhin an diese beschissene Wand und ich lasse es gut sein. Schließlich ist es Jax. „Sag Big Ed, ich will genug Männer für einen Krieg. Wir fahren in zehn Minuten."

Was für eine Scheiße, denke ich, während das Rolltor der Tiefgarage sich hinter uns schließt. Der Verkehr in Manhattan ist mal wieder zum Kotzen und die Weihnachtszeit trägt nicht gerade dazu bei, die Lage auf den Straßen zu entspannen. Gut, wenn man da eine Leibgarde hat, die sich einfach auf die Straße stellt und für freie Bahn sorgt. Ich hatte einmal darüber nachgedacht, meinen Männern Polizeiuniformen zu besorgen, da ich dem NYPD aber bereits jeden Monat einen großen Batzen dafür bezahle, dass sie mir nicht ständig in die Geschäfte funken, wollte ich unser gutes Verhältnis nicht unnötig belasten. Zumal das reine Auftreten meiner Männer in den meisten Fällen genügt, um den Verkehr vor meinem Haus zum Erliegen zu bringen. Die Leute scheinen dann immer zu denken, dass irgendein Popstar oder Schauspieler das Gebäude verlässt, denn sie zücken jedes Mal ihre Fotoapparate und Handys. Jämmerliche Gestalten. Als ob es ihre kleinen, armseligen Leben verbessern würde, das Foto eines reichen Menschen mit sich herumzutragen.

„Schau nicht auf den Erfolg anderer, mein Liebling. Er hat nichts mit deinem eigenen Glück zu tun." Verdammt. Wie lange schon habe ich ihre Stimme nicht mehr in meinem Kopf gehört? Bestimmt liegt es an dem ganzen bunten

94

Weihnachtsbrimborium, dass die Straßen und Häuser um mich herum zum Blinken und Strahlen bringt. Mom hat Weihnachten geliebt. So wie sie alles geliebt hat, was rosarot und kitschig war. Zuckerwatte und Schleifchen, das war ihre Welt. Eine Welt, in die sie sich flüchtete, um ihrer eigenen trostlosen Realität zu entfliehen. Unserer Realität.

Fuck. Ich war noch viel zu jung gewesen, als ich mir schwor, dafür zu sorgen, dass sie es einmal besser haben würde. Ein rosa Haus wollte ich ihr bauen und verfolgte diesen Plan mit allen Mitteln, die einem Jungen aus dem Ghetto zur Verfügung standen. Natürlich waren sie allesamt illegal. Ich werde die Tränen nie vergessen, die meine Mutter vergoss, als ich zum ersten Mal in Begleitung der Cops vor unserer schäbigen Wohnungstür stand. Ich musste ihr an diesem Abend hoch und heilig versprechen, ein guter Junge zu bleiben. Nun … das hat nicht so ganz funktioniert.

„Wohin, Boss?", fragt Big Ed, als Parker ihm von der Straße aus signalisiert, dass er losfahren kann. Ich knurre lediglich einen Namen: „Benedetti."

Sie will zu ihm. Zu dem kleinen, blonden Wichser, da bin ich mir sicher. Es war von Anfang an klar, dass sie abhauen würde. Verwundert hat mich ganz ehrlich nur, dass sie so lange damit gewartet hat. Das kleine Luder.

Wir fahren am Rockefeller Center vorbei, wo die großen Weihnachtskugeln am Baum dieses Jahr in einem kräftigen dunklen Grün glänzen. *So grün wie die Augen von Grace O'Brien*, denke ich und schüttle kaum merklich den Kopf. Sie war noch ein Kind, als ich zum ersten Mal in diese funkelnden Smaragde gesehen habe, und nie hätte ich für möglich gehalten, dass dieses selbstbewusste, kleine Mädchen mit den dunklen Zöpfen einmal meinen Namen tragen würde. Sie hat so verdammt viel von ihrer Mutter.

Ich öffne die Mittelkonsole und hole die Beretta hervor.

„Wir sind da, Sir."

Mein Puls ist vollkommen ruhig, als Big Ed den Wagen in die breite Auffahrt lenkt. Nur Jackson rutscht ein wenig unbehaglich auf dem Beifahrersitz hin und her.

„Beruhige dich, Jax", sage ich. „Es wird niemand verletzt werden, der es nicht auch verdient hat." Unsere Blicke treffen sich im Rückspiegel und trotz seiner dunklen Sonnenbrille weiß ich, dass ihn meine Worte wenig trösten. Er mag den kleinen Kanarienvogel. Schließlich hat er die letzten zwei Wochen fast rund um die Uhr an seinem Käfig gesessen. Bis er ihm davongeflogen ist.

„Ähm, Sir?" Eds Fingerzeig zieht meine Aufmerksamkeit nach vorn durch die Windschutzscheibe. Und dachte ich bis eben noch, dass ich die Ruhe in Person sei, so belehrt mich der Anblick, der sich uns dort vor dem riesigen schmiedeeisernen Tor bietet, eines Besseren. Der Wichser, ich sagte es doch. Und ganz dicht bei ihm, die Arme um seinen hässlichen Hals geschlungen, steht … sie.

Wut steigt in mir auf. Brennende und für mein Umfeld überaus gefährliche Wut, denn ich kann es nicht leiden, wenn jemand mein Eigentum begrapscht. Daran ändert es auch nichts, dass die Augen dieses Arschlochs ganz groß werden, als er unseren Konvoi entdeckt. Ein teuflisches Grinsen hebt meine Mundwinkel. „Dann wollen wir das Vögelchen mal wieder einfangen."

Doch zunächst unternehme ich nichts. Warte, bis die anderen sechs Fahrzeuge auf dem breiten Vorhof zu beiden Seiten meiner Limousine zum Stehen gekommen und meine Männer hinausgesprungen sind. Genieße die Macht, als sie sich, ihre Maschinengewehre und Pistolen im Anschlag, zwischen den Autos hindurch auf das Tor zu bewegen und sich im Halbkreis davor aufstellen, wo die Show längst begonnen hat. Alessio Di Lorenzo. Der Unterboss des Dons.

Sein Gesicht wirkt ein wenig blasser als sonst, während er ganz offensichtlich alle Hände voll damit zu tun hat, die meiner Frau von sich zu schieben. Hilfe suchend schaut er immer wieder zu den Kameras hinauf, die sich auf den hohen Pfeilern des Tores in Position gebracht haben und dort drinnen in der überprotzigen Villa sicher bereits für Tumulte unter dem Wachpersonal sorgen. Herrlich. Ich liebe große Auftritte.

Stille herrscht auf dem gesamten Gelände, als ich schließlich betont lässig und ohne Eile aus dem Wagen steige, mein Jackett richte und mir sogar noch die Mühe mache, die Autotür selbst zu schließen. Der einzige Ton, der mich erreicht, sind Polizeisirenen unten von der Straße, von denen ich jedoch weiß, dass sie vorbeifahren werden. Dafür habe ich gesorgt. Niemand wird mich stören. Niemand außer …

„Alessio! Tu doch was!"

Genervt schließe ich die Augen. Die Angst in ihrer Stimme. Diese Panik. So überdramatisch. Ich atme tief durch, ehe ich zwischen meinen Männern hindurch schlendere, als würde ich einen lauen Sommerabend am Meer genießen. Als hätte es nicht mittlerweile begonnen zu schneien. Ich genieße die Kälte, das leise Knistern der Flocken, wenn sie sich auf meine Schultern legen, auf meinen Bart, und ihre fragile Schönheit dort zu einem simplen Wassertropfen vergeht. Bis ich vor ihr stehe. Meinen Blick in ihren treibe und … nichts.

Ich tue nichts. Sage kein Wort. Ignoriere den Kerl an ihrer Seite ebenso wie die Wachen, die nun im Hintergrund über die Hügel des weitläufigen Anwesens gelaufen kommen. Ich brauche ihr nicht zu erklären, dass sie einen Fehler begangen hat. Und ich brauche auch nicht zu erwähnen, dass sie ihn bereuen wird. Dafür ist sie selbst schlau genug. Ich sehe es an ihren aufgerissenen Augen. An ihren betörend bebenden

Lippen, als sie rückwärts wankt. Daran, wie sie die Hand ausstreckt nach dem Mann, von dem ich weiß, dass er ihr nicht helfen wird. Niemand hier wird das tun. Und als sie mit dem Rücken gegen das Gitter stößt, hinter dem die Hunde ihre geifernden Zähne fletschen, lächle ich.

„Geh ins Auto, Grace." Meine Stimme ist sanft. Ich spreche zu ihr wie zu einem Kind, und genauso bockig, wie sie es bereits mit fünf Jahren gewesen war, reckt sie auch jetzt das Kinn. Die Angst spricht aus ihrer gesamten Haltung, doch ihr Kampfgeist hält sie aufrecht. Es macht mich an. Sehr sogar und ich verlagere meinen Stand.

„Nein!", wirft sie mir entgegen und dann hetzt ihr Blick erneut zu Di Lorenzo. Der macht einen Schritt auf sie zu, doch schneller als er schauen kann, klicken die Waffen um ihn herum. Jax zielt direkt auf seine Schläfe. Der Lauf der Waffe blitzt silbern im Licht der Scheinwerfer und Grace entfährt ein Wimmern.

„Ins Auto. *Missy*." Meine Sanftmut ist verschwunden, doch Grace zögert noch immer. Schaut sich um, findet aber nirgends Zuspruch. Weder von den Leuten ihres Vaters, die lediglich abwartend hinter dem Zaun stehen, noch von …

„Alessio!" Ihre Stimme überschlägt sich. Tränen rinnen ihre Wangen hinab. „Warum tun sie denn nichts?" Sie deutet auf die Männer in ihrem Rücken. „Und warum lässt du das zu?"

„Ja, *Alessio*", ich grinse ihm entgegen. „Sag meiner Frau, warum es dich einen Scheißdreck interessiert, was mit ihr passiert." Ihr verzweifeltes Keuchen, die steigende Wut in seinem Gesicht, es ist zu köstlich. „Sag ihr, warum du dich nicht einmal bemüht hast, Kontakt zu ihr aufzunehmen, und das, obwohl ihr doch *so verliebt* wart." Ich kann nicht anders, als mit zwei Fingern Gänsefüßchen in die Luft zu malen.

Seine Wangen sind zornesrot, die Augen zu Schlitzen verengt, aber natürlich hält er die Fresse. Eine geladene und entsicherte Waffe am Kopf lässt sogar dieses Großmaul verstummen.

Ich greife die Hand meiner Frau. Fest, denn ich bin auf ihre Gegenwehr vorbereitet. Sie hat keine Chance, als ich ihre Finger an meine Lippen führe und ihr einen Kuss auf die Knöchel hauche.

„Och, nicht doch, Missy. Der Versager ist keine einzige deiner Tränen wert." Und dennoch weint sie. Perlt ein dicker Tropfen nach dem nächsten ihre geröteten Wangen hinunter, bis sie zusammen einen wahren Sturzbach ergeben. Aber sie gibt keinen Laut von sich, und das imponiert mir. Das Vögelchen ist stark. Verdammt stark.

„Missy, Missy." Ich schnalze abschätzig mit der Zunge. „Hast du wirklich geglaubt, dass er dich reinlässt? Dass er dich beschützt? Niemand hier wird das tun. Niemand, hast du mich verstanden? Nicht einmal die Putzfrau! Sie alle haben die Order deines Vaters, dich sofort zu mir zurückzuschicken, solltest du hier auftauchen. Also mach es uns einfach und geh jetzt brav zum Wagen. Das hier ist nicht länger dein Zuhause. Und er", ich nicke zu Di Lorenzo hinüber, „ist nicht länger deine Hoffnung."

Sie schaut zu mir auf und in dem Moment, als unsere Blicke sich treffen, ist mir, als würde das Grün in tausend Splitter zerspringen. Ich empfinde kein Mitleid, denn ich tue ihr gerade einen Gefallen. Irgendwann wird sie mir dafür danken.

Ich lasse sie los und schnippe in die Luft, woraufhin Big Ed an meiner Seite auftaucht und Grace im Schutze seines Schattens zum Wagen geleitet. Das heißt, er will sie zum Wagen geleiten, doch gerade, als sie mich umrundet haben, reißt Grace sich los.

„Tu es!", brüllt sie. „Schick ihn zur Hölle! Du hast es mir versprochen!" Und schon ist sie wieder bei ihm. Hämmert ihre Fäuste gegen seine Brust, so dass Jax überrascht zurückweicht. Fragend sieht er mich an, doch ich winke ab. Soll sie nur. Soll sie selbst von ihm erfahren, dass er lediglich mit ihr gespielt hat.

„Amore", setzt er zögernd an, da entfährt Jax ein derber Fluch: „Amore? Echt jetzt? Fuck, Alter! Du hast überall herumposaunt, dass du die Tochter vom Don knallst. Dass ihr Arsch dir eigentlich viel zu fett ist, du aber an den Alten ran willst. Stimmt doch, oder?" Allgemeine Zustimmung brandet aus den Reihen meiner Männer, und sogar von jenseits des Tores höre ich ähnliches Gemurmel.

Jackson, Jackson. Mein Grinsen wird immer breiter. Die Show immer besser. Mit verschränkten Armen lehne ich mich zurück, hänge förmlich an Di Lorenzos Lippen und warte, wie wohl jeder hier, gebannt auf seine Antwort. Doch stattdessen höre ich nur die Stimme von Grace: „Ist das wahr?"

Die Frage ist an Jax gerichtet, nicht an den Blondie, von dem sie abgelassen hat, und dem der Arsch sichtlich auf Grundeis geht. Jax nickt. Da dreht sie sich zu mir und diesmal ist sie es, deren Blicke töten könnten. Die Fäuste geballt, die Kiefer so fest aufeinandergepresst, dass ihre Wangen spannen, aber ohne auch nur eine einzige weitere Träne kommt sie auf mich zu. Sie stoppt nicht, prallt gegen mich und als ich ein wenig überrumpelt die Arme auseinander nehme, greift sie unter mein Jackett. Der Zug um meine Schultern ruft mich zur Raison und blitzschnell umklammere ich ihre Finger, ehe sie mir die Waffe aus dem Holster ziehen kann.

„Was soll das werden?", herrsche ich sie an. Ich bin sauer. Was fällt dem kleinen Mädchen eigentlich ein, ausgerechnet *mir* die Pistole klauen zu wollen?! Der Hass und die Entschlossenheit in ihrem Puppengesicht drücken jedoch plötzlich einen Schalter in mir. Den richtigen Schalter. Mein Griff wird locker, ich neige den Kopf und sehe sie erwartungsvoll an.

„Lass mich", zischt sie. „Wenn das hier wirklich nicht mehr länger mein Zuhause ist, wenn tatsächlich stimmt, was ihr sagt, dann kann ich ihn endlich erschießen."

Meine Augenbrauen wandern in die Höhe. „Den da?", frage ich abfällig, doch sie schnaubt und der Zorn hebt und senkt ihre Brust unter tiefen Atemzügen.

„Nicht ihn." Den Schmerz in ihrer Stimme kann sie nicht unterdrücken, schließlich muss der Schock über das, was sie gerade erfahren hat, tief sitzen. Dennoch sind ihre Worte gefasst und klar, als sie mir geradewegs in die Augen sieht. „Meinen *Vater*."

Ein Film läuft vor meinem inneren Auge ab. Ungefragt und plötzlich. Die Explosion. Die Schreie. Dunkle Wände und mein Blut. Ich schiebe Grace an mir vorbei, hinter mich und in Sicherheit, dann ziehe ich die Waffe.

„Daddy ist heute leider nicht zuhause, Darling. Aber wir können ihm eine Nachricht hinterlassen."

Ein Aufschrei. Das Jammern und Flehen einem Mann seines Standes unwürdig.

Ich drücke ab.

Grace

Die Fahrt zurück nach Manhattan verläuft in eisigem Schweigen. In mir ist alles in Aufruhr. Der Schuss hallt immer noch in meinem Kopf nach. Das Blut, Alessios Schreie, sein schmerzverzerrtes Gesicht … Die grausamen Bilder legen mein Denken lahm. Ich bestehe nur noch aus Emotionen: Angst, Schrecken, Panik.

Eine Lawine ist in mir in Gang geraten, ausgelöst von der Gewalt, die ich gerade mitansehen musste. Eine Lawine alter Erinnerungen, die ich seit Jahren verdrängt habe. In meinen Träumen hat der Tod meiner Mutter mich oft verfolgt, doch ich habe mir nie erlaubt, weiter darüber nachzudenken. Zu groß der Schmerz, zu groß die Verzweiflung. Es war reiner Selbstschutz, doch jetzt fallen meine Barrikaden.

Plötzlich bin ich wieder das kleine Mädchen, das seine Mutter zu einem Besuch bei einer Freundin begleitet. Auch jetzt erinnere ich mich nicht mehr an die genauen Umstände, nur daran, dass es ein Geheimnis war, was wir taten. Daddy durfte es nicht wissen. Die Gegend, in die wir fuhren, war ärmlich, genau wie die Wohnung von Mammas Freundin. Anders als sonst wurden wir nicht in einer schwarzen Limousine chauffiert, sondern nahmen ein ganz gewöhnliches Taxi.

Doch eines Tages, nach einem Besuch im Winter, stand unerwartet ein schwarzer Mercedes mit getönten Scheiben in der schmalen Straße vor dem Haus. Es war ein Tag wie heute.

Leise fielen kleine Schneeflocken auf die glänzende Karosserie. Mamma bekreuzigte sich. „Dein Vater hat es herausgefunden", hat sie geflüstert. Bleich, aber gefasst. Als hätte sie immer gewusst, dass dieser Tag kommen würde.

Zum ersten Mal seit Jahren kommen mir diese Worte, diese Details meiner letzten Momente mit ihr in den Sinn. Warum hatte ich sie verdrängt? Jahrelang waren sie aus meinem Gedächtnis verschwunden. Immer habe ich nur an die letzten Sätze gedacht, die ich kurz darauf von ihr gehört habe: „Lauf, Gracie! Lauf weg! Lauf so weit du kannst!"

Also bin ich gerannt, so schnell mich meine kurzen Beine trugen, während meine Mutter in die wartende Limousine stieg. Wie oft habe ich später über diesen Moment nachgedacht. Warum ist sie eingestiegen, hat sich kampflos ergeben? Warum ist sie nicht mit mir geflohen? Wusste sie, dass sie keine Chance gegen den Don hatte?

Die Explosion war gewaltig. Auch jetzt noch erschüttert sie mich. Zerreißt alles in mir. Wieder zerbricht meine Seele in tausend Stücke, während meine Mutter in dem zerborstenen Wagen und den Trümmern der umliegenden Gebäude auf der Straße hinter mir verbrennt und ich schreiend und weinend immer weiter laufe, bis irgendein Passant mich stoppt und die Polizei ruft.

Auch jetzt schlage ich wieder die Hände vor mein Gesicht und lasse meiner Verzweiflung freien Lauf. Wie bereits eben vor dem Tor sind es auch dieses Mal keine stummen Tränen, wie ich sie seit der Hochzeit täglich in Connors Loft vergossen habe. Ich muss wohl so herzzerreißend geschluchzt haben, dass nicht einmal mein Eisblock von einem Ehemann es noch ignorieren kann.

Unvermittelt spüre ich nämlich eine große schwere Hand, die sich in meinen Nacken legt und von dort aus in meine Haare schiebt. Einen kurzen Moment lasse ich es zu, dass der

Bastard mich wie ein kleines Kätzchen krault, dann schlage ich seine Hand mit aller Kraft weg. „Fass mich nicht an", zische ich so hasserfüllt, dass für den Bruchteil einer Sekunde ein überraschter Ausdruck in seinen Augen steht. *Ja, Bastard, du dachtest, dass du mir beigebracht hast, mich nicht zu wehren*, denke ich aufgebracht. *Aber Grace Benedetti lässt sich nicht so einfach beherrschen!* Dann hat Connor sich wieder gefangen und runzelt die Stirn.

„Warum hast du das getan?", werfe ich ihm entgegen, bevor er etwas sagen kann.

Seine Lippen verziehen sich zu einem spöttischen Grinsen. „Strafe muss sein, Sweetheart, das weißt du doch", erwidert er lapidar. „Er wird es überleben, glaub mir." Mit einem wütenden Schnauben schüttele ich den Kopf. „Ich spreche nicht von Alessio", fauche ich hasserfüllt. „Sondern von meiner Mutter! Warum hast du das getan? Warum hast du sie getötet?"

Nun ist es echtes Erstaunen, mit dem er mich ansieht. So echt, dass ich fast irritiert bin. Es ist vielleicht das erste Mal, dass ich hinter die Fassade meines Mannes blicke. „Das haben sie dir also erzählt, was?", brummt er, zieht einen silbernen Flachmann aus seinem Jackett und trinkt einen Schluck. Dann wendet er sich mir zu und sieht mir so fest in die Augen, dass ich instinktiv zurückweiche.

„Jetzt hör mir mal gut zu, Missy", sagt er eindringlich. „Man nennt mich zwar nicht umsonst den Bastard, aber noch niemals habe ich einer unschuldigen Frau oder einem Kind etwas angetan. Was auch immer sie dir über den Tod deiner Mutter gesagt haben, es waren Lügen!" Damit wendet er sich wieder von mir ab und trinkt noch einen Schluck.

Auch ich drehe mich weg. Meine Tränen sind vorerst versiegt. Die Worte des Bastards arbeiten in mir. Bringen die jahrelange Gewissheit, dass er mir das Liebste auf der Welt genommen hat, ins Wanken. Denn auch wenn ich es nicht glauben will, spüre ich doch, dass er gerade die Wahrheit gesagt hat. *Aber wer war es dann?*, frage ich mich, bin aber zu aufgewühlt, um weiter über dieses schmerzvolle Thema nachzudenken.

Kurz streifen meine Gedanken Alessio, dem mein Ehemann, ohne mit der Wimper zu zucken, das rechte Knie zerschossen hat. Was empfinde ich jetzt für ihn? Mitleid? Sehnsucht? Wut? Die Enthüllung von Jackson, der die anderen Männer auch noch zugestimmt haben, steht nun zwischen uns. Ich würde nur zu gern von einer infamen Verleumdung ausgehen. Aber warum sollte Jax sich so etwas ausdenken?

Ich starre in das Schneegestöber hinaus. Der Konvoi, in dessen Mitte wir fahren, überquert gerade die Brooklyn Bridge. Manhattan glitzert und leuchtet vor uns, als würden wir direkt in ein Weihnachtsmärchen hineingleiten. Doch ich weiß, dass mich sicher etwas ganz anderes erwarten wird. *Strafe muss sein*, hat Connor eben gesagt und das Funkeln in seinen Augen bezog sich dabei sicher nicht auf Alessios zerstörtes Knie. Dass ich weggelaufen bin, wird ein Nachspiel haben, da kann ich mir wohl sicher sein. Und je näher wir der Upper Eastside kommen, desto mulmiger wird mir.

Insgesamt fünf von Connors Männern fahren im Aufzug mit uns nach oben, doch sie steigen alle ein Geschoss unter unserem aus. „Du wartest, bis ich eine Entscheidung getroffen habe, was mit dir passieren wird", sagt Connor noch zu Jax, der mit starrem Gesicht nickt und ein „Ja, Sir" hervorpresst.

„Was soll das bedeuten, *was mit ihm passieren wird?*", frage ich ängstlich, als die Türen sich wieder geschlossen haben. Dabei verstehe ich sehr gut, was es bedeuten soll. Dass mein Handeln auch Konsequenzen für meinen Aufpasser haben würde, hatte ich leider nicht bedacht!

„Er hat versagt, oder nicht?", lautet die knappe Antwort. „Der kleine Wichser sollte auf meine Frau aufpassen und hat sie verloren. Connor O'Brien duldet kein Versagen." Er steht mit vor der Brust verschränkten Armen neben dem Innentableau aus poliertem Messing, auf dessen Anzeige nun die 69 erscheint. Bevor die Türen erneut auseinandergleiten, lege ich meine Hand auf den Arm des Bastards. Stirnrunzelnd sieht er auf.

„Bitte, Connor, tu ihm nichts!" Aus Angst um Jax klingt meine Stimme ganz zittrig. Ich würde es mir niemals verzeihen, wenn meinem Bodyguard meinetwegen ins Knie geschossen wird wie Alessio. Zu meinem Erstaunen schmunzelt Connor amüsiert. „Sieh an, sieh an! Grace O'Brien besitzt einen Sinn für Loyalität, was?", grinst er und streicht sich über den Bart. „Und wie kommst du darauf, dass du meine Entscheidungen beeinflussen könntest, kleine Lady?"

Dabei schiebt er mich aus dem Aufzug und aktiviert mit einem Fingerschnipsen die Beleuchtung des Lofts. „Immerhin bin ich deine Frau", versuche ich es. Doch damit habe ich es wohl etwas zu weit getrieben, denn plötzlich packt mich Connor an der Kehle. Ich erstarre. „Ja, ganz recht", knurrt er. „Meine Frau! Meine Frau, die vor mir abhaut, um sich einem anderen Kerl an den Hals zu werfen!"

Ich versuche zu schlucken, aber seine Finger schließen sich immer fester um meinen Hals. Panik steigt in mir auf. „Bitte", bringe ich mit Mühe hervor. „Bitte bestraf nicht Jax, sondern mich! Es war alles meine Schuld, das weiß ich!"

Mit einem verächtlichen Schnauben lässt Connor mich los. „Bestrafen werde ich dich, Sweetheart, da kannst du dir sicher sein", erwidert ungerührt. „Aber du müsstest schon ganz besonders tapfer sein, um so viel Eindruck auf mich zu machen, dass ich deinen armen Jax dafür verschone!"

Japsend schnappe ich nach Luft. „Bringen wir es hinter uns", fordere ich ihn heraus. „Wirst du mir auch in irgendein Körperteil schießen?" Connors raues Lachen jagt mir einen Schauder über den Rücken. „Keine Sorge, mein Schatz", antwortet er mit einem bösen Funkeln in den Augen. „Für Frauen gelten bei mir andere Regeln. Du kommst mit einer Tracht Prügel davon. Wie ein ungezogenes Mädchen es verdient hat!"

Obwohl mein Vater mir oft genug Schlimmeres angetan hat, als mich zu schlagen, bekomme ich bei Connors Ankündigung eine Gänsehaut. *Ein ungezogenes Mädchen.* In seinen Worten schwingt etwas mit, das mich aufwühlt. Seltsamerweise ist es nicht nur Furcht, die mir durch den Körper schießt. Doch ich bin jetzt viel zu aufgeregt, um meine Gefühle genau benennen zu können.

„Geh in mein Schlafzimmer und warte dort auf mich", befiehlt der Bastard so barsch, dass ich mich augenblicklich in Bewegung setze. Seine Dominanz schüchtert mich ein, aber zugleich löst sie auch wieder diese Spannung in mir aus, die mich die letzten Wochen schon fast in den Wahnsinn getrieben hat. Doch dann höre ich ihn noch etwas hinzufügen: „Du weißt ja inzwischen, wo mein Bett steht!"

Ich laufe knallrot an und fahre noch einmal herum. „Woher …", stammele ich. Connors Gesichtsausdruck ist grimmig wie immer, doch um seine Mundwinkel zuckt es. „Abmarsch, Missy", brummt er nur. „Stell meine Geduld lieber nicht weiter auf die Probe!"

Grace

Ich sitze in Connors Schlafzimmer auf der Bettkante. Die Putzfrau war inzwischen da. Nichts zeugt mehr davon, was ich heute Morgen hier getan habe. *Aber er weiß es,* schießt es mir wieder durch den Kopf. *Es muss hier Kameras geben, die ich übersehen habe!* Meine Scham wegen der unglaublichen Peinlichkeit, dass das Objekt meines Hasses mich beim Masturbieren in seinem eigenen Bett gesehen hat, steigert meine Furcht und meine Aufregung ins Unermessliche.

Nervös ist gar kein Ausdruck für das, was gerade in mir vorgeht. Einerseits würde ich am liebsten weglaufen, um mich irgendwo zu verstecken, andererseits sehne ich diese Bestrafung inzwischen fast schon herbei. Es verwirrt mich selbst, denn normalerweise müsste mich die Aussicht auf Prügel von meinem verhassten Ehemann doch vor Angst fast um den Verstand bringen! Aber es ist wie vorhin, als ich mich auf Connors Bett selbst berührt habe: Die dunkle Anziehungskraft dieses Mannes legt einen Schalter in mir um, der meine Wahrnehmung auf seltsame Weise verändert.

Irgendwann höre ich Schritte auf dem Flur. Mein Herz schlägt sofort schneller. Meine Handflächen beginnen zu schwitzen. „Ganz ruhig, Grace", spreche ich mir selbst Mut zu. „Du hast schon ganz andere Grausamkeiten überstanden! " Doch als sich nun die Tür öffnet und Connor mit finsterer

Miene den Raum betritt, bin ich mir plötzlich nicht mehr so sicher, ob ich *das hier* überstehen werde.

Denn *das hier* ist anders als alles, was ich kenne. Wenn mein Vater mich verprügelt hat, dann waren es aggressive Ausbrüche, von Alkohol, Kokain und Raserei geprägt. Er hat mich mit seinen Fäusten und irgendwelchen Gegenständen geschlagen, mich getreten und wenn es besonders schlimm war, hat er mich danach seinen sadistischen Verbrennungen ausgesetzt. Ich habe dabei nie etwas anderes gespürt als Angst und Schmerz. Doch obwohl ich mich auch jetzt fürchte, hat das nichts mit den Gewalttätigkeiten des Dons zu tun. Denn mein Ehemann wirkt plötzlich auf eine gefährliche Art *anziehend* auf mich!

Connor hat inzwischen sein Jackett ausgezogen und sich seiner Waffe entledigt, wodurch er weniger förmlich wirkt. Nicht mehr so unnahbar. Privater. Aber immer noch verdammt bedrohlich. Seine Schultern wirken auf einmal noch breiter, seine Arme noch stärker und sein charismatisches Gesicht noch kantiger.

Er macht die Tür hinter sich zu und schließt seelenruhig ab. Ich muss schlucken. Die Atmosphäre zwischen uns hat sich verändert. Verdichtet. Die Luft scheint zu vibrieren. *Wann ist das passiert? Wie? Liegt es daran, dass wir in seinem Schlafzimmer sind?*

Allein dieser Raum hat etwas so … Intimes.

Und vielleicht ist genau das der Unterschied: Connor ist nicht mein Vater. Ob es mir nun passt oder nicht, er ist mein *Mann.* Wir sind verheiratet, verdammt. Und die Beziehung zwischen Mann und Frau ist nun einmal intim.

„Steh auf", wendet er sich mit strenger Stimme an mich. „Zieh dir die Strumpfhose und dein Höschen runter und heb deinen Rock hoch!"

Entsetzt starre ich ihn an. „Den Teufel werde ich tun!“, entfährt es mir, obwohl Widerworte in meiner Lage vielleicht nicht gerade die klügste Idee sind. Aber sicher werde ich nicht mit heruntergezogener Hose … Oder doch?

Connors Blick hat so viel Autorität, dass er mich zumindest veranlasst, von der Bettkante zu rutschen und aufzustehen. „So ist es brav“, lobt er mich knapp, während er sich die Ärmel seines schwarzen Hemdes hochkrempelt. „Tu, was ich dir sage, dann ist es schnell vorbei.“

Seine Worte lösen ein heftiges Kribbeln in meiner Körpermitte aus. Ich bin verwirrt. Offensichtlich gefällt es mir, wie er mit mir spricht! Aber zugleich habe ich eindeutig immer noch Angst vor ihm! Und außerdem liebe ich Alessio, ganz egal, was heute passiert ist! *Und nicht zu vergessen, dass ich Connor O'Brien hasse*, füge ich in Gedanken hinzu.

Zittrig gleiten meine Finger unter meinen Rock und greifen nach dem Bund meiner Strumpfhose.

Tue ich das gerade wirklich?, frage ich mich, während ich genau Connors Anweisungen folge. *Ja, so ist es. Verdammt, ist das zu glauben?!*

Und so stehe ich hier nun kurze Zeit später also: Meine Strumpfhose und den Slip bis zu den Knien heruntergezogen und den Stoff meines Rockes vor mir zusammengeknüllt, um meine Scham zu bedecken. Ich wage es nicht, den Blick zu heben, so sehr beschämt mich diese Situation. Und gleichzeitig wird das verdammte Kribbeln immer stärker!

„Sieh mich an, Gracie!“ Connors Stimme klingt rau, aber auch auf eine ungewohnte Art sanft. Dass er mich wieder mit meinem alten Kosenamen anspricht, wühlt mich nur noch mehr auf. Schwer atmend hebe ich den Blick. Eisgraue Augen fixieren mich und machen mir eine Gänsehaut. Gleichzeitig öffnet Connor seinen schwarzen Ledergürtel und zieht ihn sich mit einem Ruck aus der Hose. Ich halte den Atem an. *Er will mich mit seinem Gürtel schlagen?!* Allein die Vorstellung ist mir unangenehm. Nicht so sehr wegen der Schmerzen, sondern wegen der Demütigung.

„Du wirst dich jetzt aufs Bett knien, deinen Kopf auf die Matratze legen und brav den Arsch rausstrecken", fährt Connor mit sichtlichem Genuss fort. In seinen Augen lodert wieder ein Feuer, doch dieses Mal ist es nicht kalt. Im Gegenteil, ich kann seine Hitze überdeutlich spüren, denn auch wenn ich es nicht begreife, lodern dieselben Flammen auch in mir.

„Muss … Muss das wirklich sein?", frage ich trotzdem in einem Anflug von kopfloser Panik.

„Wolltest du nicht tapfer sein?", erwidert er mit leisem Spott. „Ich kann dich auch zwingen, Missy. Aber dann werden die Schmerzen nur schlimmer, glaub mir!"

Also gebe ich mich geschlagen. Ohne weiter darüber nachzudenken, drehe ich mich um, krabbele aufs Bett und begebe mich in die Position, die mein Ehemann von mir verlangt hat. Kurz streift ein Satz mein Bewusstsein, den Jax vorhin zu Alessio gesagt hat: *Dass ihr Arsch dir eigentlich viel zu fett ist...*

Sofort fühle ich mich so elendig, dass ich mich am liebsten in Luft auflösen würde. Doch ein kehliges „Good girl, Sweetheart" von Connor lässt mich dieses Gefühl ebenso schnell wieder vergessen. *Ich hasse ihn, aber ich liebe es, wenn er so mit mir spricht*, muss ich mir eingestehen. Also gehe ich noch etwas tiefer ins Hohlkreuz, kneife die Augen zu und bete, dass es nicht so schlimm wird.

Ich nehme wahr, dass der Bastard neben das Bett tritt. Eine hauchzarte Berührung streift meine nackte Haut, so sanft, dass ich mir nicht einmal sicher bin, ob ich sie mir nur eingebildet habe. Und dann … Das Pfeifen, mit dem der

Gürtel die Luft durchschneidet, ist noch gar nicht richtig in mein Bewusstsein gedrungen, da durchfährt mich ein brennender Schmerz, der sich einmal quer über meinen Po zieht. Ich kreische erschrocken auf, schaffe es aber gerade noch, mich nicht aufzurichten und meine Hände auf die wie Feuer glühende Stelle zu pressen.

Als Connor nun jedoch spöttisch lacht und mein Kreischen nachäfft, spüre ich, wie mir erneut die Röte ins Gesicht steigt. „Tapfere Mädchen schreien nicht beim ersten Schlag", weist er mich streng zurecht. „Und vor allem zählen sie mit und bedanken sich! Merk dir das, verstanden?!"

Zu meiner eigenen Überraschung höre ich mich sagen: „Ja, Sir!" Das leise Lachen, mit dem er auf meine Antwort reagiert, kribbelt fast so angenehm in mir wie die Nachwirkung des Schlages. „Also nochmal von vorn", bestimmt er.

Ohne dass ich Zeit habe, mich darauf einzustellen, trifft mich der nächste Hieb. Er ist noch kräftiger als der vorige, so dass mir auch dieses Mal wieder ein erstickter Schrei entfährt. Doch immerhin schaffe ich es, danach „Eins! Danke, Sir!" hervorzupressen, was Connor mit einem trockenen „Na bitte, geht doch" bedenkt.

Die folgenden fünf Schläge prasseln schnell nacheinander auf mich ein, so dass mir das laute Mitzählen wirklich schwerfällt. Es fühlt sich an, als würde meine Haut unter dem harten Aufprall des Leders zerplatzen. Schweiß bricht mir aus und ich kralle meine Finger in die Überdecke des Bettes. Doch trotz allem ist es nicht nur schrecklich. Der Duft des Bastards umgibt mich und vermittelt mir ein unerklärliches Gefühl von Geborgenheit.

Der Schmerz, dieser brennende, reißende Schmerz, dringt tief in mich ein und verbindet sich dort mit der Anspannung, die mich so gequält hat. Und was daraus wird, verblüfft mich noch mehr als die Erkenntnis, dass Connors Strenge mir gefällt: Es ist Lust, die da in mir zu pulsieren beginnt! Eine reine, unverfälschte Lust, die irgendwo aus den Tiefen meiner Seele aufsteigt.

Zum Glück gewährt mein Mann mir nun eine kurze Verschnaufpause, so dass ich meine Empfindungen wenigstens im Ansatz ordnen kann. Als er prüfend mit seinen Fingerspitzen über meine glühende Haut fährt, muss ich unwillkürlich seufzen, so gut fühlt es sich an. Wieder lacht Connor leise und tätschelt mir dabei doch tatsächlich den Po!

„Wie es aussieht, passt du zumindest in der Beziehung ganz gut zu mir, Gracie", stellt er fest. „Ich stehe drauf, meine Frau bei Gelegenheit zu bestrafen. Und wenn es ihr auch gefällt, umso besser." Obwohl ich selbst längst erkannt habe, dass er recht hat, gebietet es mir mein Stolz zu protestieren. „Wie kommst du darauf, dass es mir gefällt, mit veralteten Erziehungsmethoden gedemütigt zu werden!?", schnaube ich von unten zu ihm hinauf. „Du magst fünfzehn Jahre älter sein als ich, aber immerhin bin ich mit meinen einundzwanzig eine erwachsene Frau und…"

Zwei Finger unterbrechen meinen Redeschwall. Zwei Finger, die sich von hinten zwischen meine Beine schieben und an meine empfindlichste Stelle vordringen. Ich halte den Atem an und wage es nicht, mich zu rühren. Wie gern würde ich etwas anderes behaupten, aber es fühlt sich einfach himmlisch an! Connor schnaubt grimmig, als er die Feuchtigkeit spürt, die auch ich natürlich längst wahrgenommen habe. „Willst du mir etwa weismachen, dass deine Pussy lügt, Missy?", fragt er mit rauer Stimme.

Als Antwort bekommt er nur ein leises Stöhnen zu hören, gedämpft von der Decke, in die ich mein Gesicht vergrabe, als sich die Finger nun langsam, aber bestimmt in meinen Eingang schieben. „Du bist eng", stellt der Bastard prüfend fest. „Aber du bist keine Jungfrau. Das war mir allerdings ohnehin klar, nachdem ich die Stories gehört habe, die dein Lover über dich in Umlauf gebracht hat!"

Was hatte ich mir für Sorgen über den Moment gemacht, in dem mein Mann herausfinden würde, dass ich nicht als Jungfrau in die Ehe gekommen bin! Doch anscheinend macht es ihm gar nichts aus! Dennoch versetzen mir seine Worte einen Stich. Ist es also wirklich wahr, was Jax vorhin erzählt hat?

„Ich …", beginne ich aufgewühlt, doch Connor bringt mich mit einem sanften „Shhh" zum Schweigen, während er seine Finger langsam vor und zurück bewegt. „Er hat deine Jungfräulichkeit nicht verdient", höre ich ihn leise sagen. „Er hat *dich* nicht verdient. Du gehörst jetzt zu mir, Kleine. Du wirst dich daran gewöhnen."

Obwohl mein Hass auf diesen Kerl keineswegs verschwunden ist, bin ich bereit, in diesem Moment darüber hinwegzusehen. Denn etwas Gutes hat der Bastard: Seine Hände vollbringen Wunder, von denen Alessio meilenweit entfernt war!

Mit seinen Berührungen, die auf eine seltsame Weise zärtlich und grob zugleich sind, bringt er mich innerhalb kürzester Zeit bis kurz vor den Orgasmus und schafft es, dass ich dabei alles um mich herum vergesse. Das Feuer, das seine Züchtigung in mir ausgelöst hat, greift auf meine Seele über, die von einer lichterloh flackernden Lust aufgezehrt wird. Ich lasse mich in dieses Gefühl fallen und fliege brennend in einen dunklen Abgrund hinein, der sich als Himmel voller Sterne entpuppt.

Doch kurz bevor der Höhepunkt mich endgültig fortträgt, hört Connor auf. „Schluss jetzt", bestimmt er unbarmherzig er. „Das hast du dir nicht verdient. Und außerdem waren wir noch nicht fertig!"

Irritiert von diesem Wechselbad der Gefühle, in das er mich stürzt, trifft mich auch schon der nächste Schlag mit dem Gürtel. Das Knallen des Leders auf meiner Haut, das großflächige Brennen und der dumpfe Schmerz lassen mich aufstöhnen. Doch meine Erregung wird davon keineswegs unterbrochen, im Gegenteil. Mit jedem Hieb treibt Connor mich weiter auf den Orgasmus zu, so dass es mir unglaublich schwerfällt, mich auf das Zählen zu konzentrieren.

„Bitte", wimmere ich, als er nach fünfzehn Schlägen aufhört. „Bitte hör nicht auf!"

Doch mein Mann wirft seinen Gürtel neben mir auf das Bett und zieht mir meinen Rock wieder über den Po. „Ich bestimme, wann es genug ist", teilt er mir kühl mit. „Du wirst jetzt schlafen gehen, Missy, es ist spät. Oder hast du noch Hunger?"

Verwirrt und völlig aufgelöst krabbele ich an den Rand des Bettes und setze mich hin, wobei ich zusammenzucke, weil mein Po verdammt wehtut. Ungeschickt ziehe ich meine Strumpfhose wieder hoch. „Nein, ich habe keinen Hunger", antworte ich zittrig. „Ich… Dann gehe ich mal ins Bett." Auf wackeligen Knien gehe ich in Richtung der Tür, ohne zu begreifen, was gerade zwischen uns geschehen ist. *Schickt er mich jetzt wirklich weg?*, frage ich mich dabei im Stillen. *Was war das gerade? Was ist da zwischen uns passiert? Was hat er mit mir gemacht?*

Ein Gefühl der Verletztheit steigt in mir auf, als wäre ich ein rohes Ei, mit dem zu grob umgegangen wurde. Die Vorstellung, gleich ganz allein in meinem Zimmer zu liegen, macht mich unbeschreiblich traurig.

„Grace", höre ich da Connors tiefe Stimme noch einmal hinter mir. „Es sind jetzt zwei Wochen, die ich darauf warte, dass du freiwillig in dieses Bett kommst. Ab heute Nacht wirst du hier schlafen."

Connor

Ich habe das Licht gelöscht und ein Feuer im Kamin gemacht, das den Raum in das unruhige Licht der tanzenden Flammen taucht. Dann habe ich mich bis auf Boxershorts und Shirt entkleidet. Draußen vor den Scheiben fällt Schnee, der den ganzen Schmutz dieser verdammten Welt unter sich begräbt. Ich sitze im Bett, rieche von Zeit zu Zeit an den Fingern, an denen immer noch der köstliche, zarte Duft meiner werten Gattin haftet, und starre ins Feuer. Es war immer ein Traum von mir, einmal mit meiner Geliebten im Arm hier im Bett zu liegen. Ein unausgesprochener und geheimer Traum, versteht sich, den ich mir kaum selbst eingestanden habe. Denn ein abgefuckter Gangster wie ich träumt nicht. Ebenso wenig, wie er liebt. Denn für Liebe ist kein Platz in meinem Leben.

Natürlich hatte ich Sex mit zahlreichen Ladies, aber bei keiner habe ich mir die Schwäche erlaubt, sie zu *lieben*. Keine von ihnen hat es bisher in mein Schlafzimmer geschafft. Doch Grace wird heute Nacht hier schlafen. Sie ist meine Frau, und auch wenn wir sicher keine Liebesbeziehung führen, bin ich mir meiner Verantwortung für sie bestens bewusst.

Und ob es mir nun gefällt oder nicht, mein Herz schlägt hart gegen meine Rippen, wenn ich daran denke, dass sie gleich durch diese Tür dort kommen wird. Wie es aussieht, ist unter all dem Schmerz und Hass und unter all meinen vernarbten Erinnerungen aus Blut und Gewalt doch noch etwas übrig, das an einen Menschen erinnert.

Die Tür öffnet sich. Grace trägt ein schlichtes Nachthemd mit schmalen Trägern aus Spitze. Es reicht ihr etwa bis zur Mitte der Oberschenkel und zeigt damit gerade so viel ihrer makellosen Haut, dass ich wieder einen Ständer bekomme. Nachdem sie eben mit einem stummen Nicken verschwunden war, um sich umzuziehen und ins Bad zu gehen, hatte mein Schwanz sich gerade wieder etwas entspannt.

Das war auch dringend nötig, denn auch wenn man es mir sicher nicht angesehen hat, musste ich mich ziemlich zusammenreißen. Ich habe schon vielen Frauen den Arsch versohlt, aber selten hat es mich so angemacht wie heute bei Grace. *Schon verrückt*, denke ich und streiche mir über den Bart, während ich ihren Weg durch das Schlafzimmer mit den Augen verfolge. *Dass ausgerechnet eine widerspenstige kleine Nervensäge wie sie mich zum treuen Ehemann macht!*

Denn seit ich sie vor den Altar geführt habe, hat keine meiner Nutten mich mehr gereizt. Sicher, die Mädels haben es versucht. Die eine oder andere hat sich auch auf meinen Schoß gesetzt und sich wollüstig an mir gerieben, um mich zu verführen, aber sie haben mich völlig kalt gelassen. Geplant hatte ich das nicht, denn schließlich war diese Ehe auch für mich alles andere als eine Liebesheirat. Aber an dieses alte Versprechen musste ich mich einfach halten.

Vielleicht liegt es daran, dass sie eine solche Wirkung auf mich hat, überlege ich. *Hast du da etwa deine Finger im Spiel, Ma?* Kurz streift mein Blick das Foto beim Kamin, bevor er wieder zu Grace wandert, die nun beim Bett angekommen ist.

„Was soll das werden, Mrs. O'Brien?", frage ich scharf, als Grace auf der anderen Seite die Decke anhebt, um darunter zu schlüpfen. Sie hält erschrocken inne und sieht mich mit ihren großen Augen verunsichert an. „Ich…", beginnt sie, doch ich schneide ihr das Wort ab: „In mein Bett kommst du nur nackt, merk dir das!" Als sie nicht reagiert, sondern stocksteif dasteht und sich nur nervös auf die Unterlippe beißt, stehe ich auf und gehe zu ihr. *Ich bin vielleicht nicht so charmant wie dein alter Stecher, Gracie,* denke ich dabei. *Aber dafür bin ich loyal bis in den Tod.*

Ich kann ihre Angst spüren. Sie erregt mich. Angst war schon immer ein starkes Aphrodisiakum für mich. Doch bei Grace ist eine weitere Zutat hinzugekommen: der Drang, sie zu beschützen. Schon als ich sie gezwungen habe, sich vor ihrer Familie zu entblößen, hat mich diese Mischung verwirrt. Eigentlich war es nur ein Spaß, den ich mir erlaubt habe, um den Alten vorzuführen und meiner Braut von Anfang an klarzumachen, was sie von mir zu erwarten hat. Aber dann hat die Kombination aus Zerbrechlichkeit und innerer Stärke, mit der Grace mir entgegengetreten ist, mich mehr berührt, als es mir lieb war.

Ich stehe vor ihr. Hauchzart lasse ich meine Fingerspitzen von ihren Schultern über ihre nackten Oberarme gleiten. Sie zuckt zusammen, schließt jedoch gleichzeitig die Augen. Ihre Lippen, diese vollen, verdammt reizvollen Lippen, öffnen sich ein wenig.

„Du weißt, dass es passieren muss", sage ich. Meine Stimme klingt rau. „Heute Nacht ist es so weit." Meine Macht über sie, die sie jetzt leicht erzittern lässt, reizt mich. Grace ahnt dabei nicht, dass ich sie niemals zu etwas zwingen würde, zu dem sie nicht bereit ist. Nicht sie. Nicht, nachdem ich dem für mich wichtigsten Menschen vor vielen Jahren geschworen habe, sie zu beschützen.

Die kleine Blume, so hast du sie damals genannt, Ma. Pass auf die kleine Blume auf, mein Junge.

Meine Finger gleiten zurück zu den Trägern ihres Nachthemdes und streifen sie langsam herunter. Ein grimmiger Rausch erfasst mich, pulsiert zusammen mit meiner Erregung durch meine Adern. „Du gehörst mir, Sweetheart", raune ich, während der Stoff ihre Brüste freigibt. „Dein Körper gehört mir. *Nur* mir!" Sie sind groß und voll und noch viel schöner, als ich sie mir vorgestellt hatte. Ihre Nippel sind so rosig, als hätte noch nie ein Mann sie berührt. In diesem Moment bedaure ich es, dass ich Di Lorenzo am Leben gelassen habe. Denn er hat es nicht verdient, diese Schönheit gesehen zu haben!

Bevor ich Grace das Nachthemd ganz herunterstreife, streichle ich vorsichtig über ihre entblößten Brüste, zeichne ihre Konturen nach und spüre die Wärme ihrer weichen Haut. Ein raubtierähnliches Knurren kommt mir dabei über die Lippen, so stark ist mein Verlangen, grob und gierig in ihr Fleisch zu fassen, sie an mich zu reißen und sie in Besitz zu nehmen. Aber ich will mir Zeit lassen. Kostbare Momente soll man genießen!

Also löse ich mich von Grace und setze mich schwer atmend auf die Bettkante hinter mir. „Runter damit, zieh es dir aus", befehle ich und unterstreiche meine Worte mit einer knappen Kopfbewegung in Richtung ihres Nachthemdes. Obwohl ich eben noch die gleiche Erregung in ihren Augen erkannt habe, die schon nach ihrer Bestrafung in ihnen geschrieben stand, flackert jetzt Angst in ihnen auf. „Nein, ich…", stammelt Grace und krallt ihre Hände in den Stoff. „Was soll das, hm?", mache ich amüsiert. „Denkst du vielleicht, dein Bauch oder deine Schenkel könnten mir zu dick sein?" Sie schüttelt ihre Locken wie ein kleines Mädchen. Zu meiner Überraschung treten Tränen in ihre Augen. Ich runzele die Stirn. „Du hast mir zu gehorchen, schon vergessen?", brumme ich, beuge mich etwas vor und greife ebenfalls in den Stoff des Nachthemds. „Nimm die Hände weg, Gracie", befehle ich. Meine Stimme ist bestimmt, aber sanfter, als sie es normalerweise wäre. „Du bist meine Frau. Es gibt nichts, wofür du dich schämen müsstest. Nichts. Also lass mich dich ansehen."

Sie gehorcht. Eine Träne läuft ihr über die Wange, als sich ihre Finger lösen. Sie hebt die Hände, als würde jemand eine Waffe auf sie richten. Die Verzweiflung in ihren Augen ist mir ein Rätsel, doch ich weiß, dass ich sie nackt sehen muss, um zu begreifen. Also ziehe ich Grace behutsam das Nachthemd aus.

Und dann verstehe ich. Einige Sekunden vergehen, die mir wie eine Ewigkeit vorkommen und in denen sich jedes grausame Detail für immer in mein Gedächtnis brennt. Ich balle die Fäuste, bis meine Gelenke schmerzen.

„Wer?", presse ich zwischen den Zähnen hervor. „Wer hat dir das angetan?!"

Grace

Connors Fingerspitzen gleiten über das Muster aus Narben, das meinen Bauch, meine Hüften und meinen Unterleib bedeckt. Einige hat mein Vater mir auch auf den Oberschenkeln hinterlassen. Die schlimmsten Schmerzen meines Lebens. Als hätte die Glut sich bis hinunter in meine Knochen gefressen, alles Gute, alles Schöne, alles Zarte in mir verbrannt und zu einem blutschwarzen Klumpen zusammengeschmolzen. Auch sie bedenkt mein Mann mit einer sanften Berührung. Er lässt keine aus, als würde er sich jede einzelne einprägen. Als würde er in seinem Inneren eine Landkarte meiner Haut erstellen.

Stumme Tränen laufen mir über die Wangen. Seine Zärtlichkeit ruft den Schmerz jeder einzelnen Narbe in mir wach. Tief brennt er sich auch jetzt wieder in meine Seele. Erinnerungsfetzen schießen mir durch den Kopf. Mein Vater, der mich brutal zu Boden stößt, mich erbarmungslos festhält und mir die Kleider herunterreißt. Die Glut, die immer näher kommt. Meine Schreie. Sein heißer, von Alkohol geschwängerter Atem. Das diabolische Blitzen in seinen Augen. Und dann der Schmerz, einer lähmenden Ohnmacht gleich. Der Gestank von verbranntem Fleisch und Blut, der für immer an mir haften wird.

Wirklich für immer? Oder kann es doch irgendwann eine Möglichkeit geben, ihn abzuwaschen?

Trotz der Zartheit seiner Liebkosungen ist Connors Gesicht so finster, wie ich es noch nie gesehen habe. Er presst die Kiefer hart aufeinander, sein Blick ist von Hass verdunkelt. „Wer, Gracie?", wiederholt er schwer atmend. „Sag es mir."

Ich habe noch nie mit jemandem darüber gesprochen, was der Don mir angetan hat. Alessio wusste es natürlich, hat es sogar manches Mal selbst miterlebt. Doch bei allem Bedauern war *ich* für ihn im Grunde genommen immer die Schuldige. „Warum musstest du ihn auch wieder provozieren, du Dummerchen? Du weißt doch, wie er ist! ", war meistens sein einziger Kommentar gewesen. Seine Versprechen, mich von dieser Qual zu erlösen, hat er nie in die Tat umgesetzt.

Als ich nicht antworte, weil ich einfach kein Wort über die Lippen bringe, richtet Connor sich auf, greift nach meinem Kinn und zwingt mich, ihn anzusehen. „Luciano Benedetti", presst er hervor. „War er es? Hat dein eigener Vater dir das angetan?"

Tränen verschleiern meinen Blick. Ich kann nur stumm nicken.

Er ballt die Fäuste, wendet sich von mir ab und geht zum Kamin, wo er wie ein wütender Löwe in die Flammen starrt. Ich beobachte ihn und nehme das verwirrende Gefühl zur Kenntnis, dass ich mich mit ihm in meiner Nähe auf einmal sicher fühle. Einfach so, in all meiner Nacktheit, mit all den hässlichen Verletzungen der Vergangenheit an meinem Körper.

Nachdenklich schlüpfe ich unter die Decke und schließe die Augen. Es gibt nichts, wofür ich mich schämen muss, hat Connor zur mir gesagt. Eine unbekannte Erleichterung breitet sich in mir aus. Meine Narben, die ich mein Leben lang als einen furchtbaren, entstellenden Makel empfunden habe, stören mich in diesem Moment nicht einmal mehr. *Sie sind ein Teil meines Wegs gewesen*, denke ich. *Und vielleicht werden sie mit den Jahren doch noch blasser werden.*

Als Connor zurück zum Bett kommt, ist er gefasst und ruhig. „Denk jetzt nicht mehr an ihn, Sweetheart", sagt er. „Ich werde mich darum kümmern." Als ich nachfragen will, was er damit meint, bringt er mich mit einer Geste zum Schweigen. „Mehr brauchst du nicht zu wissen", erwidert er knapp. „Nur eins musst du dir merken: Du bist jetzt meine Frau, Grace, und ich werde nicht zulassen, dass dir irgendjemand auf der Welt etwas antut. Wer dich anfasst, stirbt."

Damit schlägt er auf seiner Seite des Bettes die Decke zurück und legt sich zu mir. Ich werde immer verwirrter. *Was soll das heißen?*, frage ich mich im Stillen. *Er kann unmöglich meinen, dass er den Don umbringen will! Niemand kann das, dafür wird er viel zu gut bewacht! Und außerdem, was wäre dann mit der Allianz? Das war schließlich der Grund, warum er mich überhaupt geheiratet hat!*

Doch die Tatsache, dass Connor jetzt neben mir im Bett liegt, verdrängt diese Gedanken aus meinem Kopf. Plötzlich ist er mir so nah wie noch nie. Das Feuer im Kamin prasselt. Draußen fallen dicke Schneeflocken vom dunklen Himmel und lassen die Skyline von Manhattan in ihrem Gestöber unscharf werden. Eine bange Erwartung erfasst mich. *Gleich wird es passieren*, schießt es mir durch den Kopf und ich weiß selbst nicht, was ich dabei empfinde.

Connor stützt sich mit dem Ellenbogen hoch und beugt sich zu mir. Langsam zieht er die Decke ein wenig herunter, so dass mein Oberkörper entblößt ist. Als ich mich instinktiv bedecken will, greift er ohne jede Eile nach meinen Handgelenken und drückt sie über meinem Kopf in die Kissen. „Versteck dich niemals vor mir, Missy", brummt er, während er mit seiner freien Hand nach meinen Brüsten greift. „Du gehörst jetzt mir. Und niemand verwehrt mir mein Eigentum."

Er massiert meine Brüste, wobei er recht grob ist. Dennoch fühlt es sich verdammt gut an, was er da tut. Sofort sind die Anspannung und das Kribbeln in meiner Körpermitte wieder da und erinnern mich daran, dass mir vorhin ein Orgasmus verwehrt wurde. Trotzdem ärgern mich Connors Worte. Selbst unter Mafiosi trifft man selten auf einen solchen Macho!

„Und du, bist du denn jetzt auch mein Eigentum?", schnaube ich sauer und versuche, mich aus seinem festen Griff zu befreien. Es gelingt mir natürlich nicht und meine Quittung für diesen Versuch ist eine Ohrfeige. Keine brutale, wie der Don sie gerne verteilt hat, sondern eher ein sanfter Klaps, der mich in meine Schranken weisen soll. Zu meinem Ärger fühlt sich selbst das gut an.

„Wehr dich nicht, Grace", rät Connor mir. „Sonst wird es unangenehm für dich."

Worin dieses Unangenehme bestehen könnte, führt er nicht aus, aber wahrscheinlich hat mein treusorgender Ehemann da ohnehin mehr als eine Idee parat. Irgendwie reizt es mich, es herauszufinden, doch zunächst halte ich mich lieber zurück. Connor beugt sich zu seinem Nachttisch und greift nach etwas. Es klirrt metallisch. Ich muss schlucken, denn nach meinem Besuch heute

Morgen weiß ich schließlich ganz genau, was er da in der Hand hat.

„Ich wusste schon, dass ich die Dinger bei dir brauchen würde“, murmelt Connor, während er mir in aller Seelenruhe die Handschellen anlegt. „Sie werden dir helfen, eine gefügige kleine Ehefrau zu sein!“

Als ich mich sträube, gefesselt zu werden, bekomme ich noch einen Klaps auf die Wange, dieses Mal ist er schon etwas kräftiger. „Was ist mit meiner Frage?“, stoße ich erbost hervor. „Bist du mein Eigentum, Bastard?“

Ein Grinsen huscht über Connors Lippen. „Wenn du mich so fragst, ja, natürlich bin ich das“, antwortet er schlicht. „Immerhin besteht unsere Ehe vor Gott und vor dem habe selbst ich Respekt. Allerdings macht uns das noch lange nicht zu gleichberechtigten Partnern, meine kleine Blume. Denn ob es dir passt oder nicht, ich bin der Stärkere von uns beiden. Und deshalb gebe ich den Ton an.“

Damit zieht er unter den Kissen etwas hervor. Erneut ist ein metallisches Einrasten zu hören. Als ich meinen Kopf verrenke, um erkennen zu können, was er da gemacht hat, sehe ich, dass am Kopfende des Bettes ein kurzes Stück Kette verankert ist. An dessen Ende befindet sich ein stabiler Karabinerhaken, der nun mit meinen Handschellen verbunden ist. Ein Zerren an meinen Fesseln bestätigt mir, dass ich nun keinerlei Chance mehr habe, aus diesem Bett zu entkommen.

Connor streichelt mir über die Wange. „Siehst süß aus, wenn du so schmollst“, bemerkt er trocken. „Wirklich reizvoll.“ Damit wendet er sich wieder meinen Brüsten zu und ich habe keine Chance, ihn daran zu hindern. Er hat recht: Ich gehöre ihm. Zumindest in diesem Moment. Und die Unveränderlichkeit dieser Tatsache bewirkt, dass ich meinen Widerstand aufgebe. Jedenfalls solange wir in diesem Bett liegen. Denn was Connor da mit mir anstellt, fühlt sich einfach zu gut an, um noch weiter gegen meine Erregung anzukämpfen. Also schließe ich die Augen und versuche, mich fallen zu lassen.

Er dreht meine Brustwarzen zwischen seinen Fingerspitzen, zwirbelt sie und zieht sie in die Länge, bis ein süßer Schmerz mich durchrieselt und ich leise aufstöhne. „Bist du mein braves Mädchen, Gracie?", fragt Connor. „Vertraust du mir?" Seine Stimme ist rau und auf einmal ganz nah.

Nein!, will ich aufbegehren. *Wie sollte ich dir vertrauen?! Du bist mein Feind und daran ändert sich auch nichts, nur weil du zufällig gut im Bett zu sein scheinst!* Doch zu meiner eigenen Überraschung höre ich mich wispern: „Ja, Sir."

Und dann spüre ich Connors Lippen auf meinen. Zuerst behutsam, als wollte er geradezu genießerisch meinen Geschmack kennenlernen. Dann schnell mit wachsender Leidenschaft. *Ich schmecke ihn*, schießt es mir durch den Kopf und der seltsame Stolz, den ich dabei empfinde, lässt mich ganz vergessen, dass ich mir eigentlich fest vorgenommen hatte, diese Situation keinesfalls zu genießen.

Doch das tue ich. Verdammt, und wie ich das tue! Ich erwidere Connors Kuss und unsere Lippen finden und verbinden sich, als hätten sie schon ewig aufeinander gewartet. Fast vergesse ich, dass er mich an dieses Bett gefesselt hat, denn ich habe das Gefühl, als würde ich in einem mächtigen dunklen Sturm fortfliegen.

Seine Hände erforschen meinen Körper und die Tatsache, dass ich seinen Berührungen ausgesetzt bin, ohne ihnen ausweichen zu können, macht mich noch empfänglicher für sie. Ich dränge mich an Connors Körper, schwelge in seinem Duft und spüre die stählerne Kraft seiner Muskeln. All meine Vorbehalte und Vorsätze fliegen über Bord. In diesem Moment bin ich nur noch zerfließende Sinnlichkeit. Die Lust klopft wie ein Fieber heiß und drängend in mir. „Mehr, bitte", flüstere ich heiser, als er irgendwann schwer atmend von mir ablässt.

„Pass auf, worum du bittest", warnt er mich. „Du könntest es bekommen, Missy!"

Das Funkeln in seinen Augen bereitet mir eine Gänsehaut, so verwegen und gefährlich sieht er dabei aus. Connor richtet sich auf, zieht die Decke von mir, so dass ich ganz nackt und ausgeliefert vor ihm liege, und streift sich dann sein eng anliegendes weißes Shirt über den Kopf. Der Anblick seiner definierten Muskeln lässt mich die Luft anhalten. Wie gern würde ich sie jetzt unter meinen Händen spüren und jeden Zentimeter seiner Haut mit der Zunge erkunden!

Doch dann erkenne ich auf seiner breiten, dunkel behaarten Brust Narben, die mir einen entsetzten Laut entlocken. Teils sind sie weiß, teils rötlich verheilt, doch man kann noch deutlich erahnen, dass sie von schweren Verletzungen stammen müssen. Connor lächelt bitter. „Mein Weg an die Spitze war steinig und schmerzhaft, Sweetheart", sagt er. „Aber alle Wunden, die mir zugefügt wurden, haben mich stärker gemacht. Und sie haben mich zu einem Mann geformt, den heute niemand mehr verletzen kann."

Ich muss schlucken. Denn zum ersten Mal wird mir klar, dass auch hinter der harten Fassade des Bastards ein Mensch steckt, der zumindest irgendwann einmal

Empfindungen gehabt haben muss. Doch dann schiebt Connor meine Beine auseinander und legt sich über mich. Er trägt noch eine Boxershorts, doch durch den dünnen Stoff hindurch spüre ich seine Erregung. Ein Schauer durchfährt mich.

„Er ist so groß", flüstere ich, als Connor ihn gegen meine Scham drückt. Mein Herz klopft aufgeregt. Auf einmal wird mir klar, dass ich eigentlich kaum Erfahrungen in Sachen Sex habe. Alessio war der einzige Mann, mit dem ich bisher geschlafen habe. Und obwohl ich dachte, er wäre gut ausgestattet, beweist mir mein Ehemann nun das Gegenteil. Bis eben konnte ich es kaum erwarten, dass Connor endlich in mich eindringt. Doch plötzlich fühle ich mich doch etwas mulmig.

„Hast du Angst vor ihm, Gracie?", schmunzelt Connor und streift sich nun auch die Boxershorts herunter. Ich kann nur stumm nicken. Die Handschellen drücken hart gegen meine Handgelenke. *Du bist ihm ausgeliefert*, denke ich mit einem Anflug von Panik. *Du kannst nicht weg. Du gehörst dem Bastard.*

Connor legt sich über mich, streicht meine Haare zur Seite und küsst meinen Hals, was so angenehm ist, dass ich erzittere. „Du wirst ihn wie ein braves Mädchen in dir aufnehmen", raunt er mir mit dunkler Stimme ins Ohr. „Du wirst dich an Ihn gewohnen, genau wie du dich an die Handschellen und an meine Narben gewöhnen wirst. Hast du das verstanden?"

Wieder nicke ich. „Bitte tu mir nicht weh", flüstere ich noch. Dann legt sich eine große Hand fest über meinen Mund. Und während Connor meine Stirn küsst, beginnt er, langsam in mich einzudringen.

Ich nehme sie in Besitz. Endlich. Jetzt mache ich sie wirklich zu meiner Frau. Zentimeter für Zentimeter. Ihre Pussy ist eng. Ich muss mich zusammennehmen, nicht hart in sie zu stoßen. Alles in mir ist in Aufruhr. Das Verlangen nach ihr pumpt mit jedem Herzschlag durch meinen Körper, verbindet sich mit ihrem Verlangen, mit ihrem Herzschlag.

Die Spitze meines Geschlechts taucht in ihre Nässe. Dehnt sie, zieht sich zurück, dringt wieder in sie ein, dieses Mal ein kleines Stück tiefer. Es ist wie ein Tanz. Oder wie eine langsame, süße Folter.

Mein Gesicht dicht an ihrem. Ihr zarter Körper unter mir. Mein Schwanz pulsiert. Es drängt mich, ihn tief in sie zu zwingen, brutal und rücksichtslos, sie unter dem Druck, der sich in mir aufbaut, förmlich zerbersten zu lassen. Genau davor hat sie Angst. *Aber wünschst du es dir andererseits nicht auch, Gracie?*

Sie ist zerbrechlich und stark zugleich. Voller Gegensätze: Lust und Furcht ringen in ihr. Ihr Hass auf mich kämpft gegen das Begehren, das ich in ihr entfache. Und auch ich bin zwiegespalten: will sie schlagen, beißen, kaputtmachen, dafür bestrafen, dass sie mich gegen meinen Willen so wild macht. Andererseits ist da dieser unbekannte Wunsch nach Zärtlichkeit, der Drang, sie zu beschützen, sie auf Händen zu tragen und auf Rosenblüten zu betten.

„Dies ist der Moment, Missy", flüstere ich ihr ins Ohr, während ich das Spiel immer weiter treibe, vor und zurück, Zentimeter für Zentimeter, und sie immer feuchter wird. „Das erste Mal, dass ein Mann dich nimmt. Jetzt wirst du entjungfert. *Ich* entjungfere dich. Vergiss alles, was vorher war."

Ihre Augen sind glasig, ihr Blick der Welt leicht entrückt und inzwischen von einer hinreißenden Gefügigkeit, obwohl immer noch ein Hauch von Unsicherheit in dem tiefen Grün zu erkennen ist. Antworten kann sie nicht, nicht einmal mehr nicken, weil ich ihren Kopf mit meiner Hand über ihrem Mund hart in die Kissen presse. Reiner Selbstschutz. Unser Kuss war zu intensiv, brennt immer noch auf meinen Lippen. Ich will nicht riskieren, in Flammen aufzugehen. Kontrollverlust ist inakzeptabel für mich.

„Du gehörst mir, kleine Blume, ob du willst oder nicht", knurre ich und küsse ihr Ohr, beiße in ihr Ohrläppchen und in die samtige Haut ihres Halses. Ihr Blick entgleitet, ihre Lider mit den vollen dunklen Wimpern, jetzt genießerisch geschlossen. Ein innerliches Erzittern. *Das magst du, was?* Meine Zunge wandert tiefer. Meine freie Hand auf ihren prallen Brüsten. Sie sind zu groß, um sie beide gleichzeitig zu greifen. Sie zuckt, als ich meine Finger grob in ihr Fleisch bohre, sie zusammenpresse. Das Gefühl von Fülle und Überfluss. Ein Stöhnen tief aus meiner Kehle, während meine Zunge ihre spitz aufgerichteten Nippel schmeckt.

Sie öffnet die Augen, sieht mich an. Jetzt ist nur noch Lust in ihr übrig. Ihre Beine um meine Hüften. „Du gieriges kleines Luder", presse ich hervor. Meine Stimme, rau und dunkel, ist wie eine Liebkosung für sie. Ein Klaps auf ihre Brüste. Ich löse meine Hand von ihrem Mund und greife ihr grob in die Haare. Ein Lächeln. Ihre Lippen voll und einladend, leicht geöffnet. Fast schüchtern verschränkt sie ihre kleinen Füße hinter meinem Rücken.

„Du willst ihn tiefer, was?", schnaube ich, greife nach ihrem Gesicht und schiebe zwei Finger zwischen ihre Lippen. Ihre Zunge macht mich wahnsinnig, jagt mir Stromstöße durch den Körper. Der Gedanke, dass ich sie nach und nach an meinen Schwanz in all ihren Körperöffnungen gewöhnen werde, erfüllt mich mit einer grimmigen Vorfreude.

Ich ziehe mich etwas aus ihr zurück, auch wenn es das Gegenteil von dem ist, was ich eigentlich will, um ihren Fokus auf meine Frage zu lenken. Ein gequältes Geräusch ist die Reaktion. Ein flehender Blick. Dann ihr Nicken. Ein leichter Schlag auf ihre Wange, meine Finger, nass von ihrem Speichel, hinterlassen Spuren auf ihrer Haut. In meinen Fingerspitzen kribbelt es. Mehr, ich will mehr davon!

„Sag es", befehle ich hart. „Bitte mich darum wie ein braves Mädchen!"

Es ist ihr unangenehm, aber sie ist zu erregt, um sich wirklich zu schämen. „Bitte, Sir", haucht sie. „Bitte, tiefer!"

Ich lege meine Hand um ihren Hals, drücke langsam zu. Und dann stoße ich in sie. Noch nicht vollständig, aber ein ganzes Stück tiefer als zuvor. Ziehe mich zurück, wiederhole es. Mehrmals. Mit jedem Mal etwas kräftiger. Meine Erregung ist wie die Lunte an einem Sprengsatz, die immer schneller abbrennt. Dunkle Wolken ballen sich in mir zusammen. Ich kann das Gewitter schon spüren.

Grace wimmert lustvoll, schnappt nach Luft, beißt sich auf die Lippen. „Oh Gott", flüstert sie. „Oh bitte, ja!"

Langsam richte ich mich auf, halte kurz inne, um mich zu sammeln, und packe meine Frau dann an den Hüften. Ich ziehe ihr Becken dichter an meinen Schoß, lege sie mir zurecht, um sie gleich vollständig in Besitz zu nehmen. Nun blitzt doch wieder Angst in ihren Augen auf. *Bitte tu mir nicht weh, Sir*, wiederholt sie ihre Worte von vorhin stumm mit ihrem Blick. Es rührt mich, wie sie in Erwartung des Schmerzes ihre kleinen Fäuste ballt. Die Handschellen machen sie hilflos, liefern sie mir vollständig aus. Einige Sekunden lang genieße ich den Anblick ihres nackten Körpers. So sinnlich, so vollkommen in seiner Unvollkommenheit. Die Narben machen ihn noch schöner.

„Ich werde dir nicht weh tun, Sweetheart", raune ich. „Höchstens ein bisschen."

Sie will noch tapfer nicken, doch da stoße ich schon zu. Meine Finger krallen sich wie die Klauen eines Raubtiers fest in ihre Haut, während ich mich bis zum Anschlag in ihrer Pussy versenke. Der erstickte Schrei, den Grace dabei von sich gibt, stachelt mich noch weiter an. Sie lässt sich fallen. In den Schmerz, in ihre überschäumende Lust, in diese Vereinigung, die sie an ihre Grenzen führt.

Ich bin in ihr, fülle sie ganz aus. Heiß, feucht und eng umschließt mich ihr Körper. Und auch ich halte mich jetzt nicht mehr zurück. Wieder und wieder penetriere ich sie mit aller Kraft, lasse mich durch die Reibung unserer Körper an einen tiefen Abgrund treiben, in den die schwarzen Fluten meiner Seele tosend hinabstürzen. Doch ich werde nicht allein springen. *Du gehörst jetzt zu mir, Grace*, denke ich grimmig. *Und ich nehme dich mit, wohin ich auch gehe!* Meine Finger finden ihre Klitoris, reiben die kleine Perle, bis ich spüren kann, wie sich die Muskeln in Gracies Unterleib zu verkrampfen beginnen.

„Komm jetzt", presse ich hervor, während mein Schwanz in einem schnellen, harten Rhythmus in sie gleitet. „Sei eine gehorsame kleine Ehefrau und komm!"

Und auch wenn Grace sich gern widerspenstig und rebellisch gibt, ist sie zumindest jetzt gerade Wachs in meinen Händen und gehorcht aufs Wort. Sie schreit und schluchzt, als der Orgasmus sie fortreißt. Auch ich stürze mich in diesem Moment in die Fluten, lasse mich wieder über sie sinken und pumpe mit ein paar letzten kräftigen Stößen meine ganze Lust in sie hinein. Grace klammert sich mit den Beinen an mir fest und ich halte sie, bis das Gewitter in uns vorbei ist. Jetzt sind wir wirklich Mann und Frau.

Connor

Danach liegt Grace neben mir, den Kopf an meine Brust gebettet. Gut möglich, dass sie sich lieber wegdrehen würde. Ich erkenne an ihren Augen, dass ich jetzt, da der Rausch der Erregung verfliegt, wieder zu ihrem Feind werde. Aber weil ich es nicht akzeptiere, dass meine Frau mir im Bett den Rücken zudreht – es sei denn, ich drehe sie selbst um, weil ich sie von hinten nehmen will –, halte ich sie einfach in ihrer Position fest.

Ich bin entspannt. Gedankenverloren kraule ich ihre braunen Locken und schaue ins Feuer, das langsam herunterbrennt. Der Schneefall draußen ist noch stärker geworden. Mittlerweile wirbeln die Flocken so dicht durcheinander, dass man von der Skyline Manhattans bestenfalls noch die Umrisse erahnen kann. Noch akzeptiert Grace, dass ich sie im Arm halte, und es macht mich auf eine unbekannte Weise froh. Mir ist so leicht ums Herz wie schon lange nicht mehr.

„Stimmt es, dass du meine Mutter nicht umgebracht hast?", fragt sie irgendwann unvermittelt. Sie sieht mich dabei nicht an, doch ich spüre, dass sie die Antwort selbst schon kennt. „Ich habe sie nicht umgebracht", wiederhole ich dennoch. „Warum hätte ich das tun sollen? Sie war eine gute Frau."

Nun wendet Grace sich doch zu mir um, stützt sich ein wenig hoch und blickt mich aus ihren großen Augen erstaunt an. „Du kanntest meine Mutter?", will sie wissen. „Aber... Aber wie ist das möglich? Bevor wir geheiratet haben, waren unsere Familien jahrelang verfeindet!"

Mit einem bitteren Lächeln liebkose ich ihr Kinn. „Du bist mit den Lügen deines Vaters aufgewachsen, Sweetheart", entgegne ich. „Die Realität ist in vielen Punkten anders als das, was man dir erzählt hat."

Grace runzelt die Stirn und mustert mich prüfend. In ihrem Köpfchen scheint es zu arbeiten.

Es ist hart, wenn man erkennen muss, dass man ein Leben lang belogen wurde, denke ich. Gerade will ich sie zurück an meine Brust ziehen, da legt sie sich schon freiwillig wieder hin. „Erzähl mir, an was du dich von ihr erinnerst", fordert sie mich schüchtern auf. „Ich muss wissen, was damals wirklich passiert ist."

Ich seufze. Mir war klar, dass sie mich früher oder später danach fragen würde. Aber auch für mich ist die Vergangenheit schmerzhaft. Dennoch, es ist richtig so. Ich bin es nicht nur meiner Mutter schuldig, sondern auch Ornella Carrara Benedetti. Also schließe ich die Augen und rufe die Bilder von damals in mir wach. Den Geruch des Feuers, das immer noch loderte, als ich zu Hause ankam.

„Das letzte Mal, dass ich sie gesehen habe, war am Tag ihres Todes", beginne ich. „Dich habe ich an jenem Tag auch gesehen, aber daran erinnerst du dich vermutlich nicht." Wieder dreht sie den Kopf, mustert mich prüfend mehrere Sekunden lang. Dann verklärt ein Schatten das Grün ihrer Augen, als wäre ihr etwas eingefallen, das sie lange verdrängt hatte.

„Vielleicht doch", murmelt sie, als spräche sie mit sich selbst. „Da war ein Mann mit einer Lederjacke. Er kam mir riesig vor und ich hatte etwas Angst vor ihm, wollte es aber nicht zeigen. Er … er hat sich vor mir hingehockt und mir einen Lolli gegeben. Erdbeere. Ich wollte ihn auf der Fahrt nach Hause lutschen, aber … dazu kam es nicht."

Ihre Erinnerung löst Beklemmung in mir aus. Auf einmal rückt der verhängnisvolle Tag wieder ganz nah. „Deine Mutter kam regelmäßig zu uns", fahre ich mit rauer Stimme fort. „Seit Jahren schon. Heimlich natürlich. Dein Vater durfte davon nichts wissen, denn sein Hass auf mich war damals schon groß." Nun will Grace wissen, warum ihre Mutter zu uns kam und woher sie meine Mutter kannte.

„Mein Vater war ein Carrara, genau wie Ornella. Die Familie wusste von meiner Geburt, aber scherte sich darum. Schließlich war ich nur ein Bastard, noch dazu von einer Irin. Die Sizilianer legen Wert auf Blutreinheit, wie du sicher weißt. Als mein Vater starb, kümmerte sich niemand um uns. Meine Mutter war minderjährig und völlig mittellos. Ihre Familie hatte sie verstoßen, weil sie unverheiratet ein Baby bekam."

Grace seufzt schwer. Ihre schmale Hand schiebt sich auf meine Brust und beginnt, mein Brusthaar zu kraulen. „Sie war keine Straßenhure, richtig?", fragt sie nach. Mit einem wütenden Schnauben fahre ich hoch. „Natürlich nicht", knurre ich. „Wer hat das behauptet? Dem schneide ich die Zunge raus!" Sie gibt ein kleines, bitteres Lachen von sich. „Drei Mal darfst du raten!"

Natürlich kenne ich die Antwort bereits. Mit meinem Schwiegervater habe ich ohnehin noch eine Rechnung offen! Mit einem verächtlichen Schnauben lasse ich mich wieder in die Kissen sinken. Um meine Wut zu beruhigen, streichle ich über die zarte Haut von Graces Rücken. Es funktioniert. Eine angenehme Ruhe breitet sich in mir aus und auch Grace scheint sich unter meinen Liebkosungen zu entspannen.

Den Blick wieder in die Flammen gerichtet, erzähle ich weiter. Dass Ornella die Einzige aus der Familie Carrara war, die uns damals unterstützt hat. Obwohl sie selbst noch sehr jung war, hat sie es geschafft, meiner Mutter regelmäßig heimlich Geld für Nahrungsmittel, Babysachen und Medikamente zu bringen, so dass sie mich irgendwie über die Runden bringen konnte. Im Laufe der Zeit freundeten sich die beiden Frauen an und verbrachten viel Zeit miteinander.

„Ich habe so viele Erinnerungen an deine Mutter. Sie war wie eine Tante für mich", sage ich und muss unwillkürlich lächeln. „Ornella war dir sehr ähnlich, Missy. Sie war genauso hübsch wie du eine richtige Lady. Elegant, stilvoll, gebildet. Und sie war genauso ein Sturkopf wie du! Sie hat sich auch nicht um die Verbote deines Vaters geschert!"

Auch Grace muss lachen, doch als ich schließlich auf den schicksalhaften Tag im Winter zu sprechen komme, verstummt sie betroffen. „Als du geboren wurdest, brachte deine Mutter dich manchmal mit, so auch an jenem Tag", berichte ich. „Du warst fünf, ein kleines Persönchen mit langen Zöpfen, das bereits genauso bockig das Kinn vorrecken konnte wie du heute. Ich war zwanzig und schon so erfolgreich im Geschäft, dass ich deinem Vater lästig wurde. Er ließ die Wohnung meiner Mutter beschatten, um mich zu stellen und auszuschalten. Natürlich ohne Erfolg, doch so muss er hinter eure heimlichen Besuche gekommen sein."

Nun ballt sich die Hand meiner Frau auf meiner Brust zur Faust. „Er war es“, flüstert sie mit belegter Stimme. „Er hat die Autobombe geschickt! Luciano Benedetti duldet es nicht, wenn ihn jemand hintergeht! Er konnte es nicht ertragen, dass seine Frau hinter seinem Rücken Kontakt zur Familie eines Konkurrenten hat! Und weil er dich hasste, hat er es dir in die Schuhe geschoben!“

Schweigend zeichne ich unter der Decke mit meinen Fingerspitzen die sanften Konturen ihrer Kurven nach. Natürlich hat sie recht, genauso muss es gewesen sein. Bislang hatte ich keinen Beweis und somit kein Ziel für meine Blutrache. Doch die Gewissheit von Benedettis eigener Tochter bestärkt mich in dem Verdacht, den ich seit damals hege.

„An jenem Tag, während ihr bei meiner Ma zum Weihnachtskaffee wart, habe ich mit meinen Jungs ein Fußballspiel im Pub um die Ecke geschaut“, fahre ich fort. „Die Explosion hat uns alle auf die Straße rennen lassen. Ich wusste sofort, dass etwas passiert war. Man spürt den Tod, wenn er geliebte Menschen heimsucht. Und für mich waren es an jenem Tag zwei.“

Grace lässt meine Worte kurz auf sich wirken, dann setzt sie sich auf. „Ist deine Mutter an dem Tag auch…“, beginnt sie heiser und greift instinktiv nach meiner Hand. Ich nicke finster. „Ich bin gerannt, so schnell ich konnte. Als ich ankam, lebte sie noch. Sie hatte eine schwere Kopfverletzung. Die Explosion des Wagens hatte die Fassade des Hauses beschädigt und sie war von Trümmerteilen getroffen worden, als sie zum Fenster rannte. In ihren letzten Momenten war ich bei ihr.“

Tränen laufen Grace über die Wangen. „Es tut mir so leid“, schluchzt sie immer wieder. Ich ziehe sie wieder an mich und wiege sie wie ein Kind hin und her. *Auch wenn sie jetzt eine Frau ist, meine Frau, wird sie auf eine Art immer das kleine Mädchen von damals für mich bleiben*, denke ich. „Die letzten Worte meiner Mutter waren: Kümmere dich um Gracie, Connor! Sie ist jetzt allein mit diesem Scheusal!"

Grace hebt ihren Blick und sieht mich durch einen Tränenschleier an. „War das etwa der Grund, warum du mich heiraten wolltest?", fragt sie stockend. Ich wische ihr mit dem Daumen die Tränen vom Kinn und von den Wangen. „Es war der einzige Weg, mein Versprechen zu erfüllen", nicke ich, füge dann aber mit einem Grinsen hinzu: „Wobei dein perfekter Arsch durchaus auch eine Rolle gespielt hat!"

In ihr Schluchzen hinein muss sie lachen, schnieft und boxt mir gegen die Schulter. Ausnahmsweise lasse ich es ihr durchgehen, greife zur Taschentücherbox auf dem Nachttisch und putze ihr die Nase. Meine fürsorgliche Geste entlockt ihr ein Lächeln und sie kuschelt sich wieder in meine Arme.

„Also war es nur ein Vorwand, dass du Frieden schließen wolltest?", hakt sie schließlich nach. Ich runzele die Stirn. „Frieden?", wiederhole ich grimmig. „Mit Luciano Benedetti wird es niemals Frieden für mich geben!"

Die Schläge erschüttern meinen ganzen Körper. Reißen von meinen Fingerknöcheln aufwärts durch jedes Gelenk, bis meine Schultern beben. Schweiß rinnt mir über die Schläfen und zwischen meinen Brüsten hinab. Das Shirt klebt nass am Rücken und meine Fäuste sind schwer, doch ich will noch nicht aufhören. Ich kann nicht aufhören, denn wenn ich auch nur einen Fausthieb lang aussetze, werden mich meine Gedanken überrennen. Also dresche ich weiter auf den schweren Sandsack ein, der sich im Gegensatz zum Anfang meines Trainings mittlerweile immerhin ein bisschen unter meinen Schlägen bewegt.

„Ganz schön zäh für eine Lady, das muss ich schon sagen. Du stellst dir dabei nicht zufällig den Boss vor?" Jax lehnt neben mir an der Wand und obwohl ich ihn keines Blickes würdige, weiß ich, dass er grinst. Ich höre es an seinem Tonfall. Und ja, es könnte sehr gut sein, dass er mit seiner Vermutung richtig liegt.

Rechts, links. Rechts, links, rechts. Ich strauchle. Bin beim letzten Schlag vom Leder gerutscht, weil die Erschöpfung mich übermannt, und klammere mich wie ein Äffchen fest, um nicht zu fallen. Ich will noch nicht aufgeben, verdammt noch mal. Ich bin noch nicht fertig mit *ihm*! Mit meinem Ehemann, auf den ich in Gedanken einprügle, damit ich das Chaos loswerde, das er in mir angerichtet hat. In seinem Bett! Mit seinem Körper! Mit seinen bloßen Worten! Mit … *Argh!*

Ich beiße die Zähne zusammen, mobilisiere meine letzten Kräfte, und als meine Faust mit einem satten Ton auf das Leder prallt, stelle ich mir tatsächlich vor, wie Connors Kopf unter diesem Schlag nach hinten kippen würde. Keuchend schnappe ich nach Luft, wische mir die Schweißtropfen von der Stirn, da blicke ich in blaue Augen.

„Autsch", sagt Jax und ich hatte recht – er grinst, während er den Sack festhält und dahinter hervor schaut. „Der letzte Schlag hätte sogar mich auf die Bretter geschickt." Seine Stimme klingt locker und nach Spaß, weshalb ich ihm die Zunge herausstrecke, doch dann erkenne ich den Respekt in seinen hochgezogenen Augenbrauen und ein Gefühl des Stolzes prickelt über meine Haut. Schwer atmend greife ich nach einem Handtuch.

„Du meinst, ich hätte dir damit auch so ein Veilchen verpassen können?", frage ich und höre sein leises, tiefes Lachen, während ich mir das Gesicht abwische.

„Möglich", meint er. „Dein Mann hat jedoch definitiv den festeren Schlag, das ist sicher."

Ich lege das Handtuch beiseite und sehe, wie Jax sich nachdenklich über das Kinn fährt. Der Cut an seiner Lippe muss tief sein, ebenso wie der an der Stirn, der geklammert wurde und farblich nahezu perfekt mit seinem blauen Auge harmoniert. Kopfschüttelnd trete ich auf ihn zu. „Macht ihr das öfter?"

„Was meinst du?"

„Herrgott, jetzt tu doch nicht so. Ich habe euch gehört! Ich habe die Männer gehört, die euch angefeuert haben.

Ich habe die *Schläge* gehört. Und blind bin ich auch nicht, Jax. Er hat dich verprügelt. *Hier!* In unserem Wohnzimmer!" Ich beiße mir auf die Zunge … Habe ich gerade allen Ernstes *unser* Wohnzimmer gesagt? Schnaubend pfeffere ich Jax das Handtuch entgegen, der es geschickt fängt. Sein Gesichtsausdruck ist der eines Schuljungen, der sich für eine Rangelei auf dem Pausenhof rechtfertigen soll, sich aber keiner Schuld bewusst ist. Mit einem Schulterzucken wendet er den weißen Frotteestoff in seinen Händen. „Ich hab Scheiße gebaut, Ma'am. Eine Tracht Prügel hat da noch nie jemandem geschadet."

Der Satz verschlägt mir die Sprache und beinahe intuitiv spanne ich meine Pomuskeln an. Höre das Zischen des Gürtels und erinnere mich an *seine* Finger in meiner Nässe. Eilig wende ich mich ab, ehe der Bodyguard noch sieht, wie mir die Hitze in die Wangen schießt. Und an noch ganz andere Stellen. „Trotzdem!" Ich kann und will das nicht so stehen lassen. „Mein *Ehemann*", ich ziehe das Wort theatralisch in die Länge, „hat keine einzige Schramme davongetragen, was bedeutet, dass du dich nicht gewehrt hast. Und das ist nicht richtig, Jax! Scheiße bauen hin oder her!" Rauschte mir eben noch vor Anstrengung das Blut durch die Venen, so tut es das jetzt aus reinem Zorn. Gewalt ist Gewalt und mit nichts zu rechtfertigen, basta!

„Die Regeln hier sind anders, Grace. Das solltest du mittlerweile bemerkt haben."

Grace? Ich fahre herum. Das war eben das erste Mal, dass Jax mich mit meinem Vornamen angesprochen hat. Nicht mit Ma'am oder Mrs. O'Brien. Und es macht etwas mit mir. Es … rührt mich. Macht mir bewusst, dass Jackson in den letzten Wochen so etwas wie ein Freund für mich geworden ist. Zumindest ist er der Mensch in meinem Leben, der der Bezeichnung Freund am nächsten kommt, und das stimmt mich irgendwie traurig. Denn was sagt das über mich aus? Doch nichts anderes, als wie beschissen allein ich doch bin. „Du vergisst, wo ich herkomme, Jax“, murmle ich. „Was soll an euren Regeln so anders sein als an denen meines Vaters?“

Er antwortet nicht sofort. Sieht mich nur an aus seinen azurblauen Augen, die mich immer ein wenig an das weite Meer vor Sizilien erinnern, das ich bisher leider nur von Fotos kenne, und mit einem Mal habe ich das Gefühl, dass er ganz tief in meiner Seele ist. Dass er mich sieht, wie ich wirklich bin. Dass er *mich* sieht, mit all meinen Zweifeln und meiner Angst. Ich schlage die Augen nieder, da treffen mich seine Worte: „Unsere Regeln sind fair, Grace. Nichts geschieht hier ohne Grund oder aus Willkür. Sie mögen ihn zwar alle den Bastard nennen, aber das ist er nicht. Er ist streng und vielleicht auch manchmal brutal. Aber er ist nie ungerecht.“

Nie ungerecht? Etwas in mir begehrt auf und beinahe vergesse ich, zu atmen. Er hat Alessio angeschossen! Vor meinen Augen! Er ist ein Mafia-Boss der allerhöchsten Garde! Wie kann er da *nicht* ungerecht sein? An seinen Händen klebt Blut. An diesen großen, groben Händen, die so verdammt gut wissen, wie man eine Frau berührt ... *Dieselben Hände, mit denen er seine sterbende Mutter hielt ...* Ich schüttle die Erinnerungen an dieses Gespräch von mir und habe plötzlich das fast schon manische Bedürfnis, duschen zu gehen. Mir den Schweiß vom Körper zu spülen, aber auch die Berührungen des Bastards. Jede einzelne. Egal, was er mir erzählt hat, egal, was immer ich an diesem Abend und nach seinen Enthüllungen für ihn empfand, es ist nicht richtig! Nein, es ist sogar vollkommen falsch, dass dieser Mann mir Lust bereitet und Freude schenkt. Geborgenheit. Gott, es ist sowas von absurd! *Ich* bin absurd!

„Brauchst du noch was?“

Erschrocken schaue ich zu Jax, der bereits in der Tür zum Flur steht. Ich hatte ihn vollkommen ausgeblendet. „Hast du Familie, Jax?“

Er sieht mich in etwa so überrascht an, wie ich mich fühle. Warum habe ich das gefragt?! Da schüttelt er den Kopf. „Nein, Grace, die habe ich nicht.“ Und dann klopft er zweimal gegen den Türrahmen, als wisse er nicht, was er sonst mit seinen Händen tun soll. „Ohne den Boss wäre ich mit ihnen gestorben, und darum gebührt ihm auch all mein Respekt. *Er* ist meine Familie.“

Heiß perlen die Tropfen über meine Haut. Viel zu heiß und tausend kleinen Nadelstichen gleich, aber selbst das Brennen vermag es nicht, mich von dem Gedankengewitter in meinem Kopf abzulenken. Ich schlage meine Hand gegen die anthrazitfarbenen Fliesen. Aufhören! Es soll aufhören! Doch es ist wie ein Fluch. *Er* ist wie ein Fluch. Connor O’Brien, der sich in meinen Gehirnwindungen eingenistet hat wie ein Parasit. Keine Stunde, keine Minute, ja, nicht einmal eine fucking Sekunde vergeht, die ich in Frieden verbringen kann, seit er Hand an mich gelegt hat. Seit er *zärtlich* zu mir war! Es ist, als habe er mit diesen sanften Berührungen einen Teil seiner dunklen Seele in mich gepflanzt, der sich nun ausbreitet und immer mehr von mir Besitz ergreift. Und ich habe es zugelassen, weil ich mich so sehr nach Geborgenheit sehne, dass ich *alles* dafür geben würde. Selbst meinen freien Willen, mein höchstes Gut.

Doch ich darf nicht vergessen, wer er ist, verdammt noch mal! Er ist ein Mörder! Ein Verbrecher! Auch wenn alle ihn hier zu verehren scheinen wie einen Gott! Ich meine, Jax nennt ihn sogar seine *Familie*! Wie kann das sein?!

Ich stelle das Wasser ab, steige aber nicht aus der Dusche. Verharre reglos, während der Dampf um mich herum wie Nebel wabert und die Tropfen aus meinen Haaren mir über das Gesicht laufen. Wie konnte ich nur zulassen, dass er mit mir das Bett teilt? Schlimmer noch! Wie konnte ich mir erlauben, dass es mich antörnt, von ihm erniedrigt und – ich presse die Augen zusammen – geschlagen zu werden?! Stimmt etwas nicht mit mir? Haben mich die Jahre der Gewalt etwa so sehr geprägt, dass ich es am Ende noch vermisse? Dass ich … meinen *Vater* vermisse?!

Nein! Nein, nein und nochmal nein!!

Ich eile so schnell aus der Dusche, dass ich ausrutsche und mich gerade noch abfangen kann. Das Herz schlägt mir bis zum Hals. Ich reiße ein Handtuch vom Haken und wische damit den Dunst von dem riesigen Spiegel, bis ich mich selbst darin erkenne. Oder … nein. Ich erkenne die Person nicht, die mir entgegen schaut. „Wer bist du?“, frage ich, bekomme aber keine Antwort. Ich sehe lediglich eine junge Frau mit nassen Haaren. Mit vollen Brüsten und … ich drehe mich. Blende die Narben aus und lasse den Blick über Bauch und Hüften schweifen, über meinen Hintern. Hm, die Langweile und mein daraus entstandener Fitnesswahn haben immerhin optisch etwas an mir verändert. Mir gefällt, was ich sehe, doch sofort befinde ich mich in Gedanken wieder vor dem Tor der Villa und spüre die Stiche in meinem Herzen, die Jacksons Worte in mir bewirkten. Alessio … Hat er nicht immer behauptet, dass er auf meine Kurven steht? Dass mein Körper ihm tausend Mal lieber wäre als Anastasias perfekte Modelmaße? Sind seine Liebesschwüre wirklich nur Mittel zum Zweck gewesen? Bin *ich* dieses Mittel gewesen?

Die Lippen der Frau dort im Spiegel zittern, doch noch bevor die Tränen ihr hübsches Gesicht verzerren können, schließe ich hastig die Augen und kralle mich an den Rand des Marmortisches. „Warum?", presse ich schluchzend hervor und vermisse meine Mamma in diesem Moment mehr als je zuvor. „Warum sind sie alle so zu mir? Warum?! Bin ich es denn nicht wert, geliebt zu werden?"

„Liebe ist nichts als Gefahr, Grace", grollt *seine* tiefe Stimme da plötzlich durch den Raum. Ich will verschwinden. Mich in Luft auflösen oder einfach nur sterben. Doch nichts von alledem ist möglich, also sinke ich vornüber auf den Waschtisch. Spüre den kalten Stein auf meiner Haut, mit einem Mal aber auch eine heiße Hand. „Wenn du in unserer Welt liebst, dann bist du bereits so gut wie tot. Oder aber derjenige, dem deine Liebe gilt. Also solltest du eher dankbar dafür sein, wenn du keine empfindest."

Stimmt das? Ist das wahr? Und warum erzählt er mir das? Warum ist er überhaupt bei mir und streicht mit seinem Daumen unentwegt über meinen Hals? Hassen Männer nicht Frauen, die rumheulen? Das habe ich gelernt. So wurde es mir schmerzhaft eingebläut. Connors Berührungen aber sprechen eine ganz andere Sprache und so schert es mich nicht, dass ich hier nackt vor ihm kauere und weine. Weine wie ein Kind, denn genau so fühle ich mich. Wie das kleine Mädchen mit den langen Zöpfen, dem er damals diesen Lolli geschenkt hat.

Ich erinnere mich an ihn. An die feinen Züge seines Gesichts. Die Güte in seinen Augen, die damals noch nicht vom Zorn des Lebens überschattet gewesen waren. Zumindest nicht ganz. Ein junger Mann Anfang zwanzig, noch ohne den Bart, dafür aber bereits mit demselben starken Willen, der ihn zu dem gemacht hat, was er heute ist – dem König von New York.

Ich hebe den Kopf und begegne seinem eisgrauen Blick im Spiegel. Er ist müde, genau wie an den letzten Abenden, an denen er immer erst spät nach Hause kam. Auf meine Frage, was er denn den ganzen Tag getrieben hat, habe ich keine Antwort bekommen. Kein einziges Mal. Stattdessen hat er sich nur mit einem Seufzen zu mir ins Bett gelegt und ich musste mich an seine Brust kuscheln. Kein Reden, kein Sex. Nur seine Finger auf meiner Haut und das Feuer im Kamin, bis wir beide irgendwann einschliefen.

Ich habe es hingenommen. Habe mich gefügt, da ich sowieso nichts daran hätte ändern können. Doch jetzt ist es anders. Jetzt will ich reden. Ich *muss* reden! „Und was ist, wenn ich dennoch lieben will?“

Kurz hält er inne, lässt seine Hand in meinem Genick ruhen, während er meinem Blick im Spiegel mühelos standhält. Ich stütze mich auf die Ellbogen, wobei ich mir des reizvollen Umstands durchaus bewusst bin, dass mein Hintern sich dadurch nur noch enger an seinen Schritt presst. Er leckt sich die Lippen. Und ich? Ich gehe weiter. Überschreite die Grenze, die nach wie vor zwischen uns steht, weil wir im Grunde immer noch nichts als Fremde sind, die ein in Verzweiflung gegebenes Versprechen zueinander gebracht hat. Was habe ich also zu verlieren?

„Sag es mir, *Sir.*“ Seine Augen verengen sich und ich wiege meine Hüften. Dunkle Augen. Ein warnendes

Knurren aus seiner Kehle. Ich räkle mich und reize ihn weiter. Lasse seinen Blick nicht einmal für ein Blinzeln los. „Was geschieht, wenn ich Liebe will? Wenn ich keine Angst vor den Konsequenzen habe? Wenn sie mir *egal* sind?"

Das Wort *egal* war der Auslöser. Ich rutsche nach vorn, eingekeilt zwischen dem Tisch und seiner Gier. Strecke die Hände und suche nach Halt, doch bevor ich den Spiegel erreiche, schreie ich auf. Sein Griff in meinen Haaren. Ein Ruck und eine harte Brust. Ich keuche. Kann weder vor noch zurück. Bin gefangen in seiner Umklammerung und starre ihm mit weit aufgerissenen Augen entgegen. Sein Bart an meiner Wange, heißer Atem auf meiner Haut. Das graue Eis, das lodert und sich in mich brennt. „Spiele nicht mit mir, kleine Blume. Reize nie, was du nicht bändigen kannst."

Das Prickeln in meinem Körper macht mich mutig. Kess lache ich ihm in sein Spiegelbild. „Du hast doch keine Ahnung", fletsche ich und kassiere prompt die Quittung. Der Spiegel verschwindet aus meinem Sichtfeld. Seine Faust reißt an meinen Haaren. Dann sehe ich ihn. Seine Augen. Ganz dicht vor mir. Und das Ziehen in meiner Mitte wird zur süßen Qual.

„Weißt du was? Das mag sogar stimmen." Sein raues Lachen brandet an mein Ohr. „Ich wusste tatsächlich nicht, was für ein Wildfang du bist, als ich beschloss, mein Versprechen in die Tat umzusetzen, kleine Grace. Aber eins kann ich dir hier und jetzt versichern: Ich habe geschworen, dich zu beschützen, und das werde ich tun. Liebe allerdings", winzig kleine Stromstöße pulsieren durch meine Adern, als er mit der Zungenspitze über meine Halsschlagader leckt, „Liebe solltest du dir abschminken. Sie macht uns nur schwach. Und Schwäche, mein Herz, gibt es in meinem Wortschatz nicht." Damit drückt er mich grob nach vorn. Der Seifenspender kippt, Dosen und Tiegel kullern scheppernd zu Boden, doch ich registriere das Ganze nur am Rande. Denn Connor lässt nicht zu, dass ich noch etwas anderes wahrnehme als ihn selbst.

Die Schwere seines Körpers auf mir, seine zur Faust geballten Fingern in meinem Haar und … verdammt! Seine andere Hand zwischen meinen Beinen. In mir! Zwei, wenn nicht drei Finger auf einmal hat er in mich gedrängt. Schiebt sie langsam vor und zurück und mein Stöhnen hallt über den weißen Marmor. „Fuck", presse ich hervor, doch schon ist er fort. Hat seine Hand zurückgezogen und klatscht sie mir dafür auf den Po. Ich erschauere.

„Das willst du, nicht wahr? Das brauchst du. Eine starke Hand. Jemanden, der dich führt." Fest packt er zu, in mein erhitztes Fleisch. Ich begehre auf. Wehre mich und spanne jeden Muskel meines Körpers an. Meine Kiefer, meine Finger. Doch mein Empfinden ist ein mieser Verräter. Es gefällt mir. Es gefällt mir so sehr, dass das Stöhnen aus meiner Kehle mein Verlangen nicht einmal wiedergeben kann. „Sag es! Sag es mir, Grace, und ich ficke dich so hart, wie du es brauchst."

Ein Wimmern, das ist alles, was ich hervorbringe. Ein Laut der Verzweiflung und der Begierde. Des Hasses und der Lust. Ich darf das nicht! Ich darf mich ihm nicht hingeben. Ihn nicht gewinnen lassen. Mein ganzes Sein sträubt sich dagegen. Weil ich darauf nie trainiert wurde. Weil ich nicht empfinden und ich mich nie fallenlassen durfte. Was aber, wenn genau das die Erfüllung ist? Wenn es doch so umwerfend schön ist, mich von ihm in Besitz nehmen zu lassen? So befreiend?! Was, wenn er wirklich recht hat, und Schutz und Sicherheit tausendmal mehr wiegen als der kindische Wunsch nach Liebe?

„Ja!", stöhne ich und mein Körper wird weich. „JA! Ich will es!"

Und dann ist alles still. Nur mein Keuchen und seine Atemzüge füllen die Leere im Raum. In meinem Kopf. Registriere ich allmählich wieder den unnachgiebigen Stein unter mir und den noch unnachgiebigeren Mann über mir. Ja, verdammt. Er soll es tun. Was auch immer. Er soll es tun.

Und er tut es.

„So ist es richtig." Seine Stimme ist beinahe ein Flüstern. „Genau so ist es richtig. Missy."

Er bewegt sich. Fasst zwischen uns und das Klappern des Gürtels, das Ratschen jedes einzelnen Reißverschlusszähnchens, sie sind der Klang der Verheißung. Und ich ergebe mich. Bette meine Wange auf den kalten Stein, der plötzlich gar nicht mehr so kalt erscheint, und mache mich bereit. Spreize die Beine und heiße ihn willkommen. Erzittere, als ich seine Spitze an meinem Eingang spüre, und schrecke leicht auf, als seine Stimme in mich dringt. „Schau mich an", sagt er und greift unter mein Kinn. Stützt mich und dann begegne ich abermals seinem Blick im Spiegel. Doch diesmal ist es anders. Diesmal hat sich etwas verändert. Ich habe mich verändert. Und er. Ich sehe es in dem tiefen Grau, das so dunkel ist, als habe die Nacht sich darübergelegt.

„Du gehörst mir, kleine Grace. Und es ist mir scheißegal, wie du es nennst. Du gehörst mir und ich passe auf dich auf."

Dann stößt er zu und reißt mich mit sich. Ich keuche, stöhne und zerbreche in Millionen kleinster Scherben. Aber Connor fängt mich auf. Er hält mich, mit seiner

Hand, mit seinem Blick. Und mit jedem Stoß setzt er mich wieder zusammen. Fickt mich. *Liebt* mich, wie ich es noch nie zuvor erfahren habe. Voller Wut, voller Rage, voller Gefühl. Keine Millisekunde lässt er mich dabei aus den Augen und auch ich halte mich an seinem Blick fest, bis mir die Tränen über die Wangen laufen. Bis ich keine Luft mehr bekomme und das Empfinden mich übermannt. Er seine freie Hand zwischen meine Schenkel schiebt und mich auf den Abgrund zutreibt. Unbarmherzig und dennoch mit diesem Versprechen. Ich bin in Sicherheit. Bei ihm bin ich in Sicherheit. Und gemeinsam springen wir über die Klippe.

Grace

Es sind nur noch wenige Tage bis Weihnachten. Nach wie vor fühle ich mich zerrissen. Ich bin uneins mit mir in jeder Beziehung. Mit meinen Gefühlen, meinen Gedanken und meinen Wünschen. Mein Leben gleicht einer Achterbahnfahrt, die hinter jeder Kurve etwas Unabsehbares bereithält. Was kommt als nächstes, was erwartet mich? Wird es ein Looping oder ein Sturz in die Tiefe?

Nachts lässt Connor mich Dinge erleben, von denen ich nicht einmal wusste, dass sie existieren. Er lässt mich zwischen Lust und Schmerz fliegen, so dass ich in einem Moment glaube, es nicht mehr aushalten zu können, während ich im nächsten schon nach mehr bettele. Es ist ein Rausch, ein dunkler Rausch voller Abgründe, nach dem ich schon so süchtig bin, dass ich manchmal selbst am helllichten Tag die Augen schließen und innerlich an die Orte zurückkehren muss, die mein Mann mir gezeigt hat. Und jedes Mal erzittere ich, so sehr wühlt es mich auf.

Doch ich bleibe seine Gefangene, die er überwacht und kontrolliert. Zwar betrachte ich Jax inzwischen als Freund, doch es erregt meinen Widerwillen, dass er Connor über jeden meiner Schritte informiert. Dennoch genieße ich seine Gesellschaft, denn ohne ihn wäre ich die meiste Zeit des Tages allein. Connor ist nach wie vor kaum zu Hause, so dass sich unsere Beziehung auf die leidenschaftlichen Stunden der Dunkelheit beschränkt. Aber mehr ist da nicht. Nichts, was andere Frischverheiratete normalerweise teilen. Keine Zärtlichkeit, keine gemeinsam verbrachte Zeit, kein Kuscheln auf dem Sofa. Und keine Liebe, das hat er mir deutlich genug gesagt. Aber würde ich es denn wollen? Auch auf diese Frage weiß ich keine Antwort.

Immerhin hat Connor in den letzten Tagen die Gewohnheit entwickelt, morgens gemeinsam mit mir zu frühstücken. Wahrscheinlich war es Jax, der ihm diesen Tipp gegeben hat, nachdem ich einmal in seiner Gegenwart wütend darüber geschimpft habe, dass sicher keine Ehefrau in Manhattan jede ihrer Mahlzeiten allein einnehmen muss.

Es ist sehr angenehm, aus dem Schlafzimmer zu kommen und von dem köstlichen Duft frische Pancakes und knusprigem Speck begrüßt zu werden. „Gewöhn dich nicht dran, Sweetheart", hat Connor am ersten Tag noch gebrummt, während er mir Ahornsirup über meine Blaubeerpfannkuchen gegossen hat. „Eigentlich sollte das deine Aufgabe sein!"

Aber anscheinend hat er sich damit abgefunden, dass ich eine Langschläferin bin. Denn als ich einige Tage später in Morgenmantel und Plüschpantoffeln in den offenen Essbereich des Lofts getapst komme, steht der große Boss wieder an der schicken Kochinsel und brutzelt Spiegeleier. Jax lümmelt auf einem der Barhocker an der langgezogenen Theke und schaut auf das Display seines Smartphones.

„Ich dachte, das ist meine Aufgabe", gähne ich, deute mit dem Kopf auf die schwere Eisenpfanne und strecke mich genüsslich. „Und seit wann können irische Machos eigentlich so gut kochen?" Connor wirft mir einen

156

grimmigen Blick über die Schulter zu. „Nicht so frech, Missy“, brummt er. „Ich glaube nicht, dass dein Arsch schon für die nächste Tracht Prügel bereit ist!“

Instinktiv fasse ich mir mit beiden Händen auf den Po, der in der letzten Nacht in der Tat einiges einstecken musste. Zuerst hat mein Mann mich übers Knie gelegt und mit der flachen Hand versohlt. Er hatte nicht einmal einen konkreten Grund dafür. „Einmal die Woche brauchst du das, Missy“, waren Connors lapidare Worte. „Damit du nicht vergisst, wer der Herr im Haus ist!“

Er hat es mit einem Schmunzeln gesagt, aber es hat trotzdem ziemlich weh getan. Gleichzeitig war es aber himmlisch, weil er mich zwischendurch immer wieder zwischen den Beinen liebkost hat. Da ich mich allerdings danach nicht ordentlich bedankt habe, gab es noch ein paar kräftige Schläge mit einem dicken Holzpaddle, die wirklich unangenehm waren. Aber was dann kam, hat mich mehr als entschädigt, weshalb sich das von meiner leichten Berührung durch den flauschigen Stoff des Morgenmantels ausgelöste Kribbeln jetzt auch mit sehr angenehmen Erinnerungen mischt.

Trotzdem brauche ich heute Morgen in der Tat keine Wiederholung dieser Bestrafung, schon gar nicht im Beisein von Jackson! Also murmele ich ein eiliges „Sorry, Sir“ und setze mich an den meterlangen Glastisch, an dessen Ende zwei Gedecke stehen. Auf meine Frage, warum mein Bodyguard nichts bekommt, erklärt Jax lachend, dass er schon seit Stunden wach ist und bereits gefrühstückt hat.

Kurze Zeit später ist mein Teller köstlich gefüllt und ich mache mich gierig darüber her. Connor isst schweigend und sogar noch deutlich mehr als ich. Als er sich einen zweiten Teller mit Eiern und Speck auffüllt, bemerkt er wohl meinen erstaunten Blick, mit dem ich ihn über meine Kaffeetasse anschaue. „Meine Muskeln brauchen Futter", grinst er und schenkt uns beiden frischen Orangensaft nach. „Genauso wie deine Kurven. Iss, Kleine. Ich will nicht, dass du vom Fleisch fällst!"

Nachdenklich kaue ich auf einem Stück Toast mit Butter herum und mustere Connor dabei verstohlen. Aus meiner Familie bin ich es gewöhnt, mir beim Essen ständig gehässige Kommentare über meine Figur anhören zu müssen. Connor aber akzeptiert mich, wie ich bin. Und mehr noch, ich gefalle ihm so! Das neue Selbstwertgefühl, das ich dadurch in den letzten Wochen bekommen habe, hat mich mutiger werden lassen. So mutig sogar, dass ich plötzlich ganz spontan sage: „Warum bist du eigentlich immer den ganzen Tag weg? Ich würde gern mehr Zeit mit dir verbringen."

Connor runzelt die Stirn und schaufelt weiter sein Frühstück in sich hinein. „Ich bin ein vielbeschäftigter Mann, Sweetheart", erwidert er unwirsch und ohne mich anzusehen. „Du hast Jax zum Spielen!" Ich schnaube kampflustig. „Jax ist aber nicht mein Mann", entgegne ich und stelle meine Tasse mit einem so lauten Klirren ab, dass Connor aufsieht. Sein eisgrauer Blick schwankt zwischen Ärger und Belustigung. „Wie sollen wir uns denn kennenlernen, wenn wir uns nur nachts sehen?", fahre ich fort. „Ich meine, das hat ja durchaus auch seine Vorzüge", füge ich hinzu und erröte leicht. „Aber immerhin sind wir doch verheiratet und…"

Mein Mann hat sich aufgerichtet und die Arme vor der Brust verschränkt. „Sie will mich kennenlernen", sagt er zu Jax, der von seinem Smartphone aufsieht und mich mitleidig mustert. „Versprich dir nicht zu viel davon, Gracie", grinst er. „Der Boss ist privat ein echter

Langweiler." Ich kichere über seinen Scherz, was Connor offensichtlich nicht gefällt.

„Na schön, heute Vormittag kann ich mir ein paar Stunden für dich freinehmen", brummt er. „Also, was willst du machen, Mrs. O'Brien?" Als ich ihm mitteile, dass ich eigentlich mit Jax in meine Lieblingsbuchhandlung *Barnes & Noble* wollte, aber dass er mich an seiner statt gern begleiten kann, verdreht er die Augen. „Ich werde sicher nicht zum Bücherwurm für dich, Missy", schnaubt er, aber ein dezentes Räuspern von Jax lässt ihn einlenken: „Von mir aus, wenn es das ist, was du willst … Aber merk dir: Ich bezahle deine Bücher und ich trage sie dir zum Auto, aber ich werde sie nicht lesen!"

Meine Freude über seine Worte überrascht mich selbst. Eigentlich hatte ich meine Frage nur gestellt, um Connor herauszufordern, doch jetzt muss ich mich zurückhalten, um nicht freudig erregt wie ein kleines Kind in die Hände zu klatschen. Die Vorstellung, dass er mir beim Bücher-Shoppen Gesellschaft leisten, wir uns danach noch einen Kaffee bei Starbucks holen und einfach einen ganz normalen Vormittag miteinander verbringen werden, erfüllt mich mit einem so intensiven Glücksgefühl, dass ich es nicht verhindern kann, wie ein Lebkuchenpferd zu grinsen.

„Dann mache ich mich mal fertig", sage ich möglichst cool und stehe auf, um ins Bad zu gehen. „Warte, Ma'am, hier ist noch Post für dich", hält Jax mich zurück und deutet auf einen Umschlag, der neben ihm auf dem Tresen liegt. „Der Boss meinte, du sollst den hier aufmachen!" Connors grimmiger Blick entgeht mir nicht und verpasst meiner guten Laune einen kleinen Dämpfer.

„Was ist das?", frage ich misstrauisch und strecke die Hand nach dem edlen dunkelroten Kuvert aus. „Kommt direkt aus der Hölle", grinst Jax. Und er hat recht: Die goldene Schrift verrät, dass niemand anderes als die Familie Benedetti der Absender ist. Zuletzt habe ich meinen Vater, Ivana und Anastasia auf meiner Hochzeit gesehen. Nach dem Zwischenfall mit Alessios Knie gab es zwar noch ein paar Telefonate, aber ich war in diese Gespräche nicht involviert.

Der Don war nicht gerade erbaut darüber, dass mein Mann seinen Stellvertreter zum Krüppel geschossen hat, musste allerdings schnell klein beigeben. Die Tatsache, dass Alessio in aller Öffentlichkeit damit geprahlt hat, mich flachgelegt zu haben, war nicht unbedingt vorteilhaft für die Benedettis. Und die daraus folgernde Schlussfolgerung, dass ich bei der Hochzeit möglicherweise doch keine Jungfrau mehr war, erwies sich als echtes Totschlagargument.

„Selbstverständlich gehe ich davon aus, dass Di Lorenzo gelogen hat", habe ich Connor am Telefon zu meinem Vater sagen hören. „Grace war noch Jungfrau, das habe ich selbst überprüft. Aber dafür, dass er die Ehre meiner Frau beleidigt hat, hätte ich den Kerl eigentlich *umbringen* müssen. Von daher will ich nichts mehr von der Sache hören, *verehrter Don*, oder ich werde das liebend gern nachholen!"

Seine Worte haben mich mehr gerührt, als ich mir selbst eingestehen wollte. Nie zuvor war jemand so für mich eingetreten. Und das, obwohl das alles allein meine Schuld war!

Eigentlich war ich davon ausgegangen, dass wir nach dieser Angelegenheit lange nichts mehr von meiner Familie hören würden. Es war mir auch ganz recht, denn je weniger ich im Moment über Alessio nachdenken musste, desto besser. Mich mit seinem Verrat auseinanderzusetzen, fiel mir schwer und machte mich traurig. Ich fühlte mich ausgenutzt, naiv und dumm. Und außerdem nagte immer noch die Frage an mir, ob es wirklich wahr sein konnte oder vielleicht doch nur ein Missverständnis oder eine Lüge war. Umso unangenehmer ist es mir jetzt, Post aus dem Hause Benedetti zu bekommen!

„Was wollen die denn?", murmele ich missmutig, obwohl sich die Frage angesichts der weihnachtlichen Aufmachung des Umschlags eigentlich erübrigt. „Sie sind deine Familie", brummt Connor vom Tisch her. „Vermutlich ist es eine Weihnachtskarte."

Während ich das für persönliche Schreiben meines Vaters typische schwarze Siegel breche, bete ich innerlich darum, dass es wirklich nur ein Weihnachtsgruß ist. Aber leider wird meine Bitte nicht erhört. „Es ist eine Einladung", stelle ich heiser fest, nachdem ich den kurzen Inhalt der äußerst kitschigen Karte überflogen habe. „Sie wollen, dass wir Weihnachten mit ihnen verbringen!"

Mein Mann und Jackson wechseln einen Blick. „Wie nett", sagt Connor spöttisch. „Dann werden wir wohl gleich noch ein paar Geschenke besorgen müssen, Sweetheart." Ein flaues Gefühl breitet sich in meinem Magen aus. „Ich will nicht dahin!", wehre ich mich, der Panik nahe. Allein der Gedanke, wieder über die Schwelle meines jahrelangen Gefängnisses gehen zu müssen, löst Übelkeit in mir aus. „Ich werde auf keinen Fall in dieses Haus zurückkehren!"

Jacksons blaue Augen bekommen einen mitleidigen Ausdruck, doch Connors Gesichtszüge verhärten sich. „Familie ist Familie", sagt er streng. „Und du wirst mir gehorchen, Grace. Wir nehmen die Einladung an, keine Widerrede!"

Tränen schießen mir in die Augen und ich beginne zu zittern. Die Karte fällt zu Boden. „Nein, bitte nicht", flüstere ich. Meine Kehle schnürt sich zusammen, als würden die gnadenlosen Finger meines Vaters sich um sie legen. „Boss…“, mahnt Jax mit gerunzelter Stirn, woraufhin Connor sich mit der Hand über das Gesicht streicht, seufzt und dann aufsteht. Er kommt zu mir, groß und breitschultrig wie er ist. Plötzlich wirkt er wieder bedrohlich auf mich. Ich weiche zurück. Tränen laufen mir über die Wangen.

„Nicht weinen, kleine Blume“, sagt er ungewohnt sanft. Sein Griff in meinen Nacken, mit dem er mich an sich zieht, ist fest und ich kann mich nicht widersetzen. Sein Duft umfängt mich zusammen mit seinen Armen. Mein Kopf liegt an seiner Brust, gehalten von seinen starken Händen. Meine Tränen durchnässen den Stoff seines schwarzen Hemdes. „Niemand wird es wagen, dir etwas zu tun“, höre ich seine Stimme. „Ich bin bei dir, vergiss das nicht. Was auch immer passiert, ich werde dich beschützen, Gracie.“

Und ich beruhige mich, auch wenn ich den Grund selber nicht verstehe. Connor beugt sich zu mir herunter und gibt mir einen Kuss auf die Stirn. Ich sehe in seine eisgrauen Augen, in denen ich langsam zu lesen lerne. Er ist aufgewühlt, auch wenn er es sich äußerlich nicht anmerken lässt. „Vertraust du mir?“, raunt er mir ins Ohr. Ich zögere, will es eigentlich nicht aussprechen. Doch dann tue ich es doch, denn es gibt auf diese Frage nur noch eine Antwort: „Ja, Sir, ich vertraue dir.“

Ein kaum wahrnehmbares Lächeln huscht über seine Lippen. Er gibt mich aus seinem Griff frei, greift nach meinem Kinn und wischt mir mit dem Daumen die Tränen von den Wangen. „Gut“, nickt er knapp. „Dann denk jetzt nicht mehr darüber nach. Geh und zieh dich an, sonst kaufen andere dir deine Bücher weg!“

Grace

Schlecht. Mir ist einfach nur schlecht. Und das Glitzern und Funkeln der festlich geschmückten Gebäude und Straßenzüge macht das flaue Gefühl in meinem Magen nur noch schlimmer. Wild zuckender Diskobeleuchtung gleich zieht die Upper Eastside an mir vorbei, während ich meine Finger immer fester um den Griff der Autotür kralle und versuche, mich auf einen gleichmäßigen Atem zu konzentrieren. Ein – ich halte die Luft an und zähle bis vier. Aus. Das Stroboskop vor meinen Augen wird langsamer. Ein – eins, zwei, drei, vier. Aus. Die Diskolichter werden wieder zu Straßenlaternen und Neonreklamen. Gott, ich will da nicht hin. Alles in mir sträubt sich. Wirklich alles, denn als meine Sicht endlich wieder klar ist, werde ich mir meiner Haltung bewusst. Stocksteif hocke ich da, den Rücken in das schwarze Leder gepresst, während meine Absätze sich in den Teppich der Limousine bohren, als könne ich sie so davon abhalten, die Benedetti-Villa zu erreichen.

Was wird mich dort erwarten? Was wird *uns* dort erwarten? Ein simples Familien-Weihnachts-Dinner, wie es Millionen Familien heute Abend begehen? Mit Baum, Geschenken und Truthahn? Wohl kaum. Allein die Vorstellung, wie Connor meinem Vater im großen Salon ein Päckchen überreicht und die beiden sich selig lächelnd in den Armen liegen, ist so absurd, dass ich tatsächlich lachen muss. Ein trockenes, gequältes Lachen, das mir die Aufmerksamkeit meines Gatten beschert.

Kurz treffen sich unsere Blicke, ehe ich mich hastig abwende, um noch dichter an die Autotür zu rücken. Ich will hier raus. Strecke meine Hand bereits in Richtung des Griffs, wohlwissend, dass ich schlecht aus einem fahrenden Auto springen kann. Doch selbst ein Aufschlag auf dem harten, nassen Asphalt der Straße erscheint mir jetzt, in diesem verzweifelten Moment, als die bessere Alternative zu dieser grotesken Veranstaltung zu sein. Das Desaster ist doch quasi schon vorprogrammiert. Wir *sind* keine Familie! Das waren wir Benedettis nie und werden es trotz und gerade mit einem Connor O'Brien in unseren Reihen auch niemals sein!

„Denkst du an ihn?"

„Bitte, was?!" Zu der Übelkeit hat sich schlagartig eine Gänsehaut gesellt. Vollkommen perplex starre ich Connor entgegen, dessen lässige Haltung nicht einmal annähernd zu der Schärfe seiner Worte passt. Wie kann er mich jetzt nach Alessio fragen? Doch dann wird es mir bewusst. Er hat allen Grund, ausgerechnet jetzt nach ihm zu fragen. Er wird dort sein, das ist klar, und das Kribbeln auf meiner Haut verrät mich. Zeigt auch mir auf, dass Alessio noch immer in einem Teil meines Herzens steckt, denn sonst würde mich wohl kaum die Frage umtreiben, wie es ihm geht. Aber ist das nicht ganz normal? Schließlich habe ich ihn vor gar nicht allzu langer Zeit noch geliebt, und wenn ich ehrlich bin, dann kann ich nicht einmal mit Gewissheit sagen, ob sich daran in der Zwischenzeit etwas geändert hat. Ich bin verheiratet, ja. Ich habe mich ein Stück weit in die neuen Gegebenheiten gefügt, und dass Connor mir mittlerweile näher ist, als ich es jemals für möglich gehalten hatte, das kann ich auch nicht bestreiten. Dennoch …

„Der Dreckskerl hat dich niemals geliebt, Missy. Das ist dir hoffentlich klar, wenn wir jetzt gleich dort rein gehen."

Jetzt gleich? Großer Gott, er hat recht. Der Wagen hat angehalten und vor uns öffnet sich das riesige Tor. Wir sind da. „Ich …", stammle ich, bekomme aber kein weiteres Wort hervor. Meine Kehle ist staubtrocken. Da rückt er näher. Ich spüre das elektrisierende Kitzeln, wie immer, kurz, bevor er mich berührt. Doch als er mein Kinn umfasst, zucke ich dennoch erschrocken zusammen.

„Sag mir, dass es dir klar ist, Grace. Du bist meine Frau und ich bin dein Mann. Etwas anderes werde ich nicht dulden." Wie beiläufig rückt er sein Sakko zurecht, doch natürlich entgeht mir die Waffe nicht, die er darunter verbirgt. Er wollte, dass ich sie sehe. Damit ich mich auch ja daran erinnere, dass er der Boss ist und jede meiner Handlungen ihre Folgen nach sich zieht.

„Ja, Sir", flüstere ich.

Der Wagen rollt wieder an, doch Connor lässt mich nicht los. Im Gegenteil. Ganz dicht bringt er sein Gesicht vor meins, so nah, dass ich seinen Atem auf meinen Lippen spüren kann, seine Präsenz alles andere um mich herum aussperrt. Er betrachtet mich. Wortlos huscht sein Blick zwischen meinen Augen hin und her, hinab zu meinem Mund und wieder hinauf. Er holt Luft, als wolle er etwas sagen, hält dann aber inne und schüttelt nur den Kopf. Doch es ist bereits zu spät. Völlig gleichgültig, was ihm auf der Zunge lag, denn mein Herz, es galoppiert. Meine Gedanken überschlagen sich. Alessio. In meinem Himmelbett. Connors breite Konturen vor dem Feuer im Kamin. Tattoos und Narben. Blonde, lange Haare gegen schwarzen Samt. Connors Schopf ist so dicht und weich, dass sich bei der Erinnerung daran, wie ich meine Finger hindurchgleiten ließ, etwas in mir sehnsüchtig zusammenzieht. Scheiße. Ich schlage den Blick nieder. Doch das leise Keuchen hat sich bereits über meine Lippen gestohlen.

„Verdammt!" Connor knurrt. Sein Griff um mein Kinn wird fester und ich halte erschrocken die Luft an. Habe ich etwas falsch gemacht? Da streicht er mit seinem Daumen über meinen Mund. „Du weißt, wie rasend mich das macht?"

„Was?" Ich wage es nicht, mich zu bewegen. Was zur Hölle meint er? Dass ich etwas mit Alessio hatte? Dass ich eben nicht deutlich genug gemacht habe, dass ich mich dort drin von ihm fernhalten werde? Nun, ersteres kann ich nicht mehr rückgängig machen, und das andere … „Ich werde mich benehmen, Sir. Ich versp…"

„Das meine ich nicht", fährt er mir barsch dazwischen und reckt das Kinn, als würde er an mir schnuppern. Mich wittern wie ein wildes Tier. Ein leiser Laut entringt sich meiner Kehle. Mein Herz schlägt so heftig gegen meine Rippen, dass ich Angst habe, es könnte sie mir jeden Moment brechen. Und Schuld daran ist einzig und allein er. Er! Mit seiner bloßen Nähe. Mit diesem Ausdruck in den Augen, der das graue Eis zum Glühen bringt und mich gleich mit. „Connor", hauche ich, doch mit seinem Zeigefinger auf meinen Lippen verbietet er mir jedes weitere Wort.

„Still", knurrt er und im nächsten Augenblick bauscht sich mein Kleid. Wirbelt ein kühler Luftzug um meine Beine und aus reinem Reflex heraus presse ich sie zusammen. Doch zu spät. Es geht nicht. Connor! Seine Hand zwischen meinen Schenkeln! Ich stoße die Luft aus, kralle mich in die Polster und mein Blick fliegt zu Big Ed, der sich just in diesem Moment nach hinten dreht, um uns mitzuteilen, dass wir angekommen sind. Angekommen! Vor meinem Elternhaus! Vor der Villa des Dons! Und mein Ehemann schiebt gerade mein Höschen zur Seite?!

„Connor!" Diesmal ist es weder ein Keuchen noch ein Seufzen, als ich seinen Namen ausstoße, sondern ein ziemliches geschocktes Zischen. Das kann unmöglich sein Ernst sein! Ich meine, hallo?! Unser Fahrer … der Ort, an dem wir uns befinden … *Weihnachten*, verdammt noch mal! Doch dass Connor O'Brien nichts heilig ist, wenn er etwas haben oder tun möchte, sollte mir mittlerweile eigentlich klar sein. Da richtet er das Wort an Big Ed: „Wir sind zu früh. Meine Frau und ich werden hier hinten noch ein wenig warten."

Warten?! Mit Warten hat das gerade wenig zu tun, was seine Hand da unten treibt. Mir wird abwechselnd heiß und kalt, während ein leises Surren mir verrät, dass mein Gatte immerhin so gnädig war, die Trennwand zum Fahrerraum zu betätigen. Ich habe keine Ahnung mehr, was ich denken soll oder wo mir der Kopf steht, denn mit jedem Zentimeter, den das getönte Glas in die Höhe fährt, schiebt Connor seinen Finger tiefer in mich. Das Letzte, was ich sehe, ehe ich meinen Kopf in den Nacken werfe, ist Big Eds Grinsen im Rückspiegel. Dann bin ich mit meinem Mann allein. Auf der Rückbank einer Limousine, in einem Abendkleid, dessen Saum er bis zu meinen Hüften geschoben hat, und seiner großen Hand zwischen meinen Schenkeln. Es ist Weihnachten. Draußen fällt der Schnee und in der hell erleuchteten Villa wartet meine Familie.

Doch nichts davon zählt mehr. Alles ist egal, denn Connor liebkost mich. Sitzt ganz dicht bei mir, halb über mich gebeugt, und während sein Daumen immer wieder über meine Halsschlagader fährt, seine Hand meine Scham vollständig bedeckt und er mit genau dem richtigen Druck in meine Nässe taucht, vor und zurück, mal schneller und fester, dann wieder so sanft und langsam, dass ich mich ihm bettelnd entgegendränge, ist es seine Stimme, sein heiseres Timbre, mit dem er mir schmutzige Worte zuraunt, das mich aus dem Hier und Jetzt reißt. Mich umhüllt und in mich dringt, mich schwerelos macht und mir jede Erdung nimmt. Ich bin Wachs in seinen Händen, anschmiegsam, formbar und heiß. Weil er es will. Weil er es kann. Und ich mich nicht länger dagegen auflehne. Mehr! Ich will mehr. Immer mehr und nie mehr endend. Von seiner Lust und seiner Kraft, von seiner Führung und … von ihm. Und er hat es gewusst. Von Anfang an. Dass ich ihm gehöre, war keine hohle Phrase. Ebenso wenig, wie dass ich alles vergessen würde, was vor ihm war. Dass er der erste richtige Mann für mich sei …

Ich habe es damals in seinem Bett noch für das hochnäsige Getue eines Machos gehalten, und sein Talent hat mich überrascht, genauso wie meine Reaktion darauf. Ich habe die Annehmlichkeiten akzeptiert. Ja, ich habe sie sogar genossen. Es war leichter gewesen, als einen Dämon zu bekämpfen, gegen den ich sowieso keine Chance gehabt hätte. Doch etwas ist geschehen in den letzten Wochen. Mit mir. Mit uns. Mit unseren Körpern und unseren Seelen. Connor ist nicht mehr länger mein Feind. Connor ist … in mir. Wortwörtlich, aber auch im übertragenen Sinn. Ich spüre ihn, und das so nah, als würde er mich nicht nur mit seinen Fingern ficken, sondern mit seinem ganzen Sein. Kraftvoll und alles vereinnahmend. Und mit jedem Reiz in meiner Mitte, jedem heißen Atemstoß, der mich streift, mit seinen Lippen, die über meinen schweben, verheißungsvoll und sündig, doch nie nah genug, um meine zu berühren, obwohl ich mich nach nichts mehr sehne, löse ich mich ein Stück weiter auf. Werde ich eins mit ihm, während er die Glut durch meine Adern treibt und mich dabei nicht aus den Augen lässt.

„Niemals wieder", seine Stimme wie ein einziger dunkler Rausch, „niemals wieder wird dich ein anderer berühren, Gracie. Er nicht und auch niemand sonst, hast du mich verstanden?" Ich keuche. Zergehe unter seinen unnachgiebigen und doch so wunderschönen Berührungen. Und schreie auf, als er zupackt. In meine Scham. In meine Lust. Bittersüß schießt der Schmerz durch jede meiner Nervenbahnen und bringt mich beinahe zum Zersplittern.

„Sieh mich an!" Meine Lider flattern, aber ich gehorche. Versinke in seinen Augen, die so dunkel geworden sind, dass die wahre Farbe kaum noch zu erkennen ist. „Mein Schwanz …" Ich zucke zusammen. Allein die Vorstellung seiner Gier in mir. Jetzt! Hier! Wie er mich dehnt … „Meine Finger und meine Zunge …" Ich erschauere, als er sich aus mir zurückzieht. Protestiere, doch der Laut geht über in ein Stöhnen, als er durch meine Nässe gleitet und meine Pobacken teilt. Und als er mir ins Ohr raunt, dass er mich ausfüllen wird – mit allem und überall! –, er seinen Finger dabei gegen meinen hinteren Eingang drückt, kralle ich mich in seine Schulter und keuche seinen Namen.

„Ja, Missy, schrei ihn hinaus. Lass jeden dort draußen hören, wer es dir besorgt." Er dringt in mich, hinten wie vorne, mit seinem Daumen in meine Pussy und mit einem anderen Finger in … *Großer Gott!* „Connor!" Meine Hand schlägt gegen das Fenster. Mein Mann dringt tiefer. „Lauter, Missy! Ich höre dich nicht! *Er* hört dich noch nicht!"

Und dann zerberste ich. Jeder Muskel meines Körpers zieht sich zusammen. Um *ihn*! Ich komme. Ich schreie! Und ich gehorche.

„*Connor!*"

20

Connor

Die zähe, schwarze Wut, die wie giftiger Eiter seit jenem Wintermorgen vor vielen Jahren in meinem Herzen pulsiert, beginnt wieder zu brodeln, als der Don mich betont väterlich in seine Arme schließt. „*Buon Natale, figlio mio*", dröhnt er mit der lauten Stimme des Patriarchen, wobei seine Augen mich aber so lauernd fixieren wie die eines hungrigen Schakals. Diese Augen! Es irritiert mich, dass es die gleichen sind, mit denen Grace mich eben noch schutzsuchend angesehen hat, als die mit einem großen Weihnachtskranz geschmückte Eingangstür der Villa sich vor uns geöffnet hat. Das gleiche Grün, die gleichen vollen dunklen Wimpern. Und doch liegen Welten zwischen ihnen. Die Unschuld und Verletzlichkeit im Blick meiner Frau steht im krassen Gegensatz zu der Verschlagenheit und Härte in dem ihres Vaters.

Figlio mio. Man muss kein Fremdsprachengenie sein, um zu wissen, dass dieser alte Verbrecher mich gerade als seinen *Sohn* angesprochen hat. Es ist eine Farce, genau wie alles, was wir hier abziehen. Denn unter der weihnachtlich herausgeputzten Fassade gären das Misstrauen und der alte Hass unverändert weiter, das wissen wir alle. Dennoch klopfe ich ihm herzlich auf den Rücken, presse ihn an mich und erwidere mit derselben falschen Inbrunst: „*Dad! Merry Christmas!*"

Als er Grace umarmt und auf beide Wangen küsst, weicht alle Farbe aus ihrem Gesicht. Doch sie bewahrt die Fassung. „*Buon Natale*, Daddy", presst sie hervor und greift nach meiner Hand. Ich drücke sie. „Braves Mädchen", raune ich ihr zu, während wir auch ihre Stiefmutter und Anastasia begrüßen. „Vergiss nicht, du bist jetzt eine O'Connor. Wir gehen erhobenen Hauptes durch jeden Sturm. Vergiss nicht, die Stunde der Rache wird irgendwann kommen."

Ihr kleines Lächeln rührt mich. Dass sie hinreißend aussieht, entgeht auch Di Lorenzo nicht, der sich auf Krücken im Hintergrund herumdrückt und Grace in ihrem roten Kleid, dessen schlichter und eleganter Schnitt ihre Kurven perfekt betont, förmlich mit den Augen auszieht. Meinem Blick hingegen weicht er wie ein geprügelter Hund aus.

Allein die Gegenwart dieses blonden Schnösels erfüllt mich mit blutigen Mordfantasien. Allein dafür, dass er meine Frau nur ansieht, würde ich ihm am liebsten seine hübschen blauen Augen ausstechen! Und dann die Vorstellung, dass er sie angefasst hat, dass seine Lippen ihre Haut berührt haben, dass er *in ihr* war …

„Aua", macht Grace und zieht ihre Hand weg, die ich wohl in meinem inneren Aufruhr fast zerquetscht habe.

„Was sollen all diese Männer hier, Connor?", wendet sich mein Schwiegervater wieder an mich und deutet auf Jax und die anderen acht meiner Jungs, die hinter uns in der Halle stehen geblieben sind. Seine nach sizilianischer Art gestenreich untermalte Frage klingt vorwurfsvoll. „Vertraust du mir etwa nicht?!" Ich lächle böse. „Natürlich vertraue ich dir, Dad", erwidere ich und lege Grace besitzergreifend den Arm um die Schultern. „Das solltest du doch in den letzten Wochen gemerkt haben.

Deine Geschäfte laufen seit der Hochzeit doch deutlich besser, oder irre ich mich?"

Luciano Benedetti setzt sein feistes Grinsen auf und funkelt mich hinterhältig an. „*Sì, sì, certo*", macht er. „Ich meine nur, wozu die Wachen, mein Sohn? Wir sind doch hier ganz unter uns. *Famiglia*, Connor, *c'è solo la famiglia!*" Mit einem Schnauben deute ich in Richtung von Alessio. „Und der?", knurre ich. „Der Krüppel da gehört ja wohl kaum zur Familie, Don!"

Nun drängt sich Anastasia dazwischen, die in ihrem hautengen Fummel aus schwarzer Spitze auch gut neben meinen Nutten an der Straße stehen könnte. Sie hakt sich bei Alessio unter und sagt mit einem kecken Augenaufschlag: „Das hat schon alles seine Richtigkeit! Gleich erfahrt ihr mehr!" Desinteressiert wende ich mich ab und brumme in Richtung des Hausherrn: „Meine Männer bleiben jedenfalls! Nachdem irgendein *wertloser Abschaum* meine Mutter umgebracht hat, waren sie lange Zeit die einzige Familie, die ich hatte! Jax, bringt die Geschenke ins Weihnachtszimmer und baut sie unter dem Baum auf!"

Auf eine unwirsche Geste des Dons geht einer seiner Bodyguards vor, um Jax und Big Ed, die mit diversen großen Tüten und Paketen beladen sind, den Weg zu zeigen. Wir anderen werden in ein Kaminzimmer geführt, dessen übertriebene Weihnachtsdeko geradezu Augenflimmern verursacht: goldene Engelchen, tanzende Weihnachtsmänner, Schleifen, Girlanden, Zuckerstangen, künstlicher Schnee, Kugeln und Glocken jeder Art und Größe, alles blinkt und glitzert. Und zu allem Überfluss ertönt auf ein Fingerschnipsen des Dons auch noch irgendein von Geigen untermalter jubelnder Kinderchor aus den Boxen.

„Auch eine Möglichkeit, seine Opfer zu foltern“, raune ich Grace ins Ohr, um sie etwas aufzuheitern. Denn ich kann spüren, wie angespannt sie ist. Sie kichert nervös. *Arme Kleine*, denke ich und lege ihr fest meine Hand in den Nacken. *Muss hart sein, direkt nach einem Orgasmus in dieses Gruselkabinett geschleift zu werden.* Die Erinnerung an den Ausdruck in ihren Augen, an das Seufzen auf ihren Lippen, während ich sie auf dem Weg hinauf zur Villa gefingert habe, entführt mich für einen Moment. Mit einiger Mühe widerstehe ich der Versuchung an meinen Fingern zu riechen, die vor wenigen Minuten noch in ihr waren. Denn wenn ich das täte, könnte ich vermutlich keinen klaren Gedanken mehr fassen. Aber ich muss einen klaren Kopf bewahren! Dieser Abend ist zu wichtig, um unachtsam zu werden!

Ein Hausmädchen in einem albernen Samtkleidchen mit weißer Schürze und Häubchen reicht uns langstielige Champagnerkelche von einem Tablett. Mit Grace an meiner Seite beobachte ich, wie die Familie Benedetti Aufstellung vor dem im stuckverzierten Kamin prasselnden Feuer nimmt. Auch Alessio.

„Meine lieben Kinder“, wendet Luciano Benedetti sich in seiner üblichen theatralischen Art an uns. „Wir haben euch heute in unser bescheidenes Heim eingeladen, um die Geburt unseres Herrn zu feiern. Aber Weihnachten ist nicht der einzige Grund, denn wir möchten diese besondere Gelegenheit nutzen, um etwas bekanntzugeben!“

Das selbstgefällige Grinsen auf Ivanas Gesicht entgeht mir ebenso wenig wie das siegessichere Leuchten in Anastasias Augen. Ich weiß sofort, was jetzt kommen wird. Und es überrascht mich keineswegs. Ein kurzer Blick zu Grace verrät mir allerdings, dass sie noch völlig im Dunkeln tappt. *Ist sie wirklich so naiv?*, frage ich mich im Stillen. *Oder liebt sie den Wichser etwa immer noch?!*

Sofort wird mein Griff um ihren zarten Nacken fester. Ich war nie besonders eifersüchtig, doch bei Grace ist es anders. Sie ist meine Frau. *Meine! Frau!* Und allein die Vorstellung, sie nicht ganz und gar zu besitzen, macht mich rasend.

„Seit der Hochzeit mit Ivana, der Liebe meines Lebens, ist Anastasia wie eine zweite Tochter für mich", fährt Luciano fort. Bei seinen Worten zuckt Grace merklich zusammen. Die offene Missachtung ihrer Mutter ist auch für mich eine kaum hinnehmbare Beleidigung, doch ich zwinge mich, ruhig zu bleiben. *Die Stunde der Rache wird kommen*, wiederhole ich mein jahrelanges Mantra. *Für dich Ma, für Ornella und für Grace!* Doch noch ist es nicht soweit. Erst muss ich aus seinem eigenen Mund hören, dass er es war, der die tödliche Autobombe an jenem Wintermorgen platziert hat. Erst dann wird mein Herz Frieden finden.

„Danke, Daddy", haucht Anastasia nun, beugt sich zu ihrem Stiefvater und gibt ihm doch tatsächlich einen Kuss auf die Lippen! Jeder Gangster in New York kennt die Geschichten darüber, dass der Don sich gern mal mit seiner Stieftochter vergnügt. Ich habe nie viel auf dieses Getratsche gegeben, doch als Luciano der kleinen Nutte jetzt wohlwollend den Arsch tätschelt, ist mir plötzlich klar, dass es wahrscheinlich die Wahrheit ist!

Am liebsten würde ich Grace die Augen zuhalten, doch es ist zu spät, sie hat die Szene ebenso klar und deutlich gesehen wie ich. Instinktiv bekreuzigt sie sich, während Ivana deutlich angepisst ihren Champagner in einem Zug leert. *Fuck, wo sind wir denn hier bloß gelandet?!*, schießt es mir durch den Kopf. *Das verspricht ja ein vergnüglicher Abend zu werden.*

„Anastasia ist mit ihren 18 Jahren jetzt im heiratsfähigen Alter", fährt mein Schwiegervater fort. „Nächtelang habe ich mir den Kopf darüber zerbrochen, wer der richtige Mann für sie ist. Da ich keine eigenen Söhne habe, muss ich schließlich auch an meine Nachfolge denken. Und was läge da näher, als den Jungen zu wählen, dem ich seit so vielen Jahren eng verbunden bin? Den ich herangezogen und geformt habe, dem ich mein Leben und meine Geschäfte anvertrauen würde, was auch geschieht? Alessio, komm zu mir!"

Erst als Alessio nun vortritt und neben den Don humpelt, realisiert Grace, was hier gerade geschieht. „Nein!", stößt sie leise hervor. „Das darf nicht …" Nun siegt meine Eifersucht doch und meine Finger legen sich eisern über ihren Mund. „Still, Missy", raune ich ihr ins Ohr. „Du kannst es sowieso nicht ändern. Du gehörst mir, schon vergessen?!" Doch sie nimmt meine Worte kaum wahr. Ihre großen, grünen Augen weit aufgerissen, starrt sie hasserfüllt auf die Menschengruppe vor dem Kamin. Wenn mein fester Griff sie nicht daran hindern würde, hätte sie mindestens einen der Anwesenden wahrscheinlich schon ins einladend prasselnde Feuer gestoßen.

Anastasia, der kleinen Schlange, entgeht die Aufregung ihrer Stiefschwester keineswegs. Ein hämisches Lächeln legt sich auf ihre tiefrot geschminkten Lippen, als sie nun nach Alessios Hand greift. Ein hochkarätiger Diamantring funkelt an ihrem Finger.

„Anastasia und Alessio werden im kommenden Frühjahr heiraten!"

Grace

Schock und Unverständnis überrollen mich in einem Maße, dass mir die Luft wegbleibt. Der Salon, er dreht sich. Der Kamin und die Personen davor – meine ach so rührselige Familie – verschwimmen vor meinen Augen. Dann wird der Drang nach Sauerstoff in meinen Lungen plötzlich so übermächtig, dass ich laut japse und mich prompt verschlucke. Meine Welt, wie ich sie kannte, und in der Alessio einst mein einziger sicherer Hafen war, geht gerade endgültig unter. Mit einem Donnerschlag. Es ist also wahr! Das winzige bisschen Hoffnung, an das ich mich monatelang geklammert habe, es war ein einziger Schwindel! So wie mein ganzes bisheriges Leben! Alles nur eine inszenierte, billige Schmierenkomödie, in der ich die Rolle der tragischen Heldin spielte. Oder nein. Ich war wohl doch eher nur der Clown.

Das Schlimme ist aber, dass ein winziger Teil von mir immer noch daran festgehalten hat. Obwohl ich es ahnte. Obwohl ich Eins und Eins zusammengezählt und immer wieder in Gedanken durchgespielt habe, was Connor und Jax mir erzählt haben, ist mir jetzt, als ziehe man mir den Boden unter den Füßen weg. Ich wanke, und alles, was mich aufrecht hält, ist ausgerechnet *er*. Der Ehemann, den man mir aufgezwungen hat, der aber in den letzten

Wochen wahnwitzigerweise aufrichtiger zu mir war als dieses ganze Pack dort in all den Jahren vor ihm.

Er stützt mich. Mit seinen starken Händen hält er mich fest, so wie er es vorhin im Wagen getan hat, doch diesmal ist sein Beweggrund ein völlig anderer. Er hilft mir. Er steht mir bei und gibt mir Kraft. „Reiß dich zusammen, Grace! Genau das wollen sie doch erreichen", knurrt er mir zu, so leise, dass nur ich ihn verstehen kann. An den triumphierend überheblichen Gesichtern uns gegenüber erkenne ich nur leider allzu gut, dass ich ihnen bereits genau die Show geboten habe, auf die sie sich mit Sicherheit seit Wochen gefreut haben. Und die Gewissheit, dass das alles schon lange Teil des Plans gewesen sein muss, dass Alessio, dieses rückgradlose Schwein, mich von Anfang an belogen und betrogen hat, es macht mich so unsagbar wütend, enttäuscht mich so grenzenlos, dass der Nebel in meinem Kopf sich wie auf ein Fingerschnippen hin in Luft auflöst.

„Du!", stoße ich aus, wobei unklar bleibt, wem meine Drohung denn nun gilt – Alessio oder doch eher der Schlampe von Stiefschwester, die sich so ekelhaft lasziv an seiner Seite räkelt, dass ich ihr am liebsten ins Gesicht spucken würde. Oder einfach unter Connors Jackett greifen, ihm die Waffe entwenden und dieses Miststück erschießen. Ja! Dieser Plan klingt noch besser! Nur leider werde ich gestoppt. Denn zeitgleich mit dem Don, der mit weit ausgestreckten Armen nach vorn tritt und dessen gespielt empörtes „Aber, aber, mein Kind!" durch den Raum schallt, packt mein Ehemann mich im Genick. Unter meinen langen Locken und damit vor den Blicken der Umstehenden verborgen, aber so gebietend und hart, dass ich stocksteif verharre. Sein Griff bedarf keiner weiterer Worte. Ich habe verstanden. Und während

Connor an mir vorbei tritt, mit guter Miene im bösen Spiel, besinne ich mich meiner ganz persönlichen Waffe, die ich immer bei mir trage. Den Dolch, den ich über Jahre hinweg geformt und geschliffen habe, und der mir jedes Mal, wenn mein Vater Hand an mich legte oder jemand mich demütigte, das Leben gerettet hat. Mein Lächeln.

Es aufzusetzen, schmerzt angesichts des kaum zu ertragenden Zorns in mir, aber je höher ich meine Mundwinkel zwinge, je länger ich dieses falsche Grinsen im Gesicht trage, umso echter fühlt es sich an und umso mehr bringt es mir mein Selbstvertrauen zurück. Ich bin stark! Keiner von diesen Monstern dort konnte mich je brechen! Und vor allem: Ich bin nicht mehr allein. Ich *kämpfe* nicht mehr allein. Denn der Mann, der dort breitschultrig vor mir steht, um mich vor diesen erbärmlichen Kreaturen abzuschirmen, er ist für mich da. Er kämpft an meiner Seite und für dieselbe Sache.

Ich trete neben ihn, neben Connor O'Brien, ergreife seine Hand, die er nach mir ausstreckt, ohne mich anzusehen, und lasse die Verwandlung beginnen. Grace Benedetti, die unterdrückte Tochter, der Spielball des Dons, war gestern. Heute straffe ich meine Schultern und recke stolz das Kinn, so wie es sich für eine Mrs. O'Brien gehört. Für Mrs. Grace O'Brien, die Frau des Bastards. Und die Königin von New York.

„Welch wunderbare Neuigkeiten", flöte ich und wachse angesichts der Kinnlade, die dem Don bei meinen Worten herunterklappt, gleich noch ein Stückchen weiter über mich hinaus. Zufrieden seufzend hake ich mich bei Connor unter, der seine Hand auf meine legt. Ein Schmunzeln hebt seinen Bart, und mehr brauche ich nicht, um zu wissen, dass er mitspielt. Mehr noch! Sanft tätschelt er meine Finger, ehe er sich von mir löst, seinen Arm aber sogleich locker um meine Hüften drapiert. Er gibt mir freie Bahn. Sein sicheres Geleit. Und der Übermut platzt schier aus mir heraus, als ich mich in Anastasias Richtung lehne.

„Schwesterherz! Ich freue mich ja so für dich! Endlich haben wir beide den Mann gefunden, den wir verdienen, ist das nicht schön?" Ihr verrutschtes Lächeln verrät mir, wie überfordert sie gerade ist. Da lege ich noch einen drauf: „Ich würde mich an deiner Stelle nur nicht so an den armen Alessio heranschmeißen. Nicht, dass du ihn noch ganz kaputt machst. Das wäre doch echt schade."

Die kleine Bitch ringt mit der Schnappatmung, während mein Gatte mir eine Champagnerflöte reicht. „Ganz recht, mein Schatz", tönt er und wendet sich an unseren Gastgeber. „*Dad!*" Nun ist es der Don, der sich beinahe verschluckt. „Du glaubst ja gar nicht, wie dankbar ich dir dafür bin, dass du mir dieses Goldstück anvertraut hast. Ist Grace nicht wahrlich bezaubernd? Immer so zuvorkommend und stets um euch bemüht. Du hattest recht: Familie ist doch wirklich etwas ganz Besonderes! Das erkenne ich jetzt und darauf möchte ich mein Glas erheben. Auf die Familie!"

Einen Moment lang herrscht verdatterte Stille, während lediglich das Feuer im Kamin ihre dummen Gesichter mit seinem fröhlichen Prasseln untermalt. Meine Brust zuckt. Ich könnte schreien vor Lachen! Mir den Bauch halten und mit dem Finger auf sie zeigen, so bescheuert sehen sie alle aus. Der Don, schmallippig und mit hochrotem Kopf. Ivana, halbbesoffen und an den Kaminsims gekrallt. Und unser Pärchen des Abends, dem Connors und meine plötzliche gute Laune allem Anschein nach die Sprache verschlagen hat.

Mein Erzeuger – ich habe beschlossen, das Wort *Vater* in Bezug auf Luciano Benedetti ab jetzt zu streichen –, ist der Erste, der sich berappelt. „Auf die Familie“, hüstelt er und hebt zitternd sein Glas. Und als die anderen, wenn auch zögernd, in den Toast miteinstimmen, beugt mein Mann sich lächelnd zu mir. Kristall klirrt gegen Kristall, doch nichts klingt so wunderschön in mir nach wie Connors geflüsterten Worte: „Auf den Krüppel und die Schlampe. Und darauf, dass unsere Rache teuflisch werden wird!“

„Auf uns“, hauche ich und dann küsst er mich vor allen Anwesenden.

Die Stimmung bei Tisch ist hölzern bis verspannt, was vielleicht auch daran liegen könnte, dass der Don Alessio und Anastasia ausgerechnet uns gegenüber platziert hat. Am liebsten würde ich die beiden ausblenden, weshalb ich mich auch geflissentlich dem Stück Truthahn auf meinem Teller widme, obwohl ich keinerlei Appetit verspüre. Doch leider ist an Ignorieren nicht zu denken. Anas hohles Geplapper treibt meine noch immer schwelende Wut mit jedem Satz, der es über ihre aufgespritzten Lippen schafft, weiter auf die Spitze. Gott, wie ich sie hasse! So sehr, dass ich mir innerlich einen kleinen Monolog zusammenspinne, was ich ihr alles gerne an den Kopf schleudern würde – abgesehen von einer Axt.

Als sie dann auch noch allen Ernstes zu der Geschichte ansetzt, wie lange sie und ihr Verlobter ja schon heimlich umeinander hergeschlichen sind, und wie glücklich sie doch war, als Daddy mit der frohen Kunde herausrückte, gefriert das Lächeln in meinem Gesicht endgültig zu Eis. Mühsam dränge ich die bittere Galle zurück, die sich meine Speiseröhre hinauffrisst. Hatte ich bereits erwähnt, wie sehr ich das Miststück hasse? Nun, jetzt würde ich sie wirklich gerne tot sehen! Und *ihn!*

Beinahe entfährt mir ein abschätziges Schnauben, während ich beobachte, wie Alessio den Butler herwinkt und sich zum dritten Mal Wein nachschenken lässt. Nicht mehr lange, und er wird wieder ausfällig werden, der Idiot. Vielleicht hat Connor doch recht. Denn ganz offensichtlich macht Liebe tatsächlich schwach. Und vor allem macht sie blind! Habe ich Alessio in betrunkenem Zustand tatsächlich einmal süß gefunden? Wenn ich ihn mir jetzt genau betrachte, dann ist er einfach nur widerlich. Ein eingebildeter Schönling mit rot unterlaufenen Augen und viel zu bunten Tattoos. Was sollen eigentlich diese ganzen Blumen und Schnörkel auf seiner Haut? Hat er im Grunde vielleicht nur noch nicht gecheckt, dass er heimlich auf Männer steht? Das würde zumindest dazu passen, wie aalglatt er in *Daddys* Arsch kriecht!

Ich merke erst, dass ich zittere, als Connor seine Hand über meine schiebt. Ein kurzer Blick, ein Nicken, das mich daran erinnert, dass ich hier nicht allein durch muss, und dann merke ich auch schon, wie mein Körper sich wieder beruhigt. Ich lehne mich zurück, während er weiter unentwegt mit seinem Daumen über meine Finger streicht. Spüre dem wohligen Gefühl nach, das er damit meinen Arm hinauf und bis in meine Brust sendet, und betrachte sein Profil. Die dichten Augenbrauen, über die eine Haarsträhne gerutscht ist. Die markante, aber gerade Nase. Dieser Mund. Die wohlige Wärme in mir beginnt zu pulsieren. Rieselt tiefer, in meinen Magen, durch meinen Bauch und …

Mit einem tiefen Atemzug presse ich meine Schenkel aneinander, als ich mir in Erinnerung rufe, welche Lust er mir noch vor gar nicht allzu langer Zeit beschert hat. Da trifft mich sein eisgrauer Blick, und das so direkt und mit einer Wucht, dass mein Herz für einen Schlag aussetzt. Seine Hand ruht noch immer auf meiner, doch die Art, wie er mich festhält, ist eine andere geworden. Wie er mich liebkost und dabei wie zufällig die Spitze seines Daumens in die Vertiefung taucht, wo mein Zeige- und mein Mittelfinger sich treffen. Als wisse er genau, was ich gerade …

„Denk nicht so laut, Gracie. Ich kann dich hören." Seine Worte lassen mich erschauern. Doch gleichwohl muss ich auch schmunzeln, weshalb ich, ganz die brave Ehefrau, die ich doch mittlerweile für ihn bin – und *nur* für ihn –, die Augen niederschlage. „Braves Mädchen." Er hat die Hand fortgenommen und drückt nun meinen Schenkel, als er sich zu mir beugt. „Genau diese Haltung will ich später auch sehen, wenn du im Wagen zwischen meinen Beinen kniest!"

Schlagartig ist das Zittern zurück. Hitze steigt mir in die Wangen und rasch schaue ich mich um. Die anderen scheinen nichts von unserem kleinen Zwischenspiel mitbekommen zu haben, zum Glück sitzen wir an der großen Tafel dann doch weit genug auseinander.

Leider nur nicht weit genug, um Alessios Blicken zu entgehen, die ich schon den ganzen Abend wie kalte Klauen auf mir spüre. Ich habe recht erfolgreich darüber hinweggesehen, doch jetzt, da die Wirkung des Weins bei ihm ein neues Level erreicht zu haben scheint, setzen sie mir ein unangenehmes Ziehen ins Genick. Auch Connor neben mir scheint nicht entgangen zu sein, dass mein Ex mir mehr Aufmerksamkeit schenkt als seiner eigenen Verlobten, denn er beugt sich vor und stützt die Ellbogen auf den Tisch. „Wie sieht es aus, Di Lorenzo? Solltest du es tatsächlich schaffen, einen Sohn zu zeugen", sein Tonfall allein macht deutlich, dass er daran große Zweifel hegt, „bist du dann nicht raus aus der Thronfolge?"

Am Kopfende fällt klappernd Besteck aufs edle Porzellan. „Mein lieber Connor! Sohn!"

Himmel, es ist ein Wunder, dass der Don noch nicht auf seiner Schleimspur ausgerutscht ist! Doch Connors Frage war ein offener Affront, und ich muss zugeben, dass mein Puls in einen immer unruhigeren Takt verfällt, je länger ich zwischen meinem Mann und dem Herrn des Hauses hin und her schaue. Der räuspert sich und fährt in derselben gespielten Freundlichkeit fort wie bisher. An dem Schatten jedoch, der sich über seine Augen gelegt hat und der die Falten darum noch tiefer wirken lässt, erkenne ich sofort, dass dieser Abend kurz davorsteht, zu kippen.

„Ich bezweifle, dass das ein passendes Thema für diese Runde ist", ermahnt er meinen Mann, der sich daraufhin betont entspannt zurücklehnt, eine Hand auf die goldene Brokattischdecke gelegt. Er lächelt sogar, doch als er den Kopf hebt, erstarren alle. Mich eingeschlossen. Scheiße!

In meinem Rücken nehme ich eine Bewegung wahr. Jackson, der bisher so unauffällig neben der Tür gewartet hat, dass ich seine Anwesenheit schon beinahe vergessen hatte, tritt einige Schritte vor, genauso wie die übrigen Wachen, seien es unsere oder die Leute des Dons. Und das zusammen mit der vor Spannung flirrenden Atmosphäre am Tisch, lässt die Panik in mir wachsen.

„Nicht." Ich denke nicht nach, während ich das sage, sodass ich selbst überrascht bin, als meine Hand plötzlich auf Connors Oberschenkel liegt. Aber jemand muss ihn aufhalten. Die Verwunderung darüber, dass ausgerechnet ich es bin, die sich das traut, liegt deutlich in seinem Gesicht, als er sich mir zuwendet. Aber nicht nur das. Da ist auch etwas Manisches in seinem Lächeln. Etwas Dunkles, Schwarzes. Mordlust. Die offensichtliche Gier nach Blut und Rache, die seine grauen Augen so gefährlich macht, wie ich es noch nie gesehen habe. Weder bei ihm noch bei irgendeinem Menschen zuvor. Und das Schlimme ist, dass ich ihn verstehe. Auch ich hätte nichts dagegen, den gesamten Benedetti-Clan für immer auszulöschen, aber jetzt ist dafür nicht der richtige Augenblick. Denn ich habe noch keine Lust zu sterben! Und daher raffe ich all meinen Mut zusammen und begegne seinem mordlüsternen Blick mit all der Liebe, die ich aufbringen kann.

„Bitte", sage ich leise und verstärke den Druck meiner Hand. „Für mich."

Ein paar Sekunden lang stehen wir noch allesamt am Abgrund zur Hölle, irgendwo auf dem schmalen Grat zwischen Krieg und falschem Frieden. Dann sehe ich wie sein Bart zuckt, wie seine Kiefermuskeln darunter mahlen. Kurz verengen sich seine Augen, doch dann schickt er Jax mit einer Handbewegung zurück zur Tür. „Wie du meinst, *werter Don*", sagt er, fixiert aber weiterhin mich. „Was wäre denn deiner Meinung nach ein passendes Thema für diese Runde? Glücksspiel, Rauschgift oder Nutten?"

Nun, sie haben sich auf Letzteres geeinigt und stehen in ein Gespräch vertieft beisammen vor dem großen Baum. Kaum eine grüne Nadel ist noch zu erkennen, so vollgehängt mit kitschigem Schmuck ist das Ding. Was mir jedoch noch mehr Kopfschmerzen bereitet als die hässlichen bunten Lichterketten, ist der Umstand, dass Luciano Benedetti jetzt Whisky servieren lässt. Alessio hängt doch schon mehr an seinen Krücken, als dass er steht, und nur, weil ich einmal ein Desaster abwenden konnte, heißt das noch lange nicht, dass ich Wunder vollbringen kann. Ich tausche gerade nervöse Blicke mit Jax, als ich Gesellschaft bekomme.

Keine Ahnung, die wievielte Champagnerflöte es ist, die Ivana sich heute schon an die Lippen führt, ihren glasigen Augen und dem Fettglanz auf ihrer Nase nach, der förmlich nach einer frischen Ladung Puder schreit, waren es aber definitiv schon mehr als sie verträgt. Angewidert von ihrem schlechten Atem möchte ich Abstand zwischen uns bringen, doch das ist gar nicht so einfach, denn sie schlägt ihre Krallen geradezu in meine Schulter, wohl aus Angst, sonst nicht mehr gerade stehen zu können. Und die Sorge scheint berechtigt.

„Soll ich dir das nicht lieber abnehmen, *Mutter?*“, säusele ich und greife nach ihrem Glas. Ivana aber verteidigt es, als sei es der heilige Gral. „Nicht nötig!“, blafft sie und verzieht dabei ihr eindeutig zu oft operiertes Gesicht zu einer Fratze. Wenn sie auf der Skala der Menschen, die ich am wenigsten auf diesem Erdball leiden kann, nicht unmittelbar hinter ihrer Tochter rangieren würde, könnte sie mir fast leidtun. So aber schiebe ich nur ihre Hand von meiner Schulter.

„Gibt es einen Grund, warum du dich so volllaufen lässt?“, frage ich. Warum soll ich noch hinter dem Berg halten, wenn wir doch jetzt alle eine so große, verständnisvolle Familie sind? Die Galle kommt mir beinahe hoch, als ich zu ihrem Mann hinübersehe, und mir dabei vorstelle, wie er seinen eindeutig in die Jahre gekommenen Wohlstandskörper über meine Stiefschwester schiebt. Ekelhaft! Jeder Bewohner dieses Hauses ist einfach nur ekelhaft und ich schüttle mir die Gänsehaut vom Leib.

Da gibt Ivana ein nasales Lachen von sich. „Ha! Du hast gut reden! Du musst ja nicht mehr hier leben!", platzt sie heraus und zum ersten Mal, seit wir uns kennen, seit sie sich den Platz meiner *Mutter* erschlichen hat, überrascht sie mich mit einem grundehrlichen betrübten Gesichtsausdruck. Sofort rücke ich doch wieder näher. Kinder und Betrunkene sagen schließlich immer die Wahrheit, oder?

„Aber Ivana!" Empörung heuchelnd greife ich mir vor die Brust. „Was ist geschehen? Ich dachte immer, du liebst dein Leben hier? All der Prunk und das Geld meines Vaters …" Letzteres und damit auch den Sarkasmus in meiner Stimme nimmt sie gar nicht mehr zur Kenntnis. Zu dringend scheint ihr Bedürfnis, ihren offensichtlichen Kummer irgendwo abzuladen. Und ich stelle ihr mein offenes Ohr nur zu gern zur Verfügung. Rasch winke ich das Dienstmädchen mit dem Champagner herbei, ehe ich mich von Ivana in die Deckung des Weihnachtsbaumes ziehen lasse. Ich will doch nicht, dass meiner neugewonnenen Freundin der *Gesprächs-Stoff* ausgeht. Geduldig warte ich, bis ihr Glas zum Rand gefüllt und das Dienstmädchen wieder davongeeilt ist, dann lege ich meine verständnisvollste Miene auf.

Grace

„Erzähl!", ermutige ich sie, meine Fingerspitzen als Zeichen des Mitgefühls auf ihren Unterarm gelegt. „Du kannst mir alles anvertrauen. Wir Frauen müssen doch zusammenhalten, nicht wahr?" Du meine Güte. Innerlich verdrehe ich die Augen über mich selbst, aber mein Angebot rennt bei Ivana offene Türen ein. Ihre Lippen beben und seltsam groteske Falten graben sich in ihre Haut, an Orten, wo sie bei natürlich alternden Menschen wohl nie auftreten würden. Es sieht grauenvoll aus. Wie eine viel zu große Maske. Aber ich schüttle den Ekel von mir, denn Ivana beginnt, zu sprechen. Und was sie zu sagen hat, ist mehr als interessant.

„Der Mistkerl", schnieft sie, noch um Fassung bemüht. Doch dann kommt sie schnell in Fahrt. Zunächst ist es nichts Neues, was sie erzählt. Dass der Don sie schon lange nicht mehr vögelt und sie sich Ablenkung beim Personal suchen muss. Auch dass sie kaum noch aus dem Haus kommt und sich zu Tode langweilt, anstatt auf Partys zu gehen und mit dem Jetset zu reisen, geschieht nicht erst seit gestern. Ich unterdrücke ein Gähnen und heuchle weiter Interesse, weil ich noch immer die Hoffnung hege, etwas wirklich Wichtiges aus ihr herauszukitzeln. Immer wieder streue ich kleine Fragen ein, um sie in die richtige Richtung zu schubsen, in

Richtung Vergangenheit, zu meiner Mutter, als das aber nicht fruchtet und sie stattdessen nicht damit aufhört, darüber zu lamentieren, dass sie nicht einmal mehr mit der Kreditkarte ihres Mannes shoppen gehen darf, hat meine Geduld ein Ende.

„Ivana!", herrsche ich sie an, falle aber sofort in die Rolle der Verständnisvollen zurück, als ich sehe, wie sie versucht, mich mit ihrem verschleierten Blick zu fokussieren. „Sind wir doch mal ehrlich. Das alles ist ärgerlich, natürlich, aber davon lässt sich eine Frau wie du doch nicht unterkriegen, oder? Was ist also der wirkliche Grund?" Einen kurzen Moment lang blitzt so etwas wie Misstrauen in ihren braunen Augen auf, dann schwenkt ihr Blick an mir vorbei und ihr ganzer Ausdruck wird hart. Bingo! Ich weiß, wem sie gerade die Pest an den Hals wünscht, möchte es aber aus ihrem Mund hören.

„Es ist sie, nicht wahr?" Ich nicke in Richtung des Esstischs, an dem Anastasia mittlerweile rittlings auf Alessios Schoß sitzt. Ihr affektiertes Gekicher stellt mir die Nackenhaare auf. „Deine eigene Tochter." Ivanas Lippen werden zu einer einzigen schmalen Linie. „*Sie* bekommt nun alles, wofür *du* so hart gekämpft hast, stimmt's? *Sie* bekommt die Kreditkarte. Die teuren Geschenke." Ich rücke näher und senke meine Stimme. „Die guten *Fucks*."

Ivanas Finger krallen sich so fest um ihr Glas, dass ich jeden Moment damit rechne, dass es zerspringt, und ein triumphierendes Lächeln hebt meine Mundwinkel. Gleich. Gleich habe ich sie so weit. Da, wo ich sie haben will – im Dreck. „Ja, meine Liebe", gurre ich. „Das nennt sich Karma, weißt du? Die Geschichte wiederholt sich immer wieder und irgendwann bekommen wir alle das, was wir verdienen."

Ihr Blick schwenkt zu mir zurück. Der Mund steht ihr offen. Ich habe ihre ungeteilte Aufmerksamkeit, als ich zum letzten Stoß ansetze. „Dass es aber dein eigen Fleisch und Blut ist, dass dir das Messer in den Rücken rammt und dich aus dem gemachten Nest schubst, das meiner Mutter und *mir* gehörte, übertrifft selbst meine kühnsten Hoffnungen noch um einiges. Aber, tja, wie war das? Karma is a bitch, was?" Ich erhebe mein Glas und proste ihr zu. „Aber mit bitches kennst du dich ja bestens aus. Cheers."

Damit lasse ich sie stehen. Schreite erhobenen Hauptes durch den riesigen Salon und geradewegs auf *ihn* zu. Auf Connor, der so umwerfend und mächtig aussieht, wie er dort vor der großen Fensterfront steht, eine Hand lässig in die Hosentasche seines Anzugs gesteckt, einen Kristalltumbler in der anderen. Im dunklen Glas hinter ihm spiegelt sich alles. Die Lichter, der Baum. Und die Hand, die plötzlich nach mir greift. So schnell, dass ich nicht einmal mehr reagieren kann.

„Wo willst du denn hin, Engelchen?" Jeder Muskel in meinem Körper erstarrt. Alessios Finger um mein Handgelenk. Sein schmutziges Lachen in meinem Ohr. „Wie wär's, wenn wir uns kurz nach oben zurückziehen und die guten, alten Zeiten nochmal aufleben lassen?"

Connors Blick hält meinen noch einen Herzschlag lang, ehe er sich auf den Mann senkt, der sich auf seinem Stuhl zu mir umgedreht hat, die verdutzte Anastasia auf seinem gesunden Bein balancierend. Auch ich schaue Alessio an. Warnend. Doch es ist bereits zu spät. Der Sturm längst entfacht. Das Desaster, es nimmt seinen Lauf und kommt geradewegs auf mich zu. Connor von vorn und – ich drücke den Rücken durch und mache mich gefasst – Ivana von hinten. Gerade noch rechtzeitig erkenne ich ihre Attacke in der Fensterfront, höre ihr gekeiftes „Du Schlampe!" und reiße mich aus Alessios Umklammerung, ehe sie plump an mir vorbei stürzt. Ihre Tochter schreit, Gläser stürzen und Teller scheppern. Irgendwo dazwischen fluchen Alessio und der Don, da atme ich Zitrone und Holz.

„Connor! Wir sollten ..." *Schleunigst verschwinden!* Die Worte bleiben mir im Halse stecken. Nur ganz kurz erhasche ich einen Blick auf sein Gesicht, sehe die Eiseskälte, den alles vernichtenden Zorn, ehe er mich an sich vorbeiwirbelt, direkt in Jacksons Arme. „Schaff sie hier raus!", bellt er und packt auch schon Alessios Hals. Die Frage, wo Anastasia geblieben ist, beantworten die beiden Körper, die sich über die Tischdecke rollen, quer über und durch die Reste des Truthahns. Ivanas Fäuste in Anas Haaren, die keift und heult und um sich schlägt.

Trotz des Tumultes kämpft sich ein Lachen aus meiner Brust. Der Angriff galt also gar nicht mir! Ich habe aber keine Zeit, das Schauspiel zu genießen. Männer brüllen. Waffen klicken. Jackson dreht sich zu mir und bugsiert mich aus der Schusslinie. „Nein!" Ich kämpfe gegen ihn an. Recke meinen Kopf an seiner Brust vorbei und erhasche einige Blicke auf Connor, der seine Faust immer wieder in Alessios Gesicht rammt. Knöchel, die auf Fleisch treffen. Haut, die platzt und knirschende Knochen. „Jax! Lass mich los! Er wird ihn umbringen!"

„Ja. Und?" Jax treibt mich weiter.

„Das bedeutet Krieg!"

„Ja. Und?"

Ich stelle die Gegenwehr ein, starre in sein Gesicht. Das Grinsen darin ist nicht weniger manisch als das seines Bosses vorhin und mir fehlen die Worte. Ich weiß nicht einmal mehr, was ich denken soll.

Da zerreißt ein Schuss die Luft. Scherben prasseln. Der Kronleuchter schwankt und sendet sein Licht in flackernden Strahlen durch die plötzliche Stille. Alle Augen sind auf nur einen Mann gerichtet. Den Don, der mit noch immer zur Decke gerichteter Pistole in der Mitte des Raumes steht. Heftig atmend, das Gesicht hochrot und angeschwollen, als schneide seine Fliege ihm das Blut ab.

„Aufhören!", brüllt er. Und zunächst rührt sich auch niemand. Mein Blick aber schießt zu Connor, und als hätte ich es geahnt, sehe ich seine breiten Schultern sich bewegen. Sehe, wie er sich aufrichtet, ganz langsam. Von Alessio ablässt, der stöhnend auf seinem Stuhl zusammensinkt, und sich dem Don zuwendet. Ich kann sein Gesicht nicht sehen, doch ich gehe jede Wette ein, dass er lächelt, als sein Gegenüber die Waffe senkt und der silberne Lauf direkt auf Connors Brust zielt.

„Nein!" Die Bitte schafft es nur tonlos über meine Lippen. Ich will mich an Jax vorbeidrängen, der aber schlingt seinen Arm um mich. „Nicht, Grace. Du machst es nur schlimmer."

Schlimmer?! Was bitte sollte noch schlimmer werden? Okay, dass wir alle sterben vielleicht. So weit werde ich es aber definitiv nicht kommen lassen. „Connor!" Ich habe meine Stimme zurück. Den angstvollen Unterton jedoch, der in ihr mitschwingt, kann ich nicht unterdrücken. Da neigt der Don den Kopf. „Sieh einer an."

Die Kälte in seiner Stimme jagt mir einen Schauder über den Rücken. So hat er immer geklungen, kurz, bevor ich leiden musste. „Hast sie gezähmt, was? Ich dachte mir schon, dass du Gefallen an ihr finden würdest, *mein Sohn*. Der Bastard und das ungewollte Balg. Ihr passt wirklich grandios zusammen."

„Pass auf, was du sagst, alter Mann." Connor macht sich steif. Sein Knurren dringt durch den ganzen Salon und bis direkt in mein Herz. Die Waffe. Ich sehe nur noch die Waffe, mit der Luciano Benedetti einen Schritt vor tut.

„Sonst was, hä?" Seine Hand zuckt. Ein nervöses Raunen geht durch den Raum. Überall stehen Männer mit Pistolen. Es gibt niemanden, auf den kein scharfer Lauf gerichtet ist. Doch! Alessio und die beiden Frauen. Ihre Frisuren sind derangiert und Anas Kleid hat einen Riss, beide verhalten sich aber mucksmäuschenstill. Was ich von Alessio auch gerne behaupten würde.

„Knall den Wichser ab!", tönt er und spuckt mit Blut vermischten Speichel auf den edlen Fußboden. Dann hievt er sich vom Stuhl. „Wir brauchen ihn nicht mehr. Genauso wenig wie die Hure."

Wie bitte?! Meint der etwa mich?

Jax neben mir zieht scharf die Luft ein und ich blinzle angesichts der offenkundigen Beleidigung. Aber was habe ich anderes erwartet? Da streckt Alessio die Hand nach einem der Wachmänner aus. „Giovanni, deine Waffe." Aber Giovanni rührt sich nicht. „Deine Waffe!" Alessio wackelt mit den Fingern. Als der Bodyguard weiterhin vollkommen reglos bleibt, einzig sein Blick zwischen seinem Boss und meinem Mann hin und herfliegt, strafft Connor die Schultern. Noch immer sehe ich nur seinen Rücken, über Alessios Miene aber huscht ein Ausdruck der Verwunderung.

Und dann höre ich es. Sein Lachen. Connors dunkles, kratziges Lachen. Er streift sich die Enden des Jacketts zurück, und da ich weiß, dass er darunter das Holster trägt, mir ausmalen kann, wie er die Beretta unseren Feinden zur Schau stellt, halte ich zitternd die Luft an.

„Ihr glaubt doch nicht allen Ernstes, dass ich dieses Haus betreten habe, ohne vorher für unsere Sicherheit zu sorgen, oder etwa doch? Denn falls ja, seid ihr geistig noch mittelloser, als ich angenommen habe. Giovanni?" Er schnippt mit den Fingern. „Bitte schön."

Alles geht viel zu schnell. Wie in einem Actionfilm, bei dem ich nur Zuschauerin bin, preschen Giovanni, unsere Leute *und* die Männer des Dons nach vorn. Ana und Ivana halten sich schreiend die Hände vors Gesicht. Alessio wird fluchend nach hinten gerissen. Und Luciano Benedetti? Er strauchelt. Wird von zwei Männern überwältigt, reißt sich aber los und drückt ab. Mein Schrei vermischt sich mit dem Schuss. Der Don geht endgültig zu Boden. Und Connor … *Großer Gott, nein!!* Connor krümmt sich. Ist getroffen! *Er hat ihn getroffen!*

Durch das Chaos hindurch breche ich mir Bahn. Ich denke nicht, ich handle. Überrumple Jackson und stürze an ihm vorbei zu meinem Mann, besessen von Angst und Sorge. Um *ihn!* „Connor!" Meine Finger krallen sich in den Stoff seines Anzugs. Rot! Ich sehe Rot! Blut! Doch dann auch das vertraute Grau.

„Was tust du noch hier?!", blafft er mich an. „Jackson sollte dich …"
„Ich gehe nirgendwohin! Nicht ohne dich!"
Ivana neben uns wehrt sich mit Händen und Füßen gegen Big Ed, der sie und die kleine Bitch am Arm gepackt hält. Seltsam. Anastasia sieht irgendwie gar nicht mehr so super aus. Ihr Make-up ist verschmiert, ihre Frisur ruiniert und auch ihr perfekter Körper erinnert plötzlich mehr an eine Aufblaspuppe, die zu hart rangenommen wurde. Der Salon gleicht einem Trümmerfeld. Verschütteter Wein tropft von der Tafel

und unter meinen Schuhen knistern Scherben, als ich einen Schritt auf Connor zu mache. Seinen warnenden, schmerzverzerrten Blick ignorierend, packe ich ihn am Revers. „Du und ich. Das solltest du mittlerweile begriffen haben, *Sir*. Wo hat er …?"

In Höchstgeschwindigkeit checke ich sein Äußeres. Brust und Hals scheinen unversehrt – Gott sei Dank! Aber … „Es ist nur ein Streifschuss." Seine Hand auf meiner Wange. Das graue Eis, das in meine Augen sinkt, dort aber nichts als Hitze hinterlässt. Freudige Hitze. Erleichterung. Und Dankbarkeit. Natürlich ist das hier in erster Linie sein Kampf. Er hat diese Kugel nicht für mich gefangen. Aber er hat mich verteidigt. Er ist für mich eingetreten, was seit dem Tod meiner Mutter kein Mensch je mehr für mich getan hat. Es schnürt mir die Kehle zu.

„Boss?" Wir schauen beide zu Big Ed, der fragend mit den Schultern zuckt. Zu seiner Rechten und Linken hält er immer noch Ivana und Anastasia fest im Griff. Die beiden sind aber so sehr damit beschäftigt, sich gegenseitig Beleidigungen an den Hals zu werfen, dass der große, glatzköpfige Bodyguard dazwischen hilflos dreinschaut.

„Schaff sie mir aus den Augen", knurrt Connor. „Ich werde später entscheiden, wie wir mit ihnen verfahren." Er steht wieder aufrecht. Zeigt keine Spur von Schmerz. Dass es aber sein Blut ist, das seine Finger rot färbt, setzt mich nach wie vor unter Strom. „Und die beiden?" Jackson! Er hat Alessio bei seinen langen Haaren gepackt, die ihm strähnig ums Gesicht fallen. *Seinen* Schmerz kann ich deutlich erkennen. Immer wieder knickt sein verletztes Bein ein, beißt er die Zähne zusammen und unterdrückt ein gequältes Stöhnen. Der Hass aber schießt ungebrochen aus jedem seiner Blicke. *Armer Irrer*, denke ich nur und wende mich ab, dem Mann zu, dessen Anblick mich aus tiefstem Herzen mit Genugtuung erfüllt. Weil er vor mir kniet. Der große Don. Die Rollen haben sich vertauscht. Nun ist er es, der hilflos zu mir aufschaut. Zu Boden gedrückt von seinen eigenen Männern. Sie haben sich von ihm abgewandt, ihn verraten! Wie auch immer das möglich ist.

Ich kenne die beiden, wenn auch nicht beim Namen. Das Gesicht des jungen Blonden aber hat sich in mein Gedächtnis gebrannt, nachdem ich Zeugin werden musste, wie der Don ihn einst für ein simples Versäumnis bestraft hat. Er hatte verschlafen, mehr war es nicht. Doch Luciano Benedetti verzeiht keine Fehler, was dem Wachmann, der vielleicht gerade mal in meinem Alter ist, damals den kleinen Finger gekostet hat. Bei der Erinnerung daran schließe ich kurz die Augen. Ich werde das Geräusch nie vergessen. Es klang, als habe Margherita, unsere Köchin, ein Hühnchen tranchiert. Mit dem einzigen Unterschied, dass ich ein Huhn noch nie vor Schmerz habe keuchen hören.

Wie von selbst eilt mein Blick zur Hand des Mannes auf der Schulter des Dons. Vier Finger. Ich hatte recht und der Magen zieht sich mir zusammen. Dann aber wandere ich höher, meine Augen treffen auf seine und ich erkenne den zufriedenen Ausdruck darin, den Glanz der Rache. Ja. Rache. Auch ich will sie finden. Heute Nacht.

„Lasst ihn aufstehen", befehle ich, ehe Connor auf Jacksons Frage antworten kann. Ich spüre seine Anspannung in meinem Rücken. Sehe, dass Jackson Blicke mit ihm tauscht. Connors Entscheidung jedoch muss zu meinen Gunsten ausfallen, denn Jax nickt den beiden Wachen zu. Und dann steht der Don vor mir. Mit blasser, schweißnasser Stirn und hochroten Wangen. Hässlich. Äußerlich mag er einst ein gutaussehender Mann gewesen sein, aber was nützt das? Die Hässlichkeit seiner Seele strahlt nach außen und macht es mir vor Abscheu fast unmöglich, ihn anzusehen. Unerklärlich, was meine Mutter jemals dazu bewogen hat, ausgerechnet diesen Mann zu heiraten. Andererseits … wen du in unseren Kreisen heiratest oder nicht, hat in den seltensten Fällen etwas mit Liebe zu tun, nicht wahr?

Ich trete auf ihn zu, da schiebt *er* seine Finger zwischen meine. Connor. Mit einem Blick so tief wie das Eis der Arktis führt er meine Hand an seine Lippen und haucht mir einen Kuss auf die Knöchel. „Was möchtest du mit ihm anstellen, meine Schöne? Ich schenke ihn dir."

Meine Augen weiten sich. Ich soll entscheiden? Ich habe die Befugnis? Über Leben und … Tod?

Connors Lächeln ist dunkel, aber so wunderschön wie eine Nacht voller Sterne. Er hat meine Gedanken gelesen. Beugt sich zu mir und raunt mir entgegen: „Ich habe dir kein Hochzeitsgeschenk gemacht, kleine Blume. Erweise mir also die Ehre und nimm dieses hier zusammen mit meiner Entschuldigung an."

Hochzeitsgeschenk? Ehre? Entschuldigung? Die Worte kreisen durch meinen Verstand, nur sacken wollen sie nicht. Wie oft hatte ich mir vorgestellt, was ich tun würde, bekäme ich diese Chance. Jedes Mal, wenn er mich züchtigte. Jedes Mal, das er mich erniedrigte und mich seinen Hass mit Schmerzen spüren ließ. Jetzt, da der Wunsch aber Realität geworden ist, überfordert es mich.

„Aber …" Ich schüttle den Kopf. „Das kann ich nicht. Das kann ich nicht tun." Tränen brennen hinter meinen

Augen. Ein Kloß so dick wie der Panettone-Kuchen, den Connor dem Don heute höchstpersönlich überreicht hat und der jetzt zusammen mit den anderen Geschenken unter dem Weihnachtsbaum steht, versperrt mir die Kehle. Keuchend fasse ich mir vor die Brust, da ist Connor bei mir.

„Es ist ganz einfach“, haucht er. „Ich zeige es dir.“ Dann geht ein Geräusch durch den Raum, als würde jeder den Atem anhalten. Connor hat die Waffe gezogen, entsichert und gespannt. Und das Bild gedreht. Nun ist es die Brust des Dons, auf die Connor zielt, und mit einem Mal scheint die Zeit still zu stehen. Will ich das? Hätte Mamma das gewollt? Wird der Horror wirklich ein Ende finden, wenn Luciano Benedetti hier und heute stirbt?

Nun, wenn ich in die Gesichter der Männer schaue, von denen ich bis vorhin noch dachte, dass sie ihm treu bis in den Tod ergeben seien, wenn ich das sanfte Lächeln meines Mannes betrachte und ich selbst tief im Herzen ehrlich zu mir bin, dann kann es nur eine Antwort geben: Ja. Denn wenn die Bestie stirbt, dann gibt es zumindest wieder eine Hoffnung auf Frieden.

„Na los!“, herrscht Luciano Benedetti Connor an und angewidert weiche ich einem Speichelspritzer aus. „Drück schon ab! Ich wusste damals schon, dass es irgendwann einmal so weit kommen würde. In dieser Stadt ist nur Platz für einen von uns. Ein Jammer, dass ich dich nicht gleich mit in die Luft jagen konnte, *Bastard!* Immerhin hast du mir damals schon Schwierigkeiten gemacht und meine Geschäfte gestört! Aber du bist mir jedes Mal wieder entwischt und anders als meine devote Ehefrau hast du mir nicht den Gefallen getan, einfach zu sterben, als ich es wollte!“

Seine grünen Augen sind voller Hass, als er mich fixiert. „Ja, *bambina*, du hast richtig gehört! Ich war ihrer schon lange überdrüssig! Ornella Carrara war nie die Frau, die ich wirklich wollte! Diese biedere, fette Kuh mit ihrem Hang, Gutes zu tun! Dass sie es gewagt hat, diese irische Hure gegen meinen Willen zu unterstützen, war ihr Todesurteil!"

Ich bin zu keinem klaren Gedanken fähig. Kann ihn nur anstarren und den bösartigen Worten zuhören, die wie Gift aus seinem Mund hervorquellen. „Eigentlich hatte ich dich gleich mit beseitigen wollen, Graziella! Du hässliche, kleine Kröte solltest zusammen mit deiner Mutter sterben, damit mich nichts mehr an diesen Fehltritt in meinem Leben erinnerte! Aber neiiin, *sie* hatte ja Mitleid." Er verdreht die Augen in Ivanas Richtung. „*Keine Kinder*", äfft er ihre Stimmlage samt Akzent nach. „*Wir töten keine Kinder.* Jetzt siehst du, was du davon hast, du dämliche Schlampe! Oder denkst du, sie werden mit *dir* gnädig sein?! HA! Niemals!"

Mein Blick fliegt zu Connor. Ich brauche Bestätigung, dass ich mich gerade nicht verhört habe. „Er redet von der Explosion, nicht wahr?", frage ich. „Er hat sie gerade gestanden, oder?"

Fassungslos. Ich bin fassungslos, obwohl es doch eigentlich klar war. Und dass er damals schon mit Ivana zusammen war, sollte mich ebenso wenig überraschen.

Connor schaut mich noch immer an. Fast so, als würden wir unsere Gedanken austauschen. Dann wendet er sich zurück zum Don. Ein kurzes Lachen. Ein Kopfschütteln.

„Weißt du was?", fragt er im Plauderton. „Wir alle machen Fehler. Du bei der Auswahl deiner Autobomben, ich, weil ich dachte, ich bräuchte zuerst ein Geständnis, bevor ich dich abknalle. Ich hätte nicht so lange warten und es einfach tun sollen. Aber auf was ich eigentlich hinauswill, ist: Neben all den Dingen, die dich und mich zu verbinden scheinen – wenn auch nur geschäftlich, das möchte ich ausdrücklich betonen! –, gibt es *einen* himmelweiten Unterschied zwischen uns, Benedetti. Soll ich ihn dir verraten?" Der Don zuckt fast schon gelangweilt mit den Schultern. „Nun, ich mache keinen Fehler zweimal."

Sein Finger am Abzug krümmt sich, genau wie der Don, der angesichts des Todes dann wohl doch nicht ganz so tough ist, wie er vorzugeben versucht. Mit zusammengekniffenen Augen und so weit zusammengekauert, wie es die beiden Männer an seiner Seite zulassen, steht er da. Und ich merke erst, dass ich den Atem angehalten habe, als Connor die Waffe zurückzieht, sie am Lauf greift und mir mit dem Griff voraus entgegenstreckt. „Mein Angebot steht noch immer, Sweetheart. Greif zu."

Und jemand greift zu. Nur bin es nicht ich, sondern Ivana. Keine Ahnung, wie sie Big Ed überlisten konnte, uns alle, doch noch während ich mir diese Frage stelle, ist es bereits geschehen. Ein Schuss. Ein zweiter. Dicht aufeinander. Connor, der Ivana die Waffe aus der Hand reißt. Der Don, der taumelnd auf den immer größer werdenden Fleck auf seiner Brust starrt. Ich bewege mich rückwärts. Die Arme weit ausgebreitet, als könne ich so das Geschehen verlangsamen und mir einen besseren Überblick verschaffen.

Desaster. Ich wusste es doch. Der Abend endet in einem Desaster.

Und wieder ist es Jax, dessen Stimme ich aus dem Chaos filtere. Der wie aus dem Nichts bei mir ist und mich abschirmt. Bis der Tumult abebbt und die Fronten sich wieder klären. Bis sich letztlich nur noch eine Stimme über das leiser werdende Gemurmel erhebt. „Mama! *Mama!*"

Anastasia? Ihre Schreie, hysterisch, ein einziges Wehklagen. „Jackson! Was …?" Mich noch immer bei den Schultern haltend, tritt er ein Stück zur Seite, sein Gesichtsausdruck beinahe verlegen und … mitfühlend? Wofür? Ich meine … Ja, gut, dann hat Ivana den Don eben erschossen. Und? Einer musste es schließlich tun. Dass Anastasia aber so durchdreht, ist … „Oh!"

„Japp", Jackson nickt. „Das nenn ich mal zwei Fliegen mit einer Klappe."

Ich realisiere die makabre Bemerkung nicht wirklich. Viel zu präsent ist dafür die Szene, auf die ich blicke. Der Don ist tot. Und ich neige nachdenklich den Kopf. Betrachte den erstaunlich gleichmäßig runden Fleck auf seiner Brust, in der dieses verkümmerte, dreckige Herz nie wieder schlagen wird.

„Grace? Alles in Ordnung?" Jacksons Frage und sein sanftes Schütteln holen mich zurück. Ich blinzle zu ihm auf. Brauche noch ein, zwei Sekunden, um mich zu sammeln, dann nicke ich. Zumindest bewegt sich mein Kopf. „Ja. Ja, Jax, es ist alles in Ordnung. Ich … ich kann nur nicht glauben, dass er wirklich …" Tränen treten in meine Augen, aber da ist keine Trauer. Meine Brust ist nicht eng. Im Gegenteil. Mir ist, als habe jemand das tonnenschwere Gewicht entfernt, dass mich all die Jahre daran gehindert hat, frei zu atmen. Und als ich tief Luft hole, meine Lungen sich mit Sauerstoff füllen, breitet sich ein seliges Grinsen auf meinen Wangen aus. Jackson tätschelt meinen Arm. „Ja dann, herzlichen Glückwunsch. Bleiben nur noch zwei."

„Zwei?" Verwirrt schaue ich ihm nach. Wie er den Schauplatz betritt, der sich für mich noch immer weit weg und surreal anfühlt. Aber es ist echt. Alles. Der leblose Körper. Anastasia, die auf dem Boden kniet. Die Hand vor den Mund geschlagen und wie in Trance vor und zurück wippend. Connor. Ivana. Und dann schlägt mein Verstand endgültig und mit einem lauten Rumms wieder in der Realität auf. Vielleicht ist es aber auch mein Herz, dass für einen kurzen Moment des Mitleids auf den Boden rauscht. Weil ich weiß, wie es sich anfühlt, seine Mutter zu verlieren. Weil das Gefühl so niederschmetternd und grausam ist, dass ich es nicht einmal meinem größten Feind wünschen würde. Schmerzen, ja. Rache und den Tod, auch das. Den Tod der eigenen Mutter aber mitansehen zu müssen, ist grausamer als alles zusammen. Und genau das ist Anastasia gerade widerfahren.

Ivana ist tot. Connor muss sie aufgefangen haben, als er ihr die Waffe entreißen wollte. Nun kniet er auf dem Fußboden, den Leichnam meiner Stiefmutter in seinen Armen, und der Anblick bringt so vieles von dem zurück, was ich vergessen wollte. Was *er* vergessen sollte! *„Die Geschichte wiederholt sich immer wieder und irgendwann bekommen wir alle das, was wir verdienen."*

Das waren die letzten Worte, die ich an diese Frau gerichtet habe, und sie verfolgen mich, während ich mich in Bewegung setze. Ich vorwärts stolpere, bis ich ihn erreiche – Connor. Blutend und stark. Mein Fels in der Brandung aus Ungerechtigkeit, Gewalt und Tod. Vorsichtig legt er Ivana auf dem Fußboden ab, als ich ihn erreiche. Blickt zu mir auf, als ich seinen Namen flüstere und Anastasia sich an ihm vorbei und über ihre Mutter beugt.

Sie weint. Ich höre sie schluchzen wie ein Kind, das sie mit ihren gerade mal achtzehn Jahren doch auch immer noch ist, und so sehr ich sie auch gehasst habe, es ändert nichts daran, dass ich tiefes Mitleid für sie empfinde. Ich bin kein Monster. Nicht wie er, der dort liegt, auch wenn er mich erschaffen hat. Ich habe mir ein Herz bewahrt, im immerwährenden Gedanken und in der Erinnerung an meine Mutter, egal, wie groß die Brutalität auch war, der ich in einer Familie wie dieser immer wieder ausgesetzt wurde. Sie ist zerstört. Ich habe keine Familie mehr. Ich bin … frei?

Der Gedanke überkommt mich so plötzlich, dass ich in der Bewegung verharre, genau in dem Moment, als Connors Augen auf meine treffen und ich die Fragen darin erkenne. Die Fragen nach dem Warum und Wozu. Die Müdigkeit und die Resignation all dem Töten und dem Hass gegenüber. Auch er spürt sie. Ich sehe es. Und selbst wenn er mir gesagt hat, dass es Liebe in seinem Leben nicht gibt, so spüre zumindest ich sie ganz deutlich. Für ihn. Ob richtig oder falsch, ich habe keine Ahnung. Ich kann es nur fühlen.

„Das ist alles irgendwie anders gelaufen als erwartet“, sagt Connor und ein sicher etwas unpassendes, aber ehrliches Lachen dringt über meine Lippen. „Das kannst du laut sagen“, entgegne ich, dann fällt mir etwas ein. „Wie?“, frage ich und deute auf Ivanas toten Körper. Der Don kann das schlecht getan haben, aber wer …

„Giovanni.“ Connor nickt in die Richtung, wo der Wachmann schweigend an die Wand gelehnt steht und uns beobachtet. „Er dachte, sie greift mich an. Er gehört zu uns, so wie …“

„Alle hier?“, vollende ich seinen Satz und scanne die Männer im Raum der Reihe nach. Da steht Connor neben mir und seine bloße Nähe hüllt mich in das Gefühl von Sicherheit. Ich habe es vermisst.

„Ja“, sagt er. „Oder dachtest du etwa, ich würde dich wirklich hierherbringen, wenn ich mir nicht sicher gewesen wäre, alle Fäden in der Hand zu haben?“ Seine Hand in meinem Rücken, sein Körper dicht an meinem. Warmer Atem an meinem Ohr und das Kitzeln seines Bartes auf meiner Wange. Lächelnd schüttle ich den Kopf. „Nein. Ich meine, ja, aber … So passt es doch viel besser zu dir.“

„Werd nicht frech, kleine Blume.“ Er knurrt. Dann spüre ich den festen Griff seiner Finger an meinem Hintern. „Oder …“ Er bricht ab und scheint zu überlegen, während das Kribbeln sich längst wieder einen Weg zurück in meine Mitte bahnt. In meine Zehen und Fingerspitzen. Bis hinauf in meinen Nacken. Ich bin echt kaputt. Oder aber der Don hatte recht und ich passe so viel besser zu Connor als ich es je geahnt hätte. Er macht mich heiß. Setzt mich unter Strom und weckt mein Verlangen, während der Tod um uns herum allgegenwärtig ist. Es ist krank. Und doch so gut. So unfassbar gut wie der Schauer, den sein nächster Satz über meinen Rücken rieseln lässt. „Scheißegal! Wenn wir hier raus sind, werde ich dich so oder so ficken bis du zu erledigt bist, um auch nur noch einen einzigen geraden Gedanken zu fassen.“

„Jawohl, Sir“, schnurre ich, da werden wir unsanft daran erinnert, dass wir noch immer mitten im demolierten großen Salon meiner Familienvilla stehen.

„Also wirklich, dass ihr euch nicht schämt.“ Alessio. Ihn hatte ich ganz verdrängt. Mit einer Serviette in der

Hand hockt er wieder auf dem Stuhl und tupft sich das Blut von der Nase. Margherita würde ihm die Leviten lesen! Ihr edles Leinen! Wenn ich mich hier aber so umsehe, dann wird eine versaute Stoffserviette noch das Geringste sein, über das sich die Köchin und oberste Hausangestellte nach diesem Abend Gedanken machen wird. Was passiert eigentlich mit den Leichen?

Mein erneut abgedrifteter Gedankengang – es ist einfach alles zu viel für mein überlastetes Gehirn – wird aber sofort zu Di Lorenzo zurückgezogen, als der sich mühevoll aufrichtet. Den rotbefleckten Stoff in der Hand sieht er zu uns auf. „Und jetzt? Wie geht es weiter? Erschießt ihr sie und mich auch noch?"

Mit dem Kinn deutet er auf Anastasia, die noch immer auf dem Fußboden kauert. Mittlerweile lauscht sie jedoch wieder dem Geschehen und als ich bemerke, dass ihr Blick auf mir ruht, zucke ich zusammen. Ihre Augen sind gerötet, aber dennoch kalt und leer. Unbehagen breitet sich in mir aus und ich rücke instinktiv näher an Connor heran, der hörbar genervt ausatmet. „Such es dir selbst aus, Di Lorenzo", antwortet er auf Alessios Frage. „In meinen Reihen kann ich dich nicht gebrauchen. Ich würde dir nie vertrauen."

Alessio schnaubt. „Als ob ich jemals für dich arbeiten würde. Du Wichser." Haare fliegen ihm ins Gesicht, als Big Ed ihm eine mit der flachen Hand gegen den Hinterkopf verpasst. Alessio fletscht die Zähne. Greift an die Tischkante und … „Das würde ich nicht tun, du dämlicher Hurensohn." Eds Warnung kommt schneidend, der einstige Unterboss aber schert sich einen Dreck darum. Wie es aussieht, hat er doch mehr Mut in seinen Knochen, als ich es vermutet habe. Er stemmt sich hoch, sucht Halt auf seinem gesunden Bein und streicht sich die Strähnen aus dem Gesicht. „Anastasia! Komm her.“

Sie zögert keine Sekunde, robbt über den verschmierten Fußboden und rappelt sich neben ihrem Liebsten hoch. Sein Gesicht nimmt fast einen zärtlichen Ausdruck an, als er ihr über die Wange streicht. „Bereit zu sterben, Kleines?“

In mir zieht sich etwas seltsam zusammen, als Anastasia nickt. Fuck. Liebt sie ihn etwa wirklich? Bis eben war ich immer davon ausgegangen, dass der einzige Mensch, der ihr etwas bedeutet, sie selbst sei. Doch jetzt schmiegt sie sich tatsächlich an Alessios Brust wie ein Kätzchen an seinen Herrn. Neben mir ertönt Connors leises Knurren. „Herrgott, das macht doch alles keinen Spaß mehr.“

Er hat recht. Das alles hier ist meilenweit von Spaß entfernt. Doch auch mir ist klar, dass wir die beiden nicht einfach so zurücklassen können. „Na gut“, das Geräusch, als Connor den Schlitten der Waffe nach hinten zieht, lässt mich scharf die Luft einziehen. „Bringen wir es hinter uns.“ *Jetzt? Einfach so?* Meine Hände zittern und ich balle sie zu Fäusten, da trifft mich sein Blick. „Jackson, bring sie zum Wagen. Sie muss das nicht auch noch mitansehen.“

„Was? Nein!“ Ich strecke dem Bodyguard meine Hände entgegen. „Das … das geht nicht! Ich kann nicht … Ich muss …“

„Grace!“ Ich erstarre. Mein Name aus dem Mund meines Mannes war keine Bitte. Es war ein Befehl. Und wie ernst es ihm damit ist, lese ich in seiner ganzen Haltung. „Geh. Jetzt. Ich bin gleich bei dir.“

Ich kann nicht. Zu viel. Es ist alles zu viel. Das Chaos und der metallische Geruch von Blut in der Luft. Zwei Leichen auf dem Fußboden und mir gegenüber ein dem sicheren Tod geweihtes Liebespaar. Sie haben es verdient! Sie haben es alle verdient und jahrelang habe ich auf diesen Moment hin gefiebert. Ich habe ihn herbeigesehnt! Die Vergeltung. Die Rache. Für meine Mamma. Für all das, was sie und ich erleiden mussten. Aber darf ich das wirklich zulassen? Gibt es keinen anderen Ausweg?

„Connor …" Meine Stimme zittert. Die widersprüchlichen Emotionen, die durch mein Herz und meinen Verstand rasen, sind viel zu groß, zu wild und zu unbegreiflich, als dass ich sie in Worte fassen könnte.

Blitze zucken an den Rändern meines Sichtfelds. Luft. Ich bekomme kaum Luft.

„Grace? *Grace*!"

Und dann wird alles schwarz.

Connor

Während meine Männer noch ein paar Dinge erledigen, trage ich meine Frau aus der Villa. Raus aus diesem Horrorkabinett, das sich unversehens in ein Leichenhaus verwandelt hat. „Alles wird gut, Sweetheart", raune ich ihr ins Ohr, auch wenn sie mich in diesem Moment nicht hört. Sie ist ohnmächtig. All der Tod und die Gewalt um sie herum haben sie überfordert. Auch wenn sie das Schauspiel zwischenzeitlich durchaus genießen konnte, war es dann doch irgendwann zu viel für sie.

Insofern bin ich froh, dass sie das Ende von Alessio und Anastasia nicht mitansehen musste. Wenn es nach ihr gegangen wäre, hätte sie die beiden vermutlich am Leben gelassen. Sie hat ein gutes Herz, meine kleine Blume, genau wie ihre Mutter. Aber es war unmöglich. Die Gefahr zu groß, dass Di Lorenzo versuchen würde, Rache zu nehmen, sobald er die Gelegenheit dazu bekommt. Männer wie ich schlafen ruhiger, wenn sie sich nicht im falschen Moment zu Gnade hinreißen lassen. Und auch wenn Anastasia vermutlich keine Bedrohung darstellte, ist ihr Tod nun wirklich kein großer Verlust. Kollateralschaden nennen wir so etwas.

„Kein Wort davon zu meiner Frau", raune ich meinen Männern zu. „Für sie haben wir die beiden in ein Flugzeug nach Mexiko gesetzt, klar?" Big Ed, der die beiden mit sauberen Kopfschüssen hingerichtet hat, nickt grinsend. „Und sie lebten glücklich und zufrieden bis ans Ende ihrer Tage.“

Ich presse Grace enger an meinen Körper, als wir die große Eingangshalle durchqueren. Ein kalter Wind pfeift uns entgegen. Die Tür steht offen, weil die Jungs eilig noch ein paar Kunstschätze, Schmuck, Waffen, Bargeld und andere Wertgegenstände in die Wagen laden. Ich habe ihnen erlaubt, sich zu nehmen, was sie tragen können. Kleines Weihnachtsgeschenk vom Don. Die ehemaligen Benedetti-Soldaten, die jetzt meiner Vereinigung angehören, bedienen sich ebenfalls.

Mich interessiert der Krempel nicht. Mir ging es heute Abend nur um Grace. Natürlich habe auch ich mir seit Jahren den Tod des Dons gewünscht, doch seit ich ihre Narben gesehen habe, ist mein eigener Schmerz zweitrangig geworden. „Du bist ihn los, Gracie“, sage ich leise zu ihr. „Für immer.“

Der Schmerz in ihrem Blick, mit dem sie mich nach dem Geständnis ihres Vaters angesehen hat, hat sich tief in meine Seele gebrannt. Ich konnte förmlich mitansehen, wie etwas in ihr endgültig zerbrach, als sich ihre schlimmsten Befürchtungen bestätigten. Aus dem Mund ihres Vaters hören zu müssen, dass er ihre Mutter kaltblütig ermordet hat, war mehr, als sie ertragen konnte. Und doch war es notwendig. Manchmal braucht es einen klaren Schnitt, um die Vergangenheit endgültig hinter sich lassen zu können. Auch wenn er wehtut.

„Es ist vorbei, Sweetheart“, murmele ich. „Du musst nie wieder an diesen Ort zurückkehren.“

Jackson holt meinen Mantel und breitet ihn auf eine Geste von mir über Grace aus, bevor wir aus der Halle nach draußen treten. Schneeflocken wehen wie ein löchriges Leichentuch über den Park. Es ist alles still. Das Anwesen ist so groß, dass niemand die Schüsse gehört haben kann. Jax öffnet die Wagentür und ich bette Grace auf dem Rücksitz des Bentleys. Dann setze ich mich neben sie, nehme sie in den Arm und lehne mich einen Moment lang zurück. Die Wunde, die mir Luciano Benedettis Kugel wie ein letzter Gruß zugefügt hat, schmerzt. Aber auch wenn mein Hemd blutgetränkt ist, habe ich Glück gehabt. Wir sind alle am Leben. Und dieser Kratzer wird mich nicht davon abhalten, nachher mit meiner Frau Weihnachten zu feiern. Dieses Mal so, wie sie es verdient hat.

Als die Autos sich langsam in Bewegung setzen, kommt Grace wieder zu sich. „Sind… sind wir im Auto?", fragt sie mit zittriger Stimme. „Ja, kleine Blume", antworte ich sanft und streichle ihr über die Wange. „Den Blowjob verschieben wir aber auf später. Du musst dich ausruhen. " Einen Augenblick sieht sie mich verständnislos an, dann lächelt sie schwach. „Okay, Sir."

Mühsam stützt sie sich hoch und wirft einen Blick zurück auf die Villa. Ich gebe Jax ein Zeichen, dass er anhalten soll. „Gibt es noch irgendetwas, das du aus diesem Haus haben möchtest, Kleine?", frage ich. „Ein Andenken?" Sie schüttelt den Kopf. „Nichts", erwidert sie hart. „Die wenigen Andenken an meine Mutter, die ich vor Ivana retten konnte, habe ich schon mitgenommen, als wir geheiratet haben. Der ganze Rest kann von mir aus verbrennen!"

Im Rückspiegel wechsele ich einen kurzen Blick mit Jax, der grinsend wieder anfährt. „Ist es das, was du dir zu Weihnachten wünschst, Missy?", erkundige ich mich trocken und streiche ihr eine Locke aus dem Gesicht. Sie blickt mit ihren großen Augen zu mir auf. Das Grün scheint von den Tränen reingewaschen worden zu sein, denn es leuchtet noch intensiver als sonst.

Einen Moment lang schaut sie mich ernst an, dann huscht erneut ein Lächeln über ihre Lippen. „Ja, Sir“, erwidert sie. „Das und ein paar neue Handschuhe!“

Obwohl auch ich nach dem ganzen Theater ziemlich fertig bin, muss ich lachen. „Du bist eine echte O'Brien geworden, Gracie“, stelle ich nicht ohne Anerkennung fest. Und dass ich das ausgesprochen habe, ist für mich die Bestätigung einer Ahnung, die ich schon seit einigen Tagen mit mir herumtrage. Doch dafür ist jetzt keine Zeit. Denn wir haben hier noch eine Kleinigkeit zu erledigen und der Moment rückt mit jedem Meter, den wir auf das große Tor zurollen, näher und näher.

„Habt ihr euch um die Aufzeichnungen gekümmert?“, frage ich und deute auf eine der zahlreichen Kameras, die auf der hohen Mauer und am Tor installiert sind. Auf dem Beifahrersitz neben Jax sitzt Big Ed mit einem Maschinengewehr. „Alles planmäßig gelaufen, Boss“, bekomme ich von ihm zur Antwort. „Komischerweise gab es heute einen Fehler im Überwachungssystem des Dons. Die gesamten Aufzeichnungen des heutigen Tages wurden dabei unwiederbringlich gelöscht.“ Ich nicke zufrieden. „So ein Pech aber auch“, grinse ich. „Dann wird der Nachwelt ja auch nichts von unserer Weihnachtsüberraschung erhalten bleiben.“ Meine Jungs lachen. „Nur die Folgen davon“, kommentiert Ed. „Die dürften wohl kaum zu übersehen sein!“

Der Bentley kommt zum Stehen. Der Wagen vor uns hat vor dem Tor angehalten. Natürlich öffnet es sich nicht, denn in der Villa ist niemand mehr, der die Automatik bedienen könnte. Selbst die Köchin Margherita und die Hausmädchen haben meine Männer mitgenommen, die Jobs in einem meiner Hotels bekommen werden.

Zwei meiner Leute steigen aus und brechen die schweren Flügel des schmiedeeisernen Ausgangs mit dem entsprechenden Werkzeug innerhalb kürzester Zeit auf. Doch bevor wir hindurchfahren können, gibt es noch etwas zu tun. Die Weihnachtsüberraschung wartet nach wie vor unausgepackt in der Villa unter dem Baum. Ich wechsle einen kurzen Blick mit Jax, dann greife ich in die Innentasche meines Jacketts.

Eigentlich hatte ich es selbst tun wollen. Seit Jahren warte ich auf diesen Augenblick. Doch Grace verdient es noch mehr als ich. Und außerdem hat sie es sich gerade zu Weihnachten gewünscht.

„Was ist das?", fragt sie überrascht, als ich ihr das schmale kleine Päckchen überreiche. Die Jungs haben es zum Spaß in Goldpapier eingewickelt und mit einer schwarzen Satinschleife versehen, bevor sie es mir gegeben haben. Doch jetzt passt es perfekt. „Dein Geschenk, mein Schatz", erwidere ich mit rauer Stimme. „Die Handschuhe gibt es später!"

Es dauert einen Augenblick, bis Grace meine Worte versteht. Dann reißt sie eilig die Schleife und das Papier auf und öffnet die kleine Schachtel, die sie darunter findet. Eine Fernbedienung liegt nun in ihren Händen. Plötzlich sitzt sie kerzengerade. „Ist es das, was ich denke?", stößt sie aufgeregt hervor. Ich lehne mich zurück und genieße den Augenblick. Es gefällt mir, meiner Frau Geschenke zu machen. Und dieses ist wirklich ein ganz besonderes.

„Sagen wir es so", grinse ich und streiche mir über den Bart. „Jax und Ed haben vorhin nicht nur Krawatten und Parfüm unter den Baum gelegt!" Grace atmet schwer. In ihren Augen brennt ein Feuer, das sich gleich auf die Villa übertragen wird. „Welcher Knopf ist es?", will sie wissen.

„Der rote, auf dem *Power* steht, Ma'am", lässt Jax sie von vorne wissen. Sie beißt sich auf die Unterlippe. Führt ihren Zeigefinger über den Knopf. Hebt noch einmal den Blick zu mir und greift mit ihrer freien Hand nach meiner.

„Für unsere Mütter, deren Tod heute endlich gerächt wurde", flüstert sie. „Auf dass nichts als Staub von Don Luciano Benedetti übrigbleibt!"

Ich nicke. Drücke ihre Hand. Schlucke meine Bewegtheit hinunter.

„Brenn alles nieder, meine kleine Kämpferin", lächle ich.

Grace atmet einmal tief durch. Der grimmige Ausdruck auf ihrem Gesicht verrät ihre tiefe Sehnsucht danach, all das erlittene Unrecht, die Schmerzen, Qualen und Demütigungen endgültig auszulöschen. Ein für alle Mal Schluss damit zu machen. Endlich aufstehen zu können und sich davon zu befreien. Die Stunde der Rache ist gekommen.

„Möge die ganze abgefuckte Sippe in der Hölle schmoren", knurrt sie mit funkelnden Augen. „*Buon Natale, famiglia Benedetti!*"

Und dann drückt sie auf den Knopf.

Grace

Die Explosion ist gigantisch. Ohrenbetäubend. Wie ein zweiter Urknall, aus dem eine neue Welt entsteht. Obwohl wir mehrere hundert Meter von der Villa entfernt sind, spüre ich die Druckwelle in jeder Zelle meines Körpers. Das Dröhnen zerreißt mir fast das Trommelfell. Erschrocken klammere ich mich an Connor, verberge mein Gesicht schutzsuchend an seiner Brust. Lachend legt er die Arme um mich. „Lass uns abhauen, Jax“, sagt er. „Bring uns nach Hause!“

Der Wagen setzt sich in Bewegung. Aus dem Rückfenster erhasche ich einen Blick auf eine riesige Staubwolke und alles verzehrende Flammen, die hoch in den grauen Himmel schlagen. All das Grauen, das ich in diesem Haus erlebt habe, all die bösen Erinnerungen, die Schmerzen und das Leid verbrennen. Bald schon wird nichts mehr von ihnen übrig sein. Nur Staub und Asche, die vom Wind verweht werden wird.

Heute ist der Tod über die Familie Benedetti gekommen. Ich kann es immer noch nicht richtig glauben, dass mein Vater nicht mehr lebt. Was ist aus Alessio und Anastasia geworden?, frage ich mich, beschließe jedoch, Connor jetzt nicht zu einer Lüge zu zwingen. Ich weiß, dass er sie töten musste. Und ich weiß, dass er es mir aus Mitleid wahrscheinlich verheimlichen wird. Aber ich weiß, wie diese Dinge laufen, denn ich bin jetzt ein großes

Mädchen. Als Mafiaprinzessin geboren. Und inzwischen die Frau des größten Bosses von New York.

Ruhe in Frieden, sage ich im Stillen zu Anastasia, mit der ich am Ende trotz allem nur noch Mitleid hatte. *Und du, Alessio, hättest mich vielleicht besser nicht unterschätzen sollen, du treuloser Hurensohn! Eigentlich hätte ich dich mit meinen eigenen Händen erwürgen sollen!*

Dann bekreuzige ich mich. Atme tief durch und lächle Connor an, dessen eisgrauer Blick mit einer ungewöhnlichen Wärme auf mir ruht. Ein Gefühl von Leichtigkeit breitet sich in mir aus. Als wäre ein dunkler Schatten von mir gewichen.

Bis wir in der Upper East Side ankommen, kuschele ich mich an Connor und lasse die Ereignisse noch einmal Revue passieren. Irgendwann schaue ich wieder aus dem Wagenfenster und erhasche einen Blick auf den Central Park. Es hat aufgehört zu schneien. Der frische Schnee glitzert unschuldig und rein im Schein der Laternen und Weihnachtslichter. Ich blinzele, als wäre ich neu geboren worden. „Es ist wahr", flüstere ich. „Es war wirklich ein zweiter Urknall. Der Beginn einer neuen Welt."

Mein Mann blickt von seinem Smartphone auf, das ihm die neuesten Nachrichten anzeigt. Wie es aussieht, wird bereits über die Explosion berichtet. „Was sagst du, Sweetheart?", fragt er und streichelt mir über die Wange. „Nichts", lächle ich. „Ich wollte mich nur für das Geschenk bedanken, Sir. Mit etwas so Großartigem hatte ich wirklich nicht gerechnet!" Er lacht leise, verpasst mir einen Nasenstüber und wendet sich wieder den Nachrichten zu. „Gewöhn dich dran, Missy", meint er leichthin. „Meine Frau verdient nur das Großartigste!"

Als wir wenig später aus dem Aufzug steigen und das Loft betreten, staune ich nicht schlecht. Der Duft nach

Tannennadeln erfüllt die Luft. Während unserer Abwesenheit haben Connors Leute einen prächtigen Weihnachtsbaum aufgestellt, der in den Farben Rot und Weiß edel geschmückt ist. *Wie die Kathedrale bei unserer Hochzeit*, fällt mir auf und Tränen der Rührung schießen mir in die Augen. Wie weit dieser Tag inzwischen schon zurückzuliegen scheint, obwohl es doch eigentlich nur wenige Wochen sind! Wie viel ist seitdem passiert!

„Ich dachte, du magst Weihnachten nicht", sage ich zu Connor, der gerade vor ein paar Tagen noch geknurrt hat, dass ihm keinerlei Weihnachtsdeko ins Haus kommt. „Der heutige Tag hat das grundlegend geändert", grinst er und hilft mir aus dem Mantel. „Ab sofort ist Weihnachten der schönste Tag des Jahres für mich!" Ich muss auch lachen, füge jedoch mit gespielter Strenge hinzu: „Neben unserem Hochzeitstag, hoffe ich!"

Als er mich nun ansieht, liegt in Connors eisgrauen Augen ein Ausdruck, den ich noch nie in ihnen gesehen habe. „Ja, Grace, neben unserem Hochzeitstag", erwidert er schlicht und klingt dabei so ehrlich, dass mir die Röte in die Wangen steigt und ich verlegen den Blick senken muss. Meine Finger tasten suchend nach der kleinen Tasche in meinem Kleid, in dem das Geschenk liegt, das ich mit Jacksons Hilfe gestern noch besorgt habe. Denn angesichts des bevorstehenden Wiedersehens mit meiner Familie ist mir etwas klar geworden. Ich weiß jetzt, wohin ich gehöre. Wie wird er reagieren, wenn ich es ihm überreiche?

Doch zunächst einmal haben wir Dringenderes zu tun. „Zieh dich aus", sage ich zu Connor, der sofort die Stirn runzelt und die Arme vor der Brust verschränkt. „Deine Leidenschaft in allen Ehren, Missy", schnaubt er drohend. „Aber nicht in diesem Ton!" Ich muss lachen. Dass ein

Macho wie er sich so etwas natürlich nicht sagen lässt, hätte mir klar sein müssen!

„Ich will deine Wunde versorgen", erkläre ich. „Sie muss gereinigt und verbunden werden." Nun grinst auch er. „Glück gehabt", brummt er und verschwindet im Schlafzimmer. Wir haben Glück. Der Streifschuss, den der Don ihm als letzte böse Tat seines Lebens zugefügt hat, ist ungefährlich. Die Wunde hat zwar stark geblutet, ist aber nur recht oberflächlich und lässt sich leicht verarzten.

„Eine weitere Narbe", stellt er danach schulterzuckend fest. „Und wie jede einzelne von ihnen, macht sie mich nur stärker." Ich atme tief durch und streichle zärtlich über die nackte Haut seines Oberkörpers. „Uns", korrigiere ich ihn sanft. „Sie macht uns stärker, mein Liebster."

Einige Sekunden sehen wir uns tief in die Augen. *Bin ich wirklich glücklich?*, frage ich mich im Stillen. *Nach einem Tag wie diesem?* Und die Antwort lautet: *Ja, das bin ich. Gerade nach einem Tag wie diesem!*

„Es ist immer noch Weihnachten, Sweetheart", reißt Connor mich aus meinen Gedanken und macht sich daran, aufzustehen und sich etwas Bequemes anzuziehen. „Zünde die Kerzen am Baum an. Ich mache solange ein Feuer im Kamin und schenke uns Champagner ein."

Auch ich stehe auf. Zum ersten Mal am heutigen Tag breitet sich eine festliche Stimmung in mir aus. Er hat recht, es ist Weihnachten! Unser erstes gemeinsames Weihnachten! Und wir haben wirklich verdient, es zu genießen!

Während ich mich kurz darauf auf einem Stuhl stehend abmühe, die oberen Kerzen an dem verdammt hohen Baum anzuzünden, kommt Jax herein und stellt eine Schachtel von *Katz's Delicatessen* auf den großen Esstisch. „Ein paar Sandwiches und Kuchen, falls ihr nachher noch Hunger bekommt", sagt er. „Wir hauen dann gleich ab. Fünf Jungs sind unten, falls etwas sein sollte. Aber wie es aussieht, läuft ja alles nach Plan."

Connor, der mit hochgekrempelten Hemdsärmeln vor dem Kamin hockt, steht auf und geht zu ihm. „Trink ein Glas mit uns", fordert er seinen besten Mann auf. „Das ist ein Befehl." Obwohl Jax in Zeitnot zu sein scheint, lässt er sich natürlich ein Glas Champagner in die Hand drücken. Nachdem auch ich auf meinem Stuhl eins bekommen habe, heben wir unsere Gläser. *„Merry Christmas"*, sagt Connor. „Möge jedes Weihnachten so glücklich werden wie das heutige!"

Jax lacht. „In den Nachrichten sprechen sie von einem Unfall", grinst er. „Tragisch, aber die allgemeine Betroffenheit hält sich natürlich in Grenzen. Unser Mann bei der Staatsanwaltschaft hat es sich nicht nehmen lassen, selbst vor die Kamera zu treten und zu erklären, dass zwar eine standardmäßige Untersuchung stattfinden wird, aber nichts auf ein Verbrechen hindeutet." Connor streicht sich über den Bart. „Guter Mann", nickt er. „Zahlt ihm einen üppigen Weihnachtsbonus, ebenso wie den Zuständigen bei den Ermittlungsbehörden. Der große Don ist endlich Geschichte. Im nächsten Jahr übernehmen wir endgültig die Herrschaft in der Stadt. Denn die einzige lebende Benedetti ist jetzt zufällig eine O'Brien!"

„Auf die O'Briens!", sage ich feierlich und wir stoßen an.

Wenig später verabschiedet sich Jax, der, wie ich nun erfahre, zusammen mit Big Ed und einigen anderen den Abend mit Escorts in einem von Connors Casinos verbringen wird. „Eigentlich schade, dass er keine Frau hat", seufze ich. „Er ist so ein toller Kerl. Er verdient es, glücklich zu sein!" Connor tritt neben mich, legt mir den Arm um die Hüfte und gibt mir einen Klaps auf den Po. „Jax *ist* glücklich. Er ist jung, hat heute Abend vier Nutten nur für sich und dazu unbegrenzten Kredit", brummt er. „Pass lieber auf, wen du einen tollen Kerl nennst, Missy! Du willst doch nicht in der Heiligen Nacht den Arsch voll bekommen, oder?"

Bevor ich erwidern kann, dass ich möglicherweise gar nichts dagegen hätte, wirft er mich über seine Schulter und trägt mich zu einem der großen Ecksofas, wo ich wieder abgesetzt werde. Dann zündet er die restlichen Kerzen an, schenkt uns Champagner nach und setzt sich zu mir. „Da liegen Geschenke für dich, Gracie", sagt er und deutet mit dem Kopf in Richtung des Baumes, der sich in den fenstertiefen Glasscheiben spiegelt. Dahinter funkelt die Skyline des nächtlichen Manhattans.

Verträumt lasse ich meinen Blick schweifen. Auf dem großen Konzertflügel, wo ich jeden Nachmittag mehrere Stunden sitze und spiele, liegen Connors Telefon und seine Waffe, die er inzwischen natürlich abgenommen hat. Auf dem Kaminsims stapeln sich meine Bücher. Mir wird innerlich ganz warm, als ich feststelle, dass sich mein Gefängnis inzwischen in ein Zuhause verwandelt hat.

„Eigentlich bin ich wunschlos glücklich", lächle ich. Connor runzelt die Stirn. „Du wirst sie trotzdem auspacken", brummt er. „Ich will mir nicht jeden Roman, den du neulich in die Hand genommen hast, umsonst gemerkt haben!" Mit einem freudigen Quieken stehe ich auf und mache mich über die vielen, elegant verpackten Pakete her, die unter dem Baum auf mich warten. Tatsächlich sind es wahre Berge von Büchern. „Ich werde dir im neuen Jahr ein Lesezimmer einrichten lassen“, kündigt Connor an, während ich meine neuen Schätze bewundere. „Damit die Dinger hier nicht überall herumfliegen!“

Er beobachtet mich vom Sofa aus, raucht eine Zigarre, trinkt Champagner und scheint recht zufrieden mit allem zu sein. „Da sind noch mehr Geschenke, Missy“, meint er irgendwann. „Du denkst doch nicht etwa, dass ich dir nur Bücher gekauft habe, oder?“

Wie sich nun zeigt, gehört Connor zu der Sorte Mann, der seiner Frau edle Dessous schenkt. Und der verlangt, sie sofort vorgeführt zu bekommen! Beschwipst vom Champagner tue ich ihm den Gefallen und laufe eine kleine private Modenschau, während Bing Crosby im Hintergrund von genau dem weißen Weihnachten singt, das New York an diesem Abend erlebt.

Das Spiegelbild, das mir dabei von den Scheiben entgegenstrahlt, ist nicht mehr das der Grace, die ich noch vor kurzem war. Ich bin nicht nur hübscher geworden, sondern vor allem auch viel selbstbewusster. Ich bin mit mir im Reinen, zum ersten Mal in meinem Leben. Das unterdrückte kleine Mädchen von einst liegt hinter mir. Es erstaunt mich selbst, aber man sieht mir förmlich an, dass ich eine Frau geworden bin! *Wann ist das passiert?*, frage ich mich. *Und wie?*

Aber tief in mir kenne ich die Antwort. Mit klopfendem Herzen presse ich meine Finger um den kleinen Gegenstand, den ich eben beim Umziehen aus der Tasche in meinem Kleid genommen habe. Er ist die Antwort auf diese Fragen.

„Komm her zu mir, Grace!“ Connor ist aufgestanden und hat sich auf den weichen Teppich gesetzt, auf dem auch der Baum steht. Ich nehme seine Hand, die er nach mir ausgestreckt hat, und lasse mich von ihm neben sich ziehen. Nach einem schwarzen, einem rosa und einem cremefarbenen Set trage ich nun einen tief ausgeschnittenen String-Body aus weihnachtlich roter Spitze, in dem ich mich so erotisch fühle, als wäre ich gerade höchstpersönlich dem Playboy-Cover des Monats Dezember entstiegen.

Connors Arme umschlingen mich, seine Hände greifen nach meinen Brüsten, während er von hinten meinen Hals küsst. „Du bist Luxus, Grace", raunt er mit rauer Stimme ins Ohr. „Ein Luxus, den man mit keinem Geld der Welt kaufen kann." Genüsslich und berauscht schließe ich die Augen und spüre, wie sich alles in mir in Lust aufzulösen beginnt.

Doch noch ist es nicht so weit, wie es scheint. Denn mein Mann löst sich wieder von mir, greift hinter sich unter den Baum und zieht weitere Geschenke hervor. „Auspacken", befiehlt er und hält mir eine Schachtel hin. An der türkisenen Verpackung erkenne ich sofort ihre Herkunft: *Tiffany*, der New Yorker Luxusjuwelier schlechthin! Und es ist nicht *ein* solches Päckchen, sondern mindestens ein Dutzend, die Connor jetzt vor mir stapelt!

Eigentlich wäre mir Sex unter dem Weihnachtsbaum fast lieber gewesen, aber natürlich bin ich gespannt darauf, was er für mich ausgesucht hat. Kein Mann hat mir bisher Schmuck geschenkt und plötzlich fühle ich mich dadurch richtig erwachsen. Wie eine verheiratete Frau, die einen Ehemann an ihrer Seite hat, für den sie das Zentrum der Welt darstellt. *Bin ich das wirklich?*, frage ich mich im Stillen, während ich andächtig den Deckel der Schachtel anhebe. *Das Zentrum seiner Welt?* Eins spüre ich nun aber ganz deutlich: *Ich möchte es gern sein. Und ich werde es sein. Genau das ist meine Zukunft!*

In der Schachtel liegt auf türkisfarbenem Samt ein mehrreihiges Collier aus lupenreinen Brillanten. Mit angehaltenem Atem halte ich die geöffnete Schatulle in den Händen und starre erst das funkelnde Schmuckstück, dann Connor an. Dass es ein Vermögen gekostet haben muss, steht außer Frage. Doch das ist es nicht, was mich in diesem Augenblick so bewegt. „Solchen Schmuck schenkst du mir?", flüstere ich. „Findest du mich wirklich schön genug für so etwas?"

Connor lächelt. „Es ist Schmuck für eine Königin, Gracie", sagt er sanft. „Für *meine* Königin." Dann nimmt er das wertvolle Stück vorsichtig in seine großen Hände und legt es mir um den Hals. Während er den Verschluss im Nacken schließt, gibt er ein leises, animalisch anmutendes Knurren von sich, das mir eine Gänsehaut macht. „Mach weiter", fordert er mich auf. „Mach das nächste auf!"

Ich tue, was er sagt. Jede weitere türkise Schachtel enthält Brillantschmuck von unschätzbarem Wert: Armbänder, Ketten, Ohrschmuck und so viele Ringe, dass ich an einigen Fingern mehrere tragen kann. Jedes einzelne Stück legt Connor mir an, wobei das Funkeln in seinen Augen immer wilder und seine Küsse dazwischen immer leidenschaftlicher werden. „Von einem solchen Vorspiel träume ich, seit ich ein junger Bursche war", flüstert er irgendwann. „Eine schöne Frau in heißen Dessous unter dem Weihnachtsbaum mit Diamanten zu schmücken und dabei Champagner zu trinken! Heute Nacht werden die Träume des mittellosen Jungen von einst endlich wahr!"

Ich lache, ganz berauscht von diesem Abend, der eine so unbeschreibliche Wendung genommen hat, und lasse mir von ihm noch einmal nachschenken. „Auf dich, Grace“, sagt Connor und wir stoßen an. „Die erste und einzige Frau in meinem Leben, die ein solches Vorspiel wert ist!“ Ich versinke in seinen Augen. „Auf uns, Connor“, erwidere ich. Dabei frage ich mich, wie lange ich ihn schon nicht mehr im Stillen *Bastard* genannt habe. Es ist, als wäre dieses Wort ganz unmerklich aus meinem Wortschatz verschwunden.

„Ich habe auch ein Geschenk für dich“, sage ich dann eilig, bevor die Spannung zwischen uns so groß wird, dass ich kein Wort mehr herausbringe. „Es ist nur eine Kleinigkeit …“ Connor setzt sich gerade auf und runzelt die Stirn. „Du brauchst mir nichts zu schenken, Missy“, brummt er. „Dich in meinem Leben zu haben, reicht als Geschenk vollkommen aus. Und wenn du dich besonders ins Zeug legen willst, ist da noch der Blowjob von der Rückfahrt offen.“

Kopfschüttelnd vertröste ich ihn auf später. „Erst gibt es das hier, Mr. O’Brien, Sir“, lächle ich und strecke ihm meine Faust entgegen, in der ich immer noch den kleinen Gegenstand trage. Mein Herz klopft nun aufgeregt schneller. Immerhin habe ich keine Ahnung, wie er darauf reagieren wird. Es könnte den ganzen Abend zerstören, wenn es ihm nicht gefällt.

„Was ist das?“, fragt Connor skeptisch. Langsam öffne ich meine Finger.

In meiner Hand liegt ein goldener Ring. Ein Ehering.

„Ich weiß, dass du schon einen hast“, beeile ich mich zu sagen. „Es ist nur … Als wir geheiratet haben, wollte ich dich nicht. Ich hätte alles getan, um die Hochzeit zu verhindern. Aber … das hat sich inzwischen geändert. Inzwischen …“

Ich hole tief Luft. An Connors Gesicht, das wie erstarrt wirkt, kann ich nicht erkennen, was er wohl denken oder empfinden mag. Dennoch, ich muss es einfach sagen. „Inzwischen liebe ich dich“, führe ich meinen Satz leise zu Ende und senke den Blick. „Natürlich weiß ich, was du gesagt hast, dass es keine Liebe für dich geben wird, aber das macht mir nichts. Du bist mein Mann und ich liebe dich von ganzem Herzen, auch wenn ich das am Anfang niemals gedacht hätte. Aber es ist einfach so passiert“, schließe ich mein Geständnis leise und beiße mir nervös auf die Unterlippe.

Wirre Fragen rasen durch meinen Kopf: *Wie wird er reagieren? Habe ich möglicherweise gerade alles zwischen uns zerstört? Was soll ich tun, wenn er den Ring nicht will? Wenn er meine Liebe nicht will?*

Zunächst höre ich nur Connors schweren Atem. „*Ti amo per sempre.* Grace“, liest er die Gravur vor, die neben unserem Hochzeitsdatum innen im Ring zu lesen ist. Dann höre ich ein leises Klirren. Erschrocken blicke ich auf. Hat er mein Geschenk etwa weggeworfen?

Doch dann sehe ich, dass er meinen Ring noch in der Hand hält. Es war der alte, den er abgenommen und irgendwo in das dunkle Loft geworfen hat. „Steck ihn mir an“, verlangt er mit rauer Stimme. Mit zitternden Fingen nehme ich den Ring und schiebe ihn über seinen Finger. Genau wie an jenem stürmischen Tag unserer Hochzeit, als wir gemeinsam vor dem Altar standen. Nur dass heute mein Gefühl dabei ein ganz anderes ist.

Einen Augenblick verharrt Connors Blick auf seinem Finger, dann sieht er mich an, schaut mir so tief in die

Augen, als wollte er die tiefsten Tiefen meiner Seele ergründen. Sanft greift er nach meinem Kinn und streichelt mir mit dem Daumen über die Unterlippe.

„Und ich liebe dich, Grace“, gesteht er mit rauer Stimme. „Mehr als ich es mir jemals hätte vorstellen können! Du bist wie ein Wirbelwind über mein Leben gekommen und hast alles verändert. Erst wollte ich es nicht wahrhaben, aber es hat keinen Sinn mehr, es zu leugnen: Es ist Liebe. Und das ist gut so, denn wir sind Mann und Frau. Diese Liebe wird uns nicht schwächen, sondern unbesiegbar machen. Der heutige Tag hat es bewiesen.“

Bei seinen Worten erfasst mich ein solches Glücksgefühl, dass ich anfange zu zittern. „Dann … dann ist ja alles perfekt“, flüstere ich. Connor nickt und zieht mich in seine Arme. „Alles, Sweetheart“, murmelt er an meine Lippen. „Außer dass heute Weihnachten ist und ich meine Frau noch nicht unter dem verdammten Baum genommen habe!“

Und ich schlinge meine Arme um seinen Hals, schließe die Augen und gebe mich seinem Kuss hin, damit unser erstes gemeinsames Weihnachten endlich seinen Höhepunkt erreicht.

ENDE

Awww, du wärst gerne noch ein wenig
in New York geblieben?

Dann hole dir schnell Band 2!

ALL YOUR BROKEN DREAMS -
Du wirst mir gehören

Die Geschichte von Jax und Zoey

#contimeetssturm

Und eine Stimme sprach: „Es werde Licht!" Aber es ward kein Licht. Stattdessen breitete sich eine tiefe Dunkelheit aus, in der ab und zu rosarote Funken sprühten.
Hat sich dieses Buch für euch so angefühlt? Gut, dann haben wir unser Ziel ja erreicht.

Viele haben uns gefragt, wie wir auf das Projekt #contimeetssturm gekommen sind. So unerwartet und so gar nicht naheliegend irgendwie. Nun, das fanden wir nicht. Wir kennen uns seit Jahren und hatten einfach Lust drauf! Und siehe da, das Licht in der Dunkelheit, diese vorwitzige kleine pinke Flamme, hat sich ganz von selbst entzündet. Wir haben uns gegenseitig inspiriert und beim Schreiben unglaublich viel Spaß gehabt. Es war eine tolle Erfahrung und wir lieben unser gemeinsames Baby sehr!

Danke, dass ihr Connor und Grace bei Facebook, Instagram und TikTok so gefeiert habt! Natürlich sei hierbei das Rudel* an erster Stelle erwähnt, wo wir den Roman als Adventskalender vorab präsentiert haben.

Da einige von euch sicher beim Lesen mitgeraten haben, welche Autorin für welches Kapitel verantwortlich ist, kommt hier die Auflösung!

Angelina: Prolog, 1, 3, 5, 7, 9, 11, 12, 13, 14, 15, 16, 18, 20, 23, 24
Carolina: 2, 4, 6, 8, 10, 17, 19, 21, 22

Ob wir nochmal sowas machen werden?
Nun, das haben wir bereits!
Und wie würde Connor sagen?

**„Sei ein braves Mädchen und lies Band 2,
Sweetheart!"**

Bleibt pink, dark und unzähmbar! ;)
Eure
Carolina und Angelina

*Facebook-Gruppe: DAS RUDEL –
Angelina Conti & Friends

Mehr über uns und unsere Bücher
erfährst du …

Über unsere **Webseiten:**
www.carolinasturm.de
www.angelinaconti.com

Auf **Instagram:**
@carolinasturm_autorin
@angelina.conti.darkromance

Auf **TikTok:**
@carolinasturmautorin
@angelinacontidarkromance

Auf **Facebook:**
@carolinasturmautorin
@angelina.conti.darkromance